WISHBOOKS FUSION FANTASY STORY
지갑송 퓨전 판타지 장편소설

레벨업하는 몬스터 7

지갑송 퓨전 판타지 장편소설

초판 1쇄 찍은 날 | 2018년 5월 28일
초판 1쇄 펴낸 날 | 2018년 6월 4일

지은이 | 지갑송
펴낸이 | 예경원

기획 | 위시북스
편집책임 | 이규재
편집 | 이즈플러스

펴낸곳 | 예원북스
등록번호 | 제396-2012-000132호
등록일자 | 2012. 7. 25
KFN | 제1-263호

주소 | 경기도 고양시 일산동구 호수로 646-24 위너스21 Ⅱ 빌딩 206A호 (우)10401
전화 | 031-819-9431 팩스 | 031-817-9432
E-mail | yewonbooks@naver.com

ISBN 979-11-6098-947-2 04810
    979-11-6098-621-1 (set)

레벨업하는 몬스터 **7**

WISHBOOKS FUSION FANTASY STORY

지갑송 퓨전 판타지 장편소설

레벨업하는 몬스터

CONTENTS

42장
영웅, 오크, 인간 (2)

함정공사를 마친 오크들은 녹초가 된 채 부락지로 돌아왔다.

그들은 식량창고에서 꺼낸 정체불명의 고기들을 구워먹고, 한바탕 싸움도 한 뒤에 각자의 잠자리로 들어갔다.

그러나 오크가 아닌 김유린은 마땅한 보금자리가 없다. 그녀는 그래서 적당히 고요한 동굴 바닥에 콘락의 배를 깔고 베개 삼아 누웠다. 아무리 기사라고 한들 차가운 침소일 것이었다.

"……흠."

급히 통화를 하기 위해 잠깐 밖으로 나온 김세진은 그런 그녀를 발견하곤, 어디선가 따스한 담요 한 장을 가져와 덮어주었다.

하나 과연 기사의 감각은 장난삼아 만들어진 것이 아니었다. 담요가 덮이자마자 그녀의 눈이 반쯤 뜨였다. 보석 같은 두 눈동자에 당황한 영웅오크의 얼굴이 담긴다.

김유린은 가만히 그를 바라보다가, 배시시 웃으며 잠긴 목소리로 말했다.

"마침 한기가 느껴지던 참인데…… 고맙습니다."

"……"

은은한 미소와 게슴츠레 잠긴 눈동자. 일순 가슴이 철렁였지만, 오크는 태연히 고개를 끄덕이고서 족장실로 돌아갔다. 아니, 돌아가려 했다. 근데 문득 눈에 띄었다.

콘락의 꼬리 아래에 놓인 가죽가방에서 대놓고 삐져나와 있는 오크 인형이.

상황을 모르는 유린은 여전히 미소를 머금은 채 그의 시선이 머무는 곳을 바라보았다.

"악!"

그러다 짤막한 비명을 내지르며 하늘 높이 뛰어오르더니, 급히 인형을 회수한다.

"제, 제, 제가 가져온 거 아닙니다. 오크 중에 한 명이 만들어서 줬습니다."

"……우리 오크가?"

"예, 예. 오크치고는 손재주가 좋더이다."

"왠지 나를 닮은 것 같다만."

김세진과 여타 오크의 생김새는 확연히 차이난다. 지능이 낮은 원숭이가 보더라도 '아, 쟤가 대장이구나', 혹은 적어도 '쟤는 뭔데 잘생겼지?'라고 생각할 만큼.

과거 이혜린도 말했다시피, 일부 인간보다는 확연히 나은 생김새인 것이다.

"……전혀 아닌데요. 나, 나 참. 도끼병이신가."

그녀는 슬그머니 가방을 등 뒤로 숨겼다.

"그렇다면야."

그는 피식 웃고서 족장실 안으로 돌아갔다.

잘 둘러댔다고 생각한 건지, 그의 등 뒤에서 김유린이 안도의 한숨을 내쉰다.

그리고 족장실로 돌아간 김세진이 자기가 통화라는 목적을 위해 밖으로 나갔다는 사실을 다시 깨닫기까지는, 꽤나 오랜 시간이 걸렸다.

"온다."

저 멀리, 굳이 눈을 부릅뜨지 않아도 거대한 실루엣들이 속속 보이기 시작했다. 대충 가늠해도 60기는 가벼이 넘긴다. 숫자가 60이지, 오우거는 중상급 이상 지대에서만 서식하는 고급 몬스터다.

혼자 방황하는 오우거도 어려운 상대인데, 저렇게 많은 숫자가 모인―비록 제대로 된 단합은 없더라도―광경은 김유린도 긴장케 만들기 충분했다.

"계획 숙지하셨습니까?"

"그래."

대충 10열종대로 다가오는 오우거들의 가장 중앙, 특히 몸집이 웅대한 오우거가 하나 있다. 세 개의 머리통과 새까만 피부. 둘 중 하나를 가진 오우거도 보기 드문데 둘 다 가진 빌어먹을 욕심쟁이.

이제 특정 위치에 다다르면, 950의 영웅오크들이 좌우에서 시선을 분산시켜 적어도 40 정도의 오우거가 대열에서 이탈할 것이다.

그만한 숫자가 빠져나가면 이제는 콘락을 탄 김유린의 차례다. 그녀는 대장 오우거와 나머지 친위대에게 어마어마한 고통을 선물함으로써, 놈들을 김세진과 오크들이 매복한 장소로 끌어들일 것이다.

그 이후에는 서로 힘을 합쳐 가장 먼저 거슬리는 졸병 놈들부터 처리하고, 대장 하나만 남았을 때 김유린의 특성을 이용해 '1분 기절'을 먹인 뒤 다구리.

"기절, 자신 있나?"

"예, 비록 소환된 레비아탄이지만 레비아탄도 5분간은 잠들게 하는 데 성공했었습니다. 비록 엄밀히 말하면 기절이 아니라 '수면'이었지만요."

"흠."

김세진은 고개를 끄덕였다. 직접 그 광경을 보았으니, 의심의 여지는 없다.

"이제 저도 가보겠습니다. 족장님은 매복 장소로 가십시오."

"잠깐."

김유린이 콘락의 고삐를 잡은 순간.

"가기 전에, 받아라."

김세진은 그녀에게 영웅오크의 문양이 새겨진 휘장을 건

네주었다. 소유하기만 해도 활력을 증진시켜주는, 그래서 아티팩트 중에서 가장 값비싸다는 '패시브형 아티팩트'다

"네가 우리의 '동료'라는 증표다."

"아?"

김유린은 그것을 멍하니 바라보다가, 이내 두 손으로 소중히 감싸 안고서 가슴팍에 모았다.

"……감사합니다."

부우우웅.

때마침 영웅오크 대전사가 나팔을 불었다. 그것을 기점으로 오크들의 움직임이 날래고 매서워졌다. 950의 병사는 각각 반절씩 좌우로 나뉘고, 나머지 50의 정예는 김유린이 오우거들을 유인할 험지로 조심스레 움직인다.

"먼저 가서 기다리고 계십시오."

김유린은 방금의 감동에 눈가를 글썽이며 콘락을 타고 전장으로 향했다.

오우거의 낮은 지능에 어떤 변수가 있겠냐만 전황은 김유린의 말대로 척척 진행되었다. 40기 정도의 오우거가 양익으로 빠져나가 함정에 걸려들었다. 그리고 대장 오우거는 김유린에게 크게 한 대 얻어맞은 분노를 참지 못하고 미친 듯이 내달렸다.

"온다, 준비해라."

20보.

20보면 오우거 20여기가 이쪽으로 온다. 김세진은 그렇게 말하며 심호흡을 했다.

쿵쿵쿵쿵!

여러 발소리. 그중에는 아마 투 헤드와 쓰리 헤드 오우거까지 섞여 있을 터.

세진은 눈을 감고 시각을 제외한 다른 오감에 몸을 맡겼다. 어차피 몸체가 하도 거대한 오우거는 한눈에 들어오지 않는다. 그러니 가까워질수록 눈은 방해만 될 뿐.

점점 다가오는 놈들을 온몸으로 느끼며 메이스를 움켜쥔다. 영체화되어 있는 '고블린의 분노' 포션과 '역전의 전사'를 동시에 사용했다.

쿵, 쿵, 쿵.

감각이 확장될수록 놈들의 발소리는 점차 느리게 느껴진다.

쿵, 쿵, 쿵…….

그렇게 발소리가 세 번 더 울렸을 때.

솟아오르는 활력과 치미는 분노를 담아, 자신의 앞을 스쳐 갈 오우거의 거대한 발목에 풀 스윙을 날린다-!

콰아아아앙!

가공할 만한 힘이 담긴 폭압적인 강타가 투 헤드 오우거의 발목을 그대로 소멸시켰다. 한쪽 발목을 잃은 놈이 노면으로 낙하하고, 그 위로 오크들이 달라붙는다.

그러나 김세진의 눈은 여전히 감겨 있다. 영웅오크는 붉게 타오르며, 또 다른 압제의 희생양을 찾아 메이스를 휘둘렀다.

쾅!

거대한 진동에 온 산이 부르르 떨었다.

비록 오우거보다 신장은 작을지라도, 오크 족장의 무위는 압도적이었다.

그가 휘두른 메이스가 오우거에 닿으면 놈들의 사지가 뜯겨나갔고, 지면에 격돌하면 크레이터가 깊게 패였으며, 심지어 허공을 휘젓더라도 거대한 진동이 파도처럼 일렁였다.

놈들에게 핵심적인 전력인 '대장 오우거'가 콘락을 탄 김유린에게 정신을 팔린 터라, 전황은 오크 쪽이 우세했다. 대략 스무기 정도의 오우거를 오십여 오크가 상대하는 모양새였지만 한 오크가 괴물이라는 단어도 부족한 괴물이었다.

'순조롭네.'

여기저기서 메이스의 둔탁한 파열음과 살갗이 짓이겨지는 고어한 소리가 울려 퍼진다. 그렇게 시간이 지날수록 무엇인가 거대한 것이 무너지는 소리가 간헐적으로 들려왔다. 숲의 나무를 뭉개며 쓰러지는 수많은 오우거들이었다.

놈들의 숫자가 줄면 줄수록 오십일의 정예오크들은 승리에 고취되어 더욱 활발하게 움직였다.

그리고 30분.

대장 오우거를 제외한 모든 오우거들이 정리되는데 까지는 30분이면 충분했다. 스물의 오우거를 궤멸하는데 희생당한 아군은 열아홉뿐.

근처를 빙빙 돌며 대장 오우거의 신경을 돋우던 김유린은 그제야 콘락의 등에서 내려왔다.

쿵쿵쿵쿵!

그녀의 정면에는 대장 오우거가 분통을 터트리며 쫓아오고, 뒤에는 어느새 피투성이의 오크들이 자리를 잡았다.

"모두 대장 오우거를 막아주세요."

첫 번째 전투가 방금 막 끝났다. 그러나 그녀의 그 한마디에, 오크들은 다시금 대장 오우거를 향해 뛰쳐나갔다. 그리고 그들이 대장 오우거를 막아주는 틈을 타, 김유린은 궁니르를 발동했다. 순백의 검신이 찬란한 황금으로 빛나며 창의 형태로 좁혀진다.

이 일격에 담을 목적은 간단하다.

'1분간의 기절.'

일상에서는 1분이 짧디 짧은 찰나였겠지만 전장은 다르다. 전장에서 1분은 감히 값어치를 매길 수 없을 만큼 큰 시간이었다.

"……!"

하나, 별안간 몸 안의 마나가 전부 빠져나갔다. 이는 목적을 담아내기 불가능하다는 뜻으로, 김유린은 궁니르에 불어넣었던 마나를 회수할 수밖에 없었다.

'뭐지? 왜…….'

채 회수하지 못한 마나가 체외로 빠져나가, 마나의 잔량은 50%뿐. 아무것도 못하고 절반을 그대로 날린 셈이다. 물론 김유린은 이해가 가지 않았다. 소환된 레비아탄도 5분이나 재웠던 기술인데, 왜 저 오우거는…….

"크아악!"

망연해하는 그녀의 귓가에 오크 정예들의 비명이 들려왔다.

이러는 틈에도 시간은 흐르고, 오크들은 죽어나간다.

이가 아니면 잇몸으로라도 가자.

그녀가 이를 아득 깨문 그 순간.

오우거의 등 뒤, 귀여운 생명체 하나가 날개를 펄럭이며 솟아올랐다. 짜증이 팍 솟을 정도로 눈에 익은 모습이었다. 저것은 오크와 자신이 지하에 갇혔을 때, 자신의 마나를 빼앗아 갔던 젠장할 놈.

'뱁새'였다.

"저 씹새가!"

원수는 외나무다리에서 만난다더니, 당장 모든 깃털을 뽑아서 바베큐로…….

그러나 김유린은 부들부들 떨리는 손과 쿵쾅쿵쾅 박동하는 심장을 진정시켜야만 했다. 일단, 일단 저 오우거부터 처리해야 한다.

그녀는 다시금 궁니르에 마나를 모았다. 이번에는 목적 따위 없다. 다만 남은 마나를 모두 담아내어 놈의 심장을 꿰뚫을 뿐.

우우우우…….

궁니르가 김유린의 마나와 공명하며 황금색으로 일렁인다. 신묘한 기류를 방출하며 대지를 진동시키던 궁니르는 이내 새하얀 광채가 번뜩이는 한줄기의 섬전을 뿜어냈다.

콰아아아―!

격발과 명중은 그야말로 동시였다. 쓰리헤드 오우거는 순식간에 심장을 관통당하고, 때맞춰 높이 도약한 김세진은 온 힘을 다해 '강타'로 놈의 뒤통수를 가격했다.

분명 김유린의 참격만으로는 부족했을 것이었다. 하나 김세진의 가공할 만한 강타와 합쳐졌으니, 놈은 그 질긴 생명력을 자랑할 틈도 없을 터.

그어어어.

결국 대장 오우거는 낮은 비명을 내지르며 서서히 쓰러졌다. 이어서 오크들의 포효가 산 속을 널리 울렸다.

"아니요! 아직…… 큭!"

그러나 아직 승리는 이르다. 오크들에게 알려야 할 것이 있다. 하나 김유린은 심장을 움켜쥔 채 바닥에 주저앉고 말았다. 마나를 사용한 부작용이었다. 다행히 그녀가 하고자 하는 말은 김세진이 대신 소리쳐 주었다.

"아직이다! ……어이, 괜찮나?"

김세진은 오크들의 긴장을 유지시키며 김유린에게 다가갔다.

"네, 네. 괜찮습……!"

일순 김유린이 멍하니 굳었다. 뒤이어 거대한 그림자가 드리운다. 김세진이 황급히 뒤를 돌아보니, 거대한 오우거가 섬뜩한 안광을 발하며 암기(暗氣)로 타오르는 주먹을 내뻗고 있었다.

김세진은 김유린을 안은 채 재빨리 뒤로 후퇴했다.

쾅!

다행히 놈의 일격이 한 발짝 늦었다. 그러나 그 찰나. 물러난 그를 향해 반원형의 브레스가 작열했다.

"까아아……!"

김세진은 일단 김유린을 저 멀리, 적어도 산등성이 몇 개는 가벼이 넘을 만큼 멀리 던져 놓고 브레스를 회피했다. 하나 브레스는 그의 경로를 따라 곡선으로 휘어지며 따라왔다. 동시에 쓰리 헤드 오우거의 날렵한 주먹도 쇄도한다.

놈의 주먹은 조금 더 느렸어야했다. 그러나 이번에는 달랐다. 놈의 눈빛이 달랐다. 전보다 훨씬 더 흉폭하고 폭압적이었다.

그제야 떠올랐다. 몇몇 트롤은, 죽기 직전에 가까스로 살아나 '회광반조'라는 특수한 발악을 한다는 것을.

"씹!"

흉폭한 권골이 브레스와 엇갈리며 날아들었다. 이 주먹을 피하면 브레스에 직격당하고, 브레스를 피하면 주먹에 직격당한다. 그러나 선택지는 하나 더 남아 있었다. 그리고 오크의 본능은 김세진을 그 선택지로 이끌었다.

우선 체내를 순환하는 혈류량을 증가시킨다. 동시에 역전의 전사도 중첩하여 사용한다. 여기에 바토리로부터 얻은 강골의 힘을 더한다.

순수하게, 오로지 강함에만 치중한 육체의 정수. 그것은 싸우기 위해 태어난 종, 오크에게 일생 최고의 고양감을 선사했다.

대지를 굳건하게 딛고, 전신을 뒤덮는 브레스를 견뎌낸다. 김유린을 구출하느라 메이스는 내던져 버려서 없다. 그러나 상관은 없다. 맨주먹으로도 충분할 뿐⋯⋯.

쾅아아아아앙─!

오우거와 오크의 주먹이 맞부딪혔다. 주먹과 주먹이 부딪힌 단면에서 거대한 폭발이 벽력처럼 솟구쳐 세상을 하얗게 물들이고, 대지를 흔적도 없이 무너트렸다.

보이는 것은 없다. 그러나 김세진은 자신의 주먹에 닿은 오우거의 팔이 서서히 소멸되어 감을 느끼며 눈을 감았다.

[조건 완료: 헌신과 희생]

[포밍 몬스터가 오크 족장에서 오크 대족장으로 변화합니다]

[오크의 고유스킬 '오크의 정수'를 습득합니다.]

['오크의 정수'가 '바토리의 근육 조직과 근밀도', '마나 지체'와 감응합니다! 특질, '가장 순수한 신체'를⋯⋯.]

김세진은 흐릿한 어둠 속에서 눈을 떴다.

빌어먹을 뱁새 놈⋯⋯. 가장 먼저 화가 나는 걸 보니 아직 오크 상태인 것 같았다. 한데 문제가 많다. 눈만 껌뻑여질 뿐, 몸이 도통 움직이질 않는다. 오우거한테 쳐맞고 브레스까지 온통 뒤집어썼으니, 어쩌면 당연한 결과일지도.

"흐."

목소리는 대충 나온다.

갑자기 궁금해졌다. 오우거는 어떻게든 동귀어진 했건만,

뱁새는 어떻게 되었을지. 고놈, 저번에 봤을 때보다 몸뚱이가 조금 커진 것 같던데.

"……하암~"

졸려서 하품이 저절로 나왔다. 눈을 데굴데굴 굴려 숯검댕이처럼 검어진 몸을 바라본다. 이건 거의, 살아남은 게 기적인 수준이다. 영체화 정보가 [90/100]으로 되어 있는 걸로 보아, 30개 분량의 포션을 모두 소모한 듯했다.

그렇게 시간이 얼마만큼 흘렀을까.

문득 이런 생각이 들었다.

'……오크 족장은 이대로 퇴장하는 게 좋겠지.'

이제 효용 있는 포밍이 나뉘어졌다. 아무리 대족장이 되었다 한들, 오크라는 종족으로는 한계가 있다. 그러니 한계가 없는 레비아탄과, 포텐셜이 높은 라이칸슬로프를 중점적으로 활용하는 것이 옳을 것이다.(참고로 고블린 폼은 오래전에 버렸다.)

하나 그러기에는 걸리는 점이 있다.

김유린. 그녀는 오크에게 특별한 감정을 품고 있다. 그 종류는 자신으로서도 완전히 알 수는 없다. 다만 우애나 동료애라기에는 그 정도가 조금 깊다고 추측할 뿐이다.

하지만 지금 그것보다 우선해야 할 건…….

"일단 집으로 가자……."

그로부터 며칠이 흘렀는지 모르지 않은가. 집에서 기다리는 사람이 있다. 김세진은 레비아탄 폼으로 변해 남은 마나를 쥐어짜내 '마도'를 시전했다.

이동 장소는 일단 지하의 회의실이었다. 물론 세정이는 자신이 레비아탄으로—다른 폼은 여전히 비밀이다— 변할 수 있다는 걸 알게 되었지만, 혹시라도 놀랄까봐서.

"하루?"

오자마자 날짜를 확인해보았는데, 고작 하루만 지나 있었다. 다행이다. 안도의 한숨을 내쉬며 소파에 누운 그는 세정이에게 전화를 해야 한다는 생각도 잊은 채 그대로 잠에……

"오셨습니까?"

"엄마야!"

어디선가 들려오는 목소리에 화들짝 놀라 깨어났다.

릴리아였다.

"뭐, 뭐야? 여기 왜 당신이 있어?"

"도망쳐 왔습니다. 계획이 실패하지 않았습니까."

"……아하."

"그리고 김세진 씨께서 직접 말하셨잖습니까. 더 몬스터 부지의 지하에 우리 도시를 만들어서 생활을 영위하라고."

그녀는 그렇게 말하며 세진에게 다가왔다. 그러고는 포션을 따서 그에게 건넨다.

"이대로 주무시면 안 됩니다. 포션이라도 드시고 주무셔야지요."

"아, 고마워요."

벌컥벌컥.

김세진은 포션을 마신 김에 TV까지 슬쩍 켰다.

평양 쪽의 난리가 진정되었다는 소식이 짤막하게 보도되는 가운데, 오크 쪽의 사건이 대서특필 되는 중이었다.

결과적으로, 다행히 김유린은 살아남은 듯했다. 폭렬한 브레스와 흉악한 두 주먹에 의해 원자 폭탄급 폭발이 발생하였음에도, 콘락이 그녀를 구출해 나왔다고. 그러나 반경 10㎞ 범위는 완전히 잿더미가 되어 가라앉았다고 한다.

그 말은 즉, 나머지 오크들의 생사는 모른다는 뜻.

그들은 모두 죽었을까? 김세진은 괜히 가슴이 먹먹해져 옴을 느꼈다.

"난리입니다. 제 몸을 희생해서 험악한 보스 몬스터 하나를 처치했다면서요?"

"……하하."

"하젤린 씨는 보고서 깜짝 놀라더군요. 혹시 당신 죽은 거 아니냐고. 언론에서는 오크 족장이 오우거와 함께 동귀어진했다고 대대적으로 보도하고 있거든요."

김세진은 릴리아를 보며 피식 웃었다.

"족장이 아니라 대족장으로 수정해 달라고 하세요."

"후훗."

릴리아의 눈꼬리가 설핏 휘었다. 그 여유로운 반응에 김세진은 미간을 좁혔다.

"근데 뭐, 이미 다 알고 있었던 것처럼 웃습니다?"

"제가 그랬나요?"

"뭐야. 진짜 알고 있었어요?"

"마음대로 생각하세요. 저는 이만, 할 일이 많아서."

그녀는 김세진에게 핸드폰을 건네며 자리에서 일어났다.

"사모님한테 전화하셔야지요."

맑은 오후. 김세진은 김유린의 병문안을 왔다. 병실 문을
열자마자, 침대 옆에 몸집이 다소 작아진 콘락이 보였다. 그
는 '아는 척을 하지 말라'는 의념을 보냈다. 콘락은 충실히 이
행하여 얌전히 누워 있기만 했다.

"어, 김세진 씨. 오셨습니까?"

그리고 김유린은 김세진의 예상과는 달리 몹시 환한 미소
로 그를 맞이했다. 당황한 세진은 왠지 모를 섭섭함까지 느
끼며 그녀 옆의 소파에 앉았다.

"괜찮으십니까?"

"네, 괜찮습니다."

"……다행이네요."

김세진은 의외라는 듯이 답하고는 LED TV를 바라보았
다. 오크의 내용이 흘러나오고 있었다. 그 TV 때문일까. 둘
사이에는 별다른 대화가 오고가지 않았다.

김세진은 조심을 기해야 했고, 김유린은 TV를 보며 넉넉
한 미소를 지을 뿐이었다.

−영웅오크의 족장은 폭발에 휘말려 사망한 것으로 보입니다. 이에 많은 시민들은 슬픔에 잠겨 추모의 행렬이 줄을 잇고…….

앵커의 목소리에, 김세진이 용기를 내어 물었다.

"……저 오크, 죽었을까요?"

"아니요."

김세진도 놀랄 만큼 즉답이었다. 그녀는 오른손을 꽉 쥔 채 말을 이었다.

"분명, 어디선가 살아 있을 겁니다."

그러고는 그를 바라보며 웃는다.

그는 그녀의 오른손에 꼭 쥐어진 오크의 휘장을 발견했다. 그래서 그저 따라 웃었다.

"맞다, 길드장님."

"예?"

열려진 창틈 사이로 바람이 밀려들어와 그녀의 머릿결이 벚꽃처럼 흐드러졌다. 참 아름답구나, 생각하는 순간에. 그녀가 다소 결연한 목소리로 말했다.

"혹시, 혹시나 해서 묻는데…… 아직도 저 꼬시고 싶으신가요?"

"……뭐라고요?"

43장
의심, 협력

"저, 아직도 꼬시고 싶으신가요?"

김유린이 스치듯 꺼낸 그 말이 길드와 관련된 것임을 알아차리기까지는 5분이면 충분했다. 살가죽이 경직된 김세진의 모습에, 그녀가 웃으면서 덧붙인 덕분이었다.

"길드 말이에요 길드. 도대체 무슨 생각을 하신 겁니까?"

"……아하."

그는 괜히 흠흠 헛기침을 했다. 도대체 뭔 생각을 한 건지, 부끄러워서 뒷목에 땀이 살짝 흘렀다.

"근데 갑자기 왜요? 칠흑 기사단장이 될 거라면서 한사코 거절하셨잖아요."

김세진이 물었다. 김유린은 씁쓸한 얼굴로 나직이 읊조렸다.

"징계를 받았습니다. 명령불복종으로요. 국립 기사단은

징계 기록이 있으면 단장이 될 수 없습니다. 아니, 무엇보다 고위 기사 자리도 위태위태해요."

아무래도 오크 사건 때문이겠지. 대장 오우거 토벌은 성공하였지만, 결과가 좋다고 해서 상부의 명령에 불복하고 기사단의 기강을 무시해도 된다는 뜻은 아니니까.

그는 깊이 캐묻지 않고, 그저 웃으며 고개를 끄덕여주었다.

"예, 저희야 당연히 좋죠. 때마침 신입단원 뽑는 행사도 하고 있으니까."

"……네? 자, 잠깐만요. 저보고 거기에 참가하라는 말씀이신가요?"

김유린은 살짝 당황한 듯, 눈을 동그랗게 뜬 채 고개를 갸웃했다. 그는 이 여자가 지금 무슨 생각을 하고 있나 잠시 멍하니 생각하다가, 이내 여유로운 미소를 머금었다.

"그럼요. 길드장 추천은 오래전에 물 건너갔는데, 뭘 바라시는 거예요? 게다가 고위 기사 자리도 위태위태하다면서요. 만약 고위 기사 딱지 떼이면 우리도 받아줄 이유가 없는데?"

"예? 아니, 그게 무슨…… 소립니까."

그녀는 약간 불만 어린 기색으로 입술을 삐죽 내뺐다. 그러나 여기서 갑을 관계는 확실했기에, 할 수 있는 거라곤 자그마한 투덜거림밖에 없었다.

"그렇게 도와드렸는데…… 언제는 자기가 나서서 애걸했으면서……."

"그때랑은 사정이 많이 달라졌거든요. 저희 더 몬스터가 들어가고 싶다고 막 들어올 수 있는 길드가 아닌지라…… 외국의 베리타스 기사단 아시죠? 거기 기사단장도 가입 문의를 넣었답니다?"

"……."

김유린이 눈을 가자미처럼 좁히고 볼까지 빠방 부풀렸다. '삐졌습니다.'라고, 면상으로 말하는 듯하다. 그래봤자 귀엽기만 하지만.

"그래서 참가할 거예요? 말 거예요? 아 맞다. 참고로 우리 길드원의 혜택을 대충 설명해 드리자면……. 매달 최고급 포션 꾸러미를 보내드리고, 길드원 카드로 TM 아티펙트 숍에서 아티펙트 최대 세 개까지 무료 대여하실 수 있고, 년에 한 번씩은 오크의 장비 우선 구매권을……."

김세진은 기사나 마법사라면 아니, 적어도 현대를 사는 '사람'이라면 눈이 튀어나올 만큼 파격적인 혜택을 줄줄이 읊었다.

처음에는 마냥 삐진 얼굴이었던 김유린도 들으면 들을수록 눈과 입이 확대되어갔다. 이건 실로 어마어마한 대박이다. 왜 기사들이 더 몬스터 더 몬스터 노래를 부르는지, 그녀는 바로 지금 뼈저리게 느꼈다.

"그리고 또 원하신다면 마나 문신……."

그의 말이 채 끝맺기도 전에 김유린이 그의 두 손을 턱 붙잡는다.

"하, 하겠습니다!"

맑고 씩씩한 결의에 찬 목소리였다.

여러 기업과 기사단, 마탑까지 발을 들이민 'THE MONSTER 공로전'은 과연 전 국민들로부터 폭발적인 관심을 이끌어 냈다.

때마침 세간을 어지럽히던 3기의 보스 몬스터도 정리되었기 때문일까, 나라가 온통 공로전의 이야기뿐이었다. 포털 사이트, TV, 신문과 SNS까지 모조리. 분야는 고작 '기사'와 '마법사' 두 부문뿐이었지만 현 시국으로는 그 둘이 가장 중요한 직업군이기에.

일단 지금은 범국민 투표가 한창 진행중이다. 이는 전문가가 매긴 순위로 상위 200명을 간추리고, 공로전에 참가하는 데 동의한 총 198명의 후보들 중, 분야당 30명, 총 60명을 본선 후보로 '국민들이 직접' 뽑는 투표다.

그런데 팬덤간의 싸움이 워낙 격렬한 탓에 SNS와 커뮤니티사이트는 거의 팬들의 치열한 각축장이 되어버렸다.

하나 개중에서도 압도적인 1위는 분명 존재했으니.

청순하고 아름다운 미모로, 부끄러운 듯 자기PR을 전했던 '김유린'이 바로 그 주인공이었다.

한편 그렇게 관심이 활활 타오를수록 김세진은 급격히 바빠져만 갔다. 일단 일을 벌였으면 끝까지 책임을 져야 하지 않겠는가.

그는 여러 인터뷰, 방송, 강연 등등…… 하루에 8시간은 대외행사를 하는데 쏟아 부어야만 했다.

"그리고 이게 마지막 질문입니다! 자, 김유린 씨의 홍보 영상을 보시죠!"

─저는…… 쑥스러워서 이런 건 잘 못하지만…… 부디 잘 부탁드립니다. 꼭 뽑아주세요!

방송사가 통째로 빌린 카페 안에는 수십의 카메라가 한 인물만을 중점적으로 찍고 있고, 카페 밖에는 수없이 많은 인파가 통유리를 통해 내부를 들여다보고 있다. 당연히 모두 김세진 때문이었다.

"이번 기사 부문에서 압도적 1위를 달리고 있는 김유린 기사님은 어떻게 생각하시나요? 앗, 길드장님 얼굴을 보니 이미 홀려 버린 것 같으신데요?!"

리포터는 김유린의 홍보영상을 보여주며 물었다. 이게 마지막 스케줄의 마지막 질문이다. 김세진은 날아갈 것 같은 마음으로 가볍게 대답했다.

"저는 특히 김유린 후보를 중점적으로 보지는 않았습니다. 사실 저는 김유린 씨 같은 타입은 별로거든요. ……하하, 농담입니다, 농담. 그냥 저는 모든 후보 분들이 똑같이 대단하다고 생각합니다."

"오오~ 미인계는 통하지 않겠다는 말이시군요!"

"그렇기도 한데. 사실 뭐, 이번 더 몬스터의 길드원은 제가 아니라 국민이 뽑는 거 아니겠습니까?"

"역시 길드장님이십니다~ 아, 그리고 이거 정말 마지막에 마지막으로 하나만 묻겠습니다. 혹시……."

마지막 질문을 끝마친 김세진이 자리에서 일어나려고 하는데 리포터가 속사포처럼 말을 이었다.

마지막에 마지막이 어디에 있단 말인가…….

그러나 카메라 앞이다.

김세진은 딱딱히 굳어가는 얼굴을 애써 피고서 성심성의껏 대답해 주었다.

그 많은 스케줄을 끝낸 김세진은 드디어 집으로 돌아왔다. 그러나 그런 그를 기다리고 있던 것은 참 냉정하게도, 연장근무였다.

"크라켄을 또요?"

─예, 이번에는 일본입니다.

요즈음의 인기 폭발. 국민을 생각하는 제대로 된 나라라면 적어도 한 번쯤은 구입해야 하는─물론 내륙은 재외─잇 아이템(it item), '사랑이 서비스'다. 여기서 사랑이란 크라켄의 이름인데, 그 이름이 많은 국가와 국민들에게 꽤나 낭만적으로 먹혀들고 있다. 전혀 의도치 않은 마케팅이라 하겠다.

"지금 당장이요?"

─예, 급한 상황이라고 하더군요. 대신 출동비를 배 이상 주겠다고 합니다.

"무슨 야간할증인가. 근데 뭐, 저는 상관없는데 사랑이가 버티려나 모르겠네요……."

구라다. 그냥 소환해서 보내면 된다. 그러나 김세진이 괜히 버티는 이유는, 지금 유세정이 입고 있는 고혹적인 란제리 때문.

사랑이를 소환하면 사랑이가 일을 끝낼 때까지 레비아탄 폼으로 있어야 한다. 당연 그 시간 동안은 인간으로 만끽할 수 있는 즐거움을 포기해야 하고.

"괜찮아. 나 지금 사실 오빠보다 청룡 보고 싶거든. 엄청 귀여워."

"뭐?"

그런데 별안간 세정이가 나서서 크라켄의 출동을 독촉했다.

"너 누구 편이야?"

"하핫, 농담, 농담. 근데 일본 쪽은 국민들의 안전이 달려 있잖아. 그쪽에 더 신경 쓰는 게 옳지. 오빠는 한번 시작하면 2~3시간은 기본이잖아."

그녀는 그의 등을 꼭 껴안아주며 속삭였다. 그러나 그 백허그보다 그의 기분을 더욱 좋게 만든 건, '2~3 시간은 기본이잖아'라는, 남자의 자존심과 에고가 충만해지는 말이었다…….

"흐, 흐흠. 그래. 어쩔 수 없지. 두 시간이나 하는데. 그럼, 그럼."

어둑어둑한 지하의 폐허, 본래 노스페라투의 근거지였던

이곳은 바토리에 의해 복원 작업이 시행되고 있었다. 바토리가 이 장소를 그녀의 새로운 근거지로 삼았기 때문이었다.

그래서 현재 뱀파이어들은 마법을 이용하여 부서진 건물을 복원하거나 아예 새로운 주택을 짓는 등, 공사작업에 열중하는 중이다.

"저 오징어도 김세진 거라고?"

물론 정작 대규모 공사를 지시한 장본인은 편히 소파에 늘어져서 TV나 들여다보고 있을 뿐이다. '사랑이'라는 낯간지러운 이름의 크라켄이 활약하고 있다는 내용의 뉴스.

"예, 그렇습니다."

"내가 탐내는 건 다 가지고 있네. 쟤도 나랑 취미 비슷한가 봐. 그때 그 백호도 가지고 싶었는데."

크라켄과 관련된 뉴스는 금세 끝났다. 귀여웠는데…….

바토리는 입술을 핥으며 아쉬움을 표했다. 그러나 다음으로 흘러오는 영상은, 그보다 더 관심이 동할 만한 소식이었다.

―현재 더 몬스터 공로전 국민투표의 총 투표수가 1,000만 명에 육박하고 있습니다. 이는…….

더 몬스터, 이제 길드라는 단어도 부족한 세계 유수의 거대 길드. 그리고 그 길드의 우두머리는 바로 김세진이다.

바토리는 문득 그때의 아릿한 추억(?)이 떠올랐다. 서로 물고 물리고 뜯고 뜯기던. 그런 잔혹하고 짐승적인 나날들을.

"……어, 잠깐. 저기 후보 중에 우리 인원도 하지 않았니? 조금 유명한 놈 있잖아."

"예? 아, 예. 그렇습니다. 혜안의 에밀레르라고. 르에밀 사도님의 위장 신분이십니다. 저들

말로는 A급, 혹은 상급 마법사이시죠."

"엘프로 위장한 거니?"

"예."

흠…….

바토리는 턱을 쓰다듬으며 잠시 고민했다.

요즘 로드의 행보가 이상하다. 이상하다기 보단 모습을 드러내질 않는다. 그녀는 자신의 직감을 꽤나 믿는 편이었는데, 지금의 로드에게서는 구린내가 풀풀 풍긴다. 하수구보다 더한 구린내가.

그리고 무엇보다 '로드가 배신할 것이다.'라고 말하던 김세진의 확신에 찬 눈빛. 그것이 가장 마음에 걸린다.

"이렇게 하자. 내가 그 애로 위장해서 공로전에 나갈게. 얼굴 변용마법은 식은 죽 먹기니깐."

"예…… 예?! 뭐, 무슨 말이십니까?!"

갑작스러운 선언에 깜짝 놀란 사도는 말도 똑바로 할 수 없었다. 곧 있으면 균열이 완전히 열리는 가장 중요한 시국에, 이게 도대체 벌써 몇 번째 돌발행동이란 말인가.

"김세진이라는 빌어먹을 놈이랑 하고 싶은 말이 있단다. 그리고…… 잘하면 협력도 가능할 수 있고."

'균열'이 끝까지 열려 '통로'로 완성되는 건 기정사실이다.

열리는 균열을 도로 닫을 수 있는 존재는 존재하지 않을 테니.

하지만 '로드'가 정말로 배신을 결심했다면, 당연히 선수를 쳐야만 한다. 그 지점에서 그때 그 인간 놈과 협력할 수 있는 가능성이 생겨난다. 놈과 살살 협력하는 척 하여 먼저 로드를 배제하고, 나중에 그놈들까지 모두 말살한 뒤 혼자서 '통로'라는 과실을 독차지하는 것이다.

"혀, 협력이라니요. 어찌 인간 따위와……?"

"너는 로드가 아니라 나를 선택한 거잖니? 그래서 여기에 둥지를 튼 거고. 만약 로드가 이상한 생각을 하고 있다면, 먼저 쳐내고 계획을 바로잡아야지 않겠어?"

의문을 표하는 사도 그러나 그럴수록 바토리의 입가에 그려진 미소는 짙어진다.

그 아름답고도 위험한 미소 앞에서 사도는 고개를 끄덕일 수밖에 없었다.

공로전이 시작한 지 정확히 2주가 지났다.

길드원 따위를 뽑는 행사에 과연 국민들이 불안을 덜어내고 단합을 할까? 라는 김세진의 걱정이 무색하게도 여전히 성황리에 진행 중이다. 오히려 너무 많은 불안을 덜어낸 것은 아닌지 불안스럽고, 과도할 정도로 끈끈히 단합한 단합력이 문제로 돌변했다.

왜 팬덤은 항상 자기가 원하는 사람을 치켜세우는 것만으로 멈추지 않고, 다른 후보들을 들쑤시고 공격하는 걸까?

김세진으로서는 이해가 되지 않았지만 어쨌든 그렇게 기

사 15명 마법사 15명. 총 30명의 최종후보가 간추려졌다.

이제 이들은 '기사격전'이니 '마법대전'이니 하는 결투의 형식을 빌려서 점수 쟁탈전을 하게 될 것이다.

"완전 난리도 아니야. 새벽에서도 다 그 이야기뿐이라니까."

유세정은 생글생글 웃으며 눈으로는 TV를 보고, 오른손으로는 노트북의 마우스를 조종하며, 왼손으로는 스마트 폰으로 메시지를 날렸다. 과연 신기에 가까운 멀티태스킹이었다.

"근데 세정아. 너는 뭐가 그렇게 바빠?"

"어? 아. 나도 오빠 못지않게 엄청 바빠. 오빠가 나랑 너~무 안 놀아주다 보니까, 사교의 중요성과 재미를 깨달아 버렸거든. 그래서 여러 모임 나가고 그러는데 사람들이 진짜 엄청 궁금해 해. 다음 시험은 뭔지, 내부적으로는 누가 되기를 바라고 있는지."

"……그래?"

김세진은 은근슬쩍 눈알을 굴려 그녀의 핸드폰을 살펴보았다. 실제로 웬 단체방에서 메시지가 끊임없이 올라오고 있다. 그런데 단체방의 이름이…… '새벽 기사단 1팀-슈퍼 엘리트 모임'이다. 뭔가 굉장히 유치한 이름이긴 한데, 보통 '1팀'은 기사단의 가장 핵심 전력이 모인 팀이라서 허언은 아니다.

"……!"

그때 늑대의 눈이 날카롭게 번뜩였다. 그러나 단톡방 때문은 아니다. 유세정이 그를 바라볼 때 핸드폰 중앙에 떠오른 기다란 박스 모양의 개인 톡.

[김정호: 세정 씨, 뭐하세요?]

  힐끗 보기에도 남자 이름이고, 프로필에는 남자 사진이 떡 하니 들어 있으며, 누가 봐도 관심을 표하는 것 같은 문자 내용이 대미를 장식한다.

  "남자잖아."

  저도 모르게 차가운 목소리가 흘러나왔다. 유세정은 약간 벙 찐 기색으로 고개를 갸웃했다.

  "……어?"

  "얘. 얘, 말이야, 얘. 남자잖아."

  김세진이 핸드폰의 액정을 가리킨다. 그러나 개인 톡이 왔음을 나타내는 알림은 이미 사라지고 난 뒤였다.

  그녀는 그의 손가락을 좇더니 이내 미간을 살짝 좁혔다.

  "뭐야. 왜 내 핸드폰 훔쳐봐."

  "훔쳐보다니. 그냥 보인 건데."

  "치. 자기는 내가 핸드폰 못 보게 하면서 내거는 왜 맘대로 봐?"

  짐짓 화났다는 듯 볼을 부풀린다. 그러나 지금은 그런 걸 신경 쓸 겨를이 아니다. 그런데 귀엽긴 하니까 일단 머리를 쓰다듬어 주자.

  "아니, 남자한테 카톡이 왔잖아 방금. 누가 봐도 끼 부리는 내용이었어."

  "이거 단톡인데 무슨…… 오빠 설마 단톡이 뭔지 몰라? 단체 톡방, 단체 톡방. 이거 사람들이 단체로 모여서 문자 메시지로 대화를 나누는⋯⋯."

김세진이 이맛살을 찌푸렸다. 요게 지금 누굴 80대로 보나.

"알아. 근데 방금 온 건 단톡 아니야. 방금 개인 톡 왔어.
내가 봤어"

"⋯⋯응?"

그녀의 얼굴이 일순 멍하니 흐물거린다. 세진은 그 틈을
놓치지 않고 손을 쫙 뻗었다.

목표는 강탈, 그 대상은 핸드폰.

그러나 그녀는 재빨리 핸드폰을 등 뒤로 숨겼다.

반응속도는 상급. 하지만 오히려 그게 더욱 의심스러움.

세진의 눈썹이 불만으로 꿈틀거렸다.

"줘봐. 왜 안줘."

"잠깐. 잠깐만 있어봐. 이거 오빠가 생각하는 그런 거 아
니⋯⋯."

"그러니까 줘보라고. 근데 얘는 왜 너를 세정 씨라고 부르냐?"

"그⋯⋯ 재성 기업 부사장 아들이야. 막내라서 기업을 못
이어. 그래서 기사 쪽에 집중해서, 지금 칠흑 기사단에 상급
기사로, 전도유망한 기사⋯⋯."

세정이는 시뻘게진 얼굴로 횡설수설한다.

"아니, 신상은 읊을 필요가 없고. 일단 줘보라고."

"지, 진짜 별거 아니야. 오빠도 하젤린 언니랑 가끔씩 갠
톡 하잖아. 그런 거야."

"뭐?"

갑자기 순간 화가 팍 났다. 자신이 하젤린과 가끔씩 했던

톡은…… 아뿔싸, 이게 내가 하면 로맨스 남이 하면 불륜이
구나! 김세진은 잠시 숨을 추스르며 진정하고서 천천히 말을
이었다.

"……그래, 그건 그럴 수 있지. 근데 말이다, 이 사람 너랑
나랑 사귀는 건 알고 있어?"

하젤린은 그 사실을 알고도 그랬다. 그러나 그녀는 사랑에
솔직한 엘프라는 변명거리라도 있지, 이 김정호라는 남자 놈
은……

그의 물음에 세정이는 뭔가 생각이라도 하는 양 눈알을 데
굴데굴 굴리다가, 한숨을 푹 내쉬고서 자그맣게 말했다.

"아니, 몰라."

김세진이 약간 충격을 받은 틈을 타, 그녀는 추가타를 속
속들이 뱉어냈다.

"우리 동거하는 거, 기사단에서 아는 사람 별로 없어."

"……어떻게 그래?"

"그거야 직접 말 안 했으니까 모르지."

"적어도 눈치가 있으면 알지 않나? 이렇게 대놓고 같이
사는데? 아니, 모를 수도 있긴 한데 대기업 막내라며. 근데
몰라?"

유세정은 피식 웃었다. 물론 일부 기자들 사이에서는 이미
은연중의 사실이긴 하다. 하지만 아는 이들이 극히 함구하고
있어서, 그 흔한 찌라시로도 돌지 않았다.

더 몬스터와 새벽에게 눈총을 사면 바로 아웃일 테니까.

"응, 몰라. 그 사람은 가족이 내놓은 자식이거든. 불쌍한

사람이야. 기사단 사람들도 마찬가지야. 우리 친한 오빠 동생 사이로 알아. 주지혁 씨 빼면."

"그래? 아니, 그럴 리가 없는데. 고놈 분명 알고 있을걸? 아무리 내놨다고 하더라도 대기업……."

"자, 자. 받아. 직접 보고 판단해."

이쯤 되면 김세진이 충분히 누그러졌다고 생각한 것인지, 유세정이 핸드폰을 순순히 건넸다.

"봐봐. 진짜 별거 없어."

아마 아량이 하해처럼 넓은 남자라면, 엄숙하고 근엄하지만 동시에 자상한 목소리로 "아니, 나는 너를 믿는다" 따위로 말하며 핸드폰을 돌려줬을지도 모른다.

"하지만 하해는 레비아탄을 담기에는 너무나도 좁단 말이다."

"……뭔 소리야 그게?"

그는 변명 아닌 변명을 중얼거리며 핸드폰의 내용을 확인하였다.

[세정 씨, 오늘 기업회의에 참석하시나요?] (2월 13일 AM10:03)

[아니요. 그걸 제가 왜 가요.] (2월 13일 PM9:43)

[하하. 그래요? 저는 가고 싶어도 못 가는 자리인데.] (2월 13일 PM9:45)

==(이하 비슷한 구조 반복)

[김정호: 세정 씨 뭐하세요?] (3월 4일 PM6:33)

세정이의 철벽은 만족스럽다. 근데 이 김정호란 놈은 뭐가 이렇게 끈질긴 건지……. 그렇게 그가 핸드폰에 집중하고 있을 때, 세정이가 고양이 같은 손을 잽싸게 움직여 그의 핸드폰을 낚아챘다.

"오빠 것도 볼게."

순간 김세진의 몸이 돌처럼 굳었다. 다행히 요즈음은 여자와 연락을 거의 하지 않는다.

물론 하젤린도 없다. 그녀는 요즘 눈치가 보이는지, 이따금씩 SNS에 올린 사진에 '사진 잘 나왔네요.'따위의 댓글만 달 뿐 사적인 연락은 일절 하지 않는다.

"흠흠. 그래. 좋아."

고작 3분 만에 검열을 끝낸 유세정은 만족하며 핸드폰을 내려놓았다. 그러고는 세진의 품에 포옥 안긴다.

"아 맞다 오빠. 근데, 방배동 마법사는 왜 후보로 안 올라갔대?"

"음? 무슨 소리?"

"아니, 왜, 그분 우리랑 사이좋은 거 아니었나? 우리한테만 마기서 전부 주고 그랬잖아. 이번 공로전에 마법사들이 열정적인 것도 다 그거 때문이래. 방배동 마기서가 '풀 세트'로 있는 더 몬스터 도서관 열람하고 싶어서. 이번에 마기서 No.25까지 나왔다고 그랬나?"

이틀 전 방배동 마법사는 마기서 No.25를 발매했다.

폭발적인 반응을 이끌어냈지만, 아쉽게도 현재까지 그 마기서가 비치되어 있는 장소는 '더 몬스터 길드원 전용 도서

관'뿐이다.

왜 마탑에는 없냐면, 치열한 물밑 전쟁 때문이다. 그야말로 지독한 전쟁이다.

고약한 견제는 물론이거니와 마기서 입찰을 포기하지 않으면 비리를 터뜨리겠다는 일차원적인 협박부터, 정부에게 로비해서라도 외국 마탑은 쫓아내자는 국내 마탑의 담합까지······.

이토록 저열하면서도 처절한 전쟁을 김세진은 알지 못한다.

"아, 방배동 마법사?"

"응, 나 그분 한번 보고 싶은데."

세정이가 싱글벙글 웃으며 묻는다.

정말 아무것도 모르는 귀여운 모습에, 김세진은 입가를 씰룩이며 결심했다.

아무래도 이제는 말할 때가 다가온 것 같다. 그녀는 이미 자신의 특성이 레비아탄으로 변하는 것임을 알고 있다. 인간일 때에는 레비아탄의 힘을 빌려 쓸 수 있다는 것 또한.

"내가 방배동 마법사야."

"······응?"

잠시 동안의 침묵 이후, 유세정이 다소 멍한 얼굴로 되물었다.

"뭐라고? 그게 무슨 소리야? 방배동 마법사 이름이 '내'라고?"

말장난인가 싶었지만 표정과 목소리가 사뭇 진지하다. 김세진은 껄껄 웃으며 고개를 저었다.

"하하. 아니, 내가 방배동 마법사라고. 전혀 눈치 못 챘어?"

"어, 어……. 뭐어?! 어, 어떻게! 거짓말이지!"

화들짝 놀란 그녀는 방방 뛰어오르며 그의 어깨를 붙잡고 뒤흔들었다.

"잘 생각해 봐. 레비아탄은 마법을 쓰는 존재야. 그리고 우리랑 아무 접점 없는 방배동 마법사가 왜 마기서를 줬겠어?"

"……헐."

더 커질 수 없이 커진 유세정의 눈과 입에 경악이 들어선다. 오크 대장장이 때와 비슷한 고백인데, 아무래도 그때보다 더 큰 충격인 듯하다.

그러나 얼마 지나지 않아 정신을 차린 그녀는 현실적인 이해타산을 따지기 시작했다.

"오, 오빠. 그러면 방배동 마법사 마기서, 우리 새벽한테 맡겨주면 안 돼? 우리 알지? 마탑 세우려고 노력하고 있는 거."

"……뭐야. 더 안 놀라는 거야?"

"어? 아, 엄청 놀랐어! 우와, 우와아아아! 오빠 너무 대단해 진짜!"

과장한 몸짓과 손짓으로 '내가 놀랐다.'를 더없이 표현하는 그녀는 분명 예전보다는 몇 천배 명랑하다. 첫 만남 때의 모습과 지금을 비교하면 이질감이 느껴질 정도로.

"우리 오빠는 잘생겼구, 몸도 좋구, 무기도 잘 만들구, 이제 마법도 잘하네……?"

유세정은 그의 몸속을 파고들며 애처로운 목소리로 속삭였다. 어이없다는 듯 그녀를 째려보던 김세진은 피식 웃고 말았다.

"이렇게 하자. 더 몬스터랑 새벽이랑 마탑 지분 나눠. 그러면 방배동 마법사 마기서 전권 비치는 물론, 방배동 마법사 이름까지 그 마탑에 올려둘게."

협상을 개시했다.

순간 유세정의 동공이 바르르 떨린다.

"……어? 왜, 왜? 왜지? 그건 말이 안 되는데……. 더 몬스터는 우리가 마탑 세우는 데 도와준 게 없잖아."

"곧 도움을 주게 되잖아. 것도 엄청난 도움을. 방배동 마법사 마기서 플러스 이름값이야. 그거면 마탑 세우자마자 곧바로 네임드 마탑 될 걸?"

"……."

3초간의 정적.

이후 그녀는 슬그머니 김세진의 곁을 빠져나오더니, 핸드폰을 집어 들고 어딘가로 전화를 걸었다.

김세진은 여유롭게 '그쪽'의 의견을 기다려 주었다.

3월의 중순. 매회 4만 명 이상의 직관 관중을 동원한 기사 격전과 마법대전이 드디어 끝났다.

기사 부문에서는 김유린이 14승 0패라는 압도적인 성적이었고, 마법사 부문에서는 '에밀레르'라는 미모의 엘프 마법사가 마찬가지로 14승 0패를 거두었다.

이후 몬스터 처치, 사회 공로, 이벤트 격인 상식 배틀 등 등……. 여러 시험을 거치면서 서른 명 중 스무 명이 탈락했다.

탈락자들은 아쉽거나 억울하거나 분한 표정을 짤방으로 남기며-심지어 대성통곡을 한 마법사도 있었다-사라졌다.

그리고 김세진은 남은 열 명의 후보들과 대면상담을 가지기로 했다. 일단 심성을 가려내야 했을뿐더러, 방송사도 그런 그림을 원했다.

"반갑습니다, 에밀로르 마법사님."

"네, 안녕하시와요."

대면상담의 첫 타자는 에밀로르라는 마법사였다. 뭔가 음험한 기운이 느껴지긴 하지만 김세진은 선입견에 사로잡히지 않기로 했다.

"상식 점수가…… 0점이에요? 댓글을 보니, 이 정도면 거의 파충류 수준이라고 하던데. 여태 공부를 많이 안 하셨나 봐요?"

그는 일부러 민감한 질문을 던지며 늑대의 동공을 발현했다. 이 마법사의 속과 심성을 꿰뚫어보기 위함이었다.

그러나.

"……무슨 개수작이니?"

그녀는 씩 웃더니 사방으로 마나를 살짝 방출함으로써 설치된 카메라를 모두 박살 내버렸다.

"뭣……!"

"그런 저열한 눈으로 나를 보지 말아주렴. 애써 협상을 하러 왔는데, 당장에라도 죽이고 싶어지잖니."

진한 살의와 함께 엘프 에밀레르의 겉피부가 반죽처럼 흘러내렸다.

뒤이어 나타난 존재는 '바토리'.

김세진은 그녀의 완벽한 변용술에 감탄했다. 과연 만전(萬全) 상태의 여제는 늑대의 감각까지 속일 수 있을 정도란 말인가.

"안녕, 애야. 오랜만이구나."

바토리는 그렇게 말하며, 손톱으로 그의 목젖을 툭툭 건드렸다. 그러자 일순 방 안이 새까매지며 세계와 분리되었다.

"……워후. 오랜만이다. 결계야?"

여유로운 감탄사와는 달리, 김세진의 심장은 미친 듯이 뛰고 있었다.

"너무 긴장하지는 마. 협력을 하려고 찾아온 거니까."

"협력이라고?"

"그래."

여전히 영문을 모르는 얼굴의 김세진을 보며 바토리는 방긋 웃었다.

"시간 없으니까 본론부터. 애야, 내가 우리 로드를 죽일 수 있게 도와줄게. 어때?"

"무슨……."

그녀의 미소에 김세진은 정신이 아찔해졌다. 그러나 잠시뿐이었다. 뒤이어 스킬이 발동되었다는 알림창들이 파바밧 떠올랐으니.

[고유스킬 '가장 순수한 신체'가 발동합니다.]
[바토리의 극상급 미혹마법에 저항합니다!]
[미혹마법의 일부가 술자에게 반사됩니다!]

순간 바토리의 눈썹이 꿈틀거렸다. 그 이유는 알림창이 알려주고 있다. 그러나 김세진은 모르는 척 고개를 갸우뚱했다.

'후우.'

이 스킬이 이렇게 도움을 주는구나. 그는 '가장 순수한 신체'의 정보창을 살펴보며 안도의 한숨을 내쉬었다.

[가장 순수한 신체]

■ 정화된 육체는 언제나 불순물이 없는 상태를 유지합니다.

■ 개인의 의지에 따라, 육체의 강함을 최대 1000%까지 끌어올릴 수 있습니다. 그러나 %가 높아질수록 지속시간이 짧아집니다.

■ 스킬 '저항력'의 숙련도가 상승합니다. 또한 방어기제의 일환으로, 저항한 마법 혹은 공격의 일부를 반사합니다.

■ 이는 모든 폼에 적용됩니다.

"……이상한 술수를 부리네."

바토리는 그렇게 말하며 김세진을 째려보았다. 단지 눈빛뿐임에도 위압감이 목을 조르는 듯하다. 이토록 서슬 퍼런 눈을 마주한 대상이 일반인이었다면 아마 그대로 급사했겠지.

"무슨 소리야?"

세진은 최대한 평범하게 대꾸했다. 바토리는 그가 인위적인 마법을 사용했다는 느낌은 받지 못했기에, 그 이상의 말은 하지 않았다.

"됐어."

전신을 짓누르던 마기가 쑥 빠져나간다. 세진은 일말의 탈력감을 느꼈다.

"으어."

"어쨌든, 협력할 거니, 말 거니?"

바토리가 탐탁찮은 기색으로 팔짱을 꼈다. 그러나 세진은 그녀의 저의를 이해할 수 없었다. 분명 그때에는 로드를 의심하는 것만으로도 사지를 찢어 죽일 기세더니, 이제 와서 무슨…….

바토리는 그의 대답을 기다리지 않고 말을 이었다. 하나 본론과는 많이 비껴난 주제였다.

"근데 얘야. '더 몬스터'가 도대체 뭐기에 이렇게 요란하니? 뭐만 하면 사람이 몰려들어서 불편해 죽겠어. 오는 길에도 몇 놈 죽이고 싶었는데, 간신히 참아야 했단다."

엘프 마법사 에밀레르는 인기가 많다. 물론 바토리의 마나에 내재된 매혹의 기운 때문일 확률이 높지만, 팬덤은 김유린 바로 다음이다.

솔직히 말하자면 TV에 비춰지는 그녀의 모습은 인기가 많을 만하다. 시원시원한 파괴마법으로 모든 걸 분쇄하는 문자 그대로의 '여제(女帝)'.

완전 폭군이다 폭군.

"티브이 보면 알잖아. 세계 최고의 길드. 세계 최고의 혜택. 세계 최고의 복지. 전 세계 기사 혹은 마법사들의 워너 조인(wanna join) 길드."

자부심 넘치는 목소리였다.

"흐음…… 근데 이런 쥐새끼만 한 땅덩이에서 세계를 논하는 건 이르지 않니?"

"그런 쥐새끼만한 땅덩이에서 니들은 도대체 뭔 짓을 벌이려고 하는 거냐?"

세진은 바토리의 눈을 똑바로 바라보며 맞받아쳤다. 그녀는 화난건지 기쁜 건지 모를 미묘한 표정이었다. 하나 이내 얼굴을 딱딱하게 굳히고서 물었다.

"……협력, 할 거야 말 거야?"

"내용을 말해줘야지."

"말했잖아. 로드를 죽일 수 있게 도와줄게."

불과 얼마 전까지 로드를 섬기던 모습과는 정말로 딴판이었다. 사람이 왜 갑자기 이렇게 변했는지는 의문이지만, 그래도 성가신 존재가 하나라도 더 없어져 준다면 오히려 고맙다.

하지만 문제는 바토리가 로드가 된 다음이다.

"그러고 나서는?"

김세진이 눈을 날카롭게 떴다.

"그러고 나서는 너희가 알아서 해야지."

바토리는 조소를 머금은 채 말을 이었다.

"얘야, 뭔가 착각을 하고 있는 것 같은데. 통로가 열리는 건 확정된 사실이란다. 노력한다고 바꿀 수는 없어. 너네는 그 이후를 대비해야지, 그전에 통로부터 막겠다~ 따위의 생각은 안 돼."

"그럼, 로드를 죽이는 건 '그 이후'를 대비하는 일이라는 뜻인가?"

"그렇지. 네 추측대로면 로드는 지구의 과거로 갈 거라면서."

"……."

그는 입을 다물었다.

로드는 지구의 과거로 가고 싶어 한다고, 분명 처음에는 그렇게 생각했었다. 하지만 곰곰이 생각해보니 그것은 정답이 아님을 알았다. 로드의 계획은 과거로 가는 것이 아닌, 지구라는 무대와 시간은 유지한 채 '다른 차원'으로 가려는 것일 확률이 높다.

김세진은 그것을 바토리에게 설명해 주었다.

"……복잡하잖아. 더 쉽게 말해봐."

"그러니까, 로드가 지구의 과거로 갔으면 지금 '현대'가 영향을 받았어야지. 왜, 과거로 간 로드에 의해 이미 뱀파이어의 제국이 되었다든가 해야겠지. 근데 아니잖아. 그러니까 내 처음 가정이 틀렸다고. 놈은 '차원'만을 넘어갈 생각인 거야."

"……그 차원이란 건, 같은 공간에 여러 개가 있는 거야?"

"그래, 균열의 정의는 '차원과 차원의 세계와 세계 사이의 틈'이니까, 충분히 차원도 넘어갈 수 있어."

그러니까 결국 세진이 이 말을 한 이유는, 로드를 죽인다고 해서 현재 지구의 '그 이후'를 대비하는 일이 되지 못한다는 걸 알리기 위해서였다. 다른 차원의 지구란, 엄연히 말하면 이쪽과 전혀 상관없는 일이니까.

바토리는 용케도 그 속뜻을 알아들었는지 얼굴을 나찰처럼 일그러뜨렸다.

"그래서 협력 안 하겠다고?"

"……."

세진은 대답하지 않았다. 그 침묵 속에서 바토리는 마나를 방출시키며 억지 미소를 지었다.

"대답 안 하니?"

대답 안 할 필요는 없다. 어찌됐든 로드를 처단하는 걸 도와준다는 것은 오히려 고마운 일이니까.

그러나 그는 여전히 침묵한 채 늑대 폼을 취했다.

일단 협력을 하러 왔다는 건 적어도 죽일 생각은 없다는 뜻일 터. 그렇다면 그녀의 피를 섭취할 이 기회를 놓치지 않겠다.

"너는 진짜 답이 없구나."

바토리는 어이없다는 얼굴이 되었다. 그러나 망설임 없이 뛰어든 김세진은 앞발로 그녀의 두 어깨를 내리찍고, 아가리는 하얀 목으로 들이밀었다.

[바토리의 피를 섭취합니다……]

기분 좋은 알림창과 함께, 거대한 충격이 뇌를 뒤흔들었다. 바토리는 단지 옆통수를 후려친 것뿐이었다. 하지만 컨디션이 100%인 그녀의 위력은 그야말로 흉폭…….

"꺄아아악!"

다행인 건, 바토리도 세진과 똑같은 피해를 입는다는 것. 김세진은 포션의 힘을 빌려 다시금 바토리에게 달려들었다.

김세진은 바토리에게 딱 죽기 직전 까지 처맞고서 어쩔 수 없다는 듯 그 제안을 승낙했고 바로 다음 날 회의를 소집했다.

김유린, 이혜린, 하젤린, 유백송, 주지혁, 릴리아, 김선호, 릴리아 그리고 로스한델까지. 총 아홉 명의 인원이 비밀 회의실에 모였다.

김세진은 우선 바토리와 협력을 해야 한다는 끔찍한 사실의 개요를 털어놓고서 그 다음 해야 할 일을 설명하기 시작했다.

"일단 바토리와 함께 다니는 건 로스한델이 계속합니다."

"……예?"

김세진의 말에 로스한델의 얼굴이 나라 잃은 유생처럼 무너져 내렸다.

"일단 감시책이 있어야 될 거 아니냐. 그리고 따로 정보수집과 탐색은 유백송 씨랑 김선호 씨가 정보원들과 함께 하세요."

"알겠어."

"예, 알겠습니다."

유백송과 김선호가 고개를 끄덕였다. 그러나 그 둘의 시선은 김세진의 허벅지 위에서 교태를 부리는 카이저 2세에게 고정되어 있었다.

"나머지는 기사 분들은 강해지는 데에 집중. 근데 김유린 씨는 그리핀에 서투실테니, 둥지에 가서서 그리핀 다루는 법도 완벽히 익혀두세요. 아, 물론 공로전 끝나고 나서."

"예, 알겠습니다!"

김유린이 힘차게 대답한다. 그렇게 김세진은 빠르게 회의를 마쳤다.

그 다음은 이혜린의 장난기 서린 감탄이었다.

"오올~ 우리 길드장님 폼 나는데~"

"……장난치지 마십쇼."

"이히힛. 아, 근데 여기 단원 아닌 사람이 껴있는데 괜찮아요?"

김유린이 뜨끔한 얼굴로 어깨를 들썩였다.

"어차피 합격은 거의 확정이시니까 괜찮습니다. 어서 모두 해산! 시간 없습니다!"

바토리는 10월~12월 사이에 균열이 열린다고 말했으니, 시간은 많이 없다. 촉박하다 말하면 옳겠지.

김세진의 말에 길드원들은 힘차게 대답하고서 바삐 움직였다.

그로부터 10일이 지난, 4월 2일. 그동안 국민들에게 열화와 같은 성원을 받았던 공로전이 드디어 끝났다.

기사부문 합격자는 김유린과 주오형, 둘 다 고위 기사였다. 마지막 합격이 발표난 파이널 무대에서는, 김유린의 담담한 입단소감과 주오형의 눈물 어린 헌사가 극적으로 대비되는 꽤나 재미난 그림이 그려졌다.

한편 마법사부문 합격자는 브레틴이라는 엘프 남자와, 바토리와 약속했던 대로 에밀레르였다.

그런데 바토리는 뭔가 고풍스러워 보이려고 했는지, 사자성어를 인용해 입단소감을 전했다. 하나 틀려도 너무 틀린 활용이었다. 김세진은 도대체 왜 그런 기쁜 자리에서 '읍참마속'이라는 사자성어를 쓴 건지 도저히 이해를 할 수 없었다.

훗날 들으니 로스한델이 바토리를 골리기 위해 일부러 알려준 거라고 했다.

바로 다음 날, 인터넷을 통해 사실을 안 바토리는 로스한델을 죽이겠다고 길길이 날뛰며 길드 건물로 쳐들어왔다.

다행히 일시적인 협력관계는 아직 원활하게 유지되고 있다.

−새벽&TM 마탑 완공식, 새벽과 더 몬스터의 합작품.

−압도적인 자금력과 더 몬스터가 합쳐지다.

−새벽日 불안정한 시국일수록 투자금액을 늘리고 다각화할 것. 목표는 국내 1위는 물론 세계 1위의 마탑.

그리고.

또 다른 핵폭탄이 터졌다. '새벽'과 '더 몬스터'가 지분을 각각 5.5 : 4.5로 나눈 마탑이 공식적으로 출범한 것이다.

물론 단지 그 사실만으로는 국내가 들썩일 만큼의 파급력이 없었다.

재계 1위 새벽이 뛰어들었다 한들, 현대의 마탑은 수십 년에 걸쳐 겹겹이 쌓인 경험과 지식이 낳은 지혜의 산실. 아무리 새벽이라도 적어도 몇 십 년은 적자와 비아냥거림의 늪에서 헤엄칠 각오를 해야 한다는 게 여타 마탑과 전문가들의 냉소적인 중론이었다.

그러나 뒤이어 '특종'이라는 딱지를 붙인 기사가 터지면서 상황은 180도 급변했다.

그 어느 마탑에도 적(籍)을 두지 않았던 마법사.

'불세출의 마법사'라는 범세계적 수식어는 물론 이제는 천재의 아이콘이 된 '방배동 마법사'.

그가 새벽 마탑에 당당히 이름을 올린 것이다.

그것으로도 모자라 No.1부터 No.25에 해당하는 마기서 제공은 물론 이 다음 발매할 마기서까지 모조리 기증하겠다고 블로그를 통해 공언했다.

그야말로 핵폭탄급 특종이었고, 그저 진흙탕 속에 신생아가 빠진 것쯤으로 여기던 여러 마탑들은 기함할 수밖에 없었다.

그리고 지금 마법사들을 혼란과 공포로 밀어 넣은 장본인은, 그런 마법계의 소용돌이와는 딴판인 세상에서 맘 편히 휴식을 취하고 있다.

"어때? 여론은 괜찮아?"

김세진이 노트북에 딱 달라붙은 세정이를 껴안으며 물었다.

"엄청 좋아. 지금 베넷 1위가 [새벽이랑 더 몬스터랑 방배동 마법사랑 합쳐진 거면, 생태계 교란종 아님?]이야. 히히히."

"그래? 근데 너 마탑 사업에 관심이 되게 많네?"

"응, 당연하지. 이거 내가 추진한 사업이거든."

"진짜?"

"어. 그래서 마탑장도 나지롱."

유세정이 세진의 볼에 쪽- 입맞춤을 하고는 싱글벙글 웃었다.

참고로 마탑장과 마탑주는 다르다. 마탑장이 이사장이라면, 마탑주는 학장이나 마찬가지. 물론 마탑장의 권한이 훨씬 강력하다.

"뭐야. 왜 말 안했어. 그럼 더 여유롭게 협상했을 텐데."

이 일의 책임자인 조한성은 새벽 쪽이 혀를 내두를 정도로 끈질기게 협상했다. 그의 말로는 과거 자신을 못살게 굴었던 새벽의 상사가 협상 책임자로 나와서 그랬다고는 하는데…….

"괜찮아. 어차피 내 지분은 35% 고정이니까. 나머지는 할아버지랑 아빠 꺼거든. 차라리 오빠가 가지는 게 나아."

"……."

뿌듯해야 할지 미안해야 할지. 김세진은 객쩍은 미소를 지으며 세정이의 어깨에 머리를 기대었다. 그리고 함께 노트북을 바라본다.

"오. 이 사람 서울마탑 부탑주 아니야? 이쪽은 부산마탑

탑주고."

"응, 별 아쉬움 없을 사람들인 줄 알았는데, 지금 자리 없냐고 엄청 문의 오네. 자기PR 용량이 무슨 1GB나 된다니까? ……아, 맞다. 외국에서도 왔어. 봐봐. 세계 5위 벨리 마탑 탑주야."

유세정이 사진을 띄웠다. 벨리 마탑주는, 탑의 이름답게 쫙 빠진 몸매의 엘프였다. 과연 벨리댄스 잘 출…….

"하, 어이없네. 어딜 보는 거예요, 아저씨?"

"……아, 아니. 크흠. 잘됐네. 마탑도 금세 발전하겠어."

"응, 방배동 마법사 영향이 엄청 컸어. 비치된 마기서가 100권밖에 없는데, 지금 몰리는 마법사는 1,000명이 넘는다니까?"

마기서는 비싸다. 그리고 구하기 힘들다. 대강 중급 이상의 마기서의 시세는 수십억 대에 달하고, 무엇보다 돈이 있어도 매물이 풀리지 않아 매입할 수가 없다.

새벽도 고작 75권(100권에서 방배동 마기서 제외)밖에 구하지 못했을 정도이니…….

이는 마탑에 보관된 마기서는 그 마탑 소속 마법사들이 시간과 노력을 기울여 자체적으로 발명해 낸 것이 대부분이기 때문이다.

"그래서 말인데……."

유세정이 야릇한 미소를 지으며 세진의 허벅지를 은근슬쩍 쓰다듬었다. 손길이 점점 더 야릇하고 대담해진다.

"오빠가 조금만 더 열심히 일해주면…… 우리 엄청 빠르게 성장할 수 있을 것 같은데."

　김세진은 피식 웃으며 협상을 개시했다.

　"그러면 마탑주는 내가 정한다."

　세정이의 동공이 아기새처럼 푸르르 떨렸다.

44장
진입

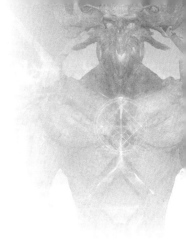

　새벽&TM 마탑 완공기념 커팅식이 서울 서초구의 신축마
탑 앞에서 치러지고 있다. 참석한 면면은 하나같이 각 그룹에
서 내로라하는 유력인사들뿐이었다. 대표적인 인물을 꼽자면
TM은 CEO 조한성, 새벽 쪽은 회장의 외동손녀 유세정.

　"새벽에서는 유세정 기사가 왔군."

　이 마탑은 서울에 지어진다. 이는 필연적으로 서울 최고,
한국 최고 마탑을 표방한 '서울마탑'과 경쟁을 하게 된다는
뜻. 그래서 서울마탑장은 분위기의 흐름을 느끼기 위해 몸소
이곳까지 찾아왔다.

　짙게 코팅된 차창 너머로 유세정을 바라보며 마탑장이 말
했다.

　"TM에서는 조한성이라. 김세진의 오른팔이 직접 참석할

정도면 그쪽에서도 거는 기대가 꽤나 크다는 뜻이겠지."

"예, 아무래도 TM과 새벽 모두 전력으로 뛰어든 것 같습니다."

조한성은 대쪽 같은 성품과 끈질긴 추진력으로 정재계에서도 함부로 대할 수 없는 인물이라 정평이 나 있다. 물론 이유가 단지 그뿐만은 아니다.

김세진의 최측근.

그 수식어는 조한성이라는 사람이 가진 다른 모든 것을 가뿐히 압도한다.

그리핀과 크라켄을 위시로 한 대규모 방산사업부터, 아티펙트와 오크의 무기, 마나 문신 등등의 현 시국에 결코 없어선 안 될 창조적인 능력까지.

방배동 마법사가 현대 마법의 혁신을 나타내는 아이콘이라면, 김세진은 현대 그 자체의 상징이나 다름이 없다.

특이한 일이다.

대중은 보통 특성의 도움으로 부와 권력을 거머쥔 인간군상을 싫어한다. 그러나 그 엄격한 잣대 속에서 김세진만큼은 예외다.

아마 상황이 특별한 탓일 것이다. 한 달에도 몇 번씩 보스몬스터가 범람하는 세상에서, 김세진이 없었더라면 대한민국은 오래 전에 무너져 내렸을 테니까.

그가 아니었다면 중상급 기사들의 무기수요를 충족시켜 줄 오크제 무기가 없었을 것이고, 그들의 생존 확률을 90%까지 끌어올린 아티펙트도 없었을 것이다.

출동 시간을 비약적으로 단축시킨 그리핀도─출동과 동시에 도착하는 그리핀의 도입은 아예 '경찰혁명'이라 불린다─대한민국의 국제적 위상을 증진시킨 범세계적 방위 서비스 '크라켄'도 마찬가지다.

위기와 위험 속에서 길잡이별처럼 듬직하게 빛나는 존재.

그런 남자가 마탑이라는 지혜의 사업에 뛰어든 건, 경쟁자 입장에서는 예상하지 못한 재앙이었다.

"부탑주 헤밍 그놈은 벌써부터 이력서 넣었다는 소문이 돌던데."

마탑장은 미간을 찌푸렸다. 생각할수록 짜증난다. 그 박쥐 같은 놈.

"……헤밍 부탑주님은 어제부로 사표를 내셨습니다."

"하, 뭘 믿고? 저기서 확답을 듣지는 못했을 텐데."

"탑주의 말로는 '승부수를 던지겠다.'라고 말하고 사표를 냈답니다."

"승부수가 아니라 도박수겠지."

마탑장의 한숨이 차창에 달라붙어 성에가 되었다. 날짜는 완연한 봄임에도 불구하고 날씨는 여전히 차다.

"뭐, 그쪽의 향후 예상은 낙관적이겠지?"

"……예, 그나마 단점이라고 할 거라고는 100권밖에 없는 마기서 보관량뿐인데, 그중 25권이 한 권당 1년은 파고들어도 모자랄 명품들이니……."

마기서의 가치는 '기록된 마법 하나를 배우는 것'에 그치지 않는다.

하나의 마기서에 사용된 원리와 구성을 응용하여 또 다른 파생마법을 창조해 내는 것. 그것이 '마기서'의 가장 큰 의의다.

그런 점에서 혁명에 가까운 방배동 마기서는 최고의 가치를 지닐 수밖에 없다. 방배동 마기서 1권이면 다른 마기서 10권은 족히 만들어낼 수 있을 것이다. 한데 신축 마탑에는 그 25권이 모두 들어 있으니 250권, 2,500권으로 불어나는 건 그저 시간문제에 불과할 터······.

"으음?"

그때였다. 마탑장은 멀리서 커팅식을 구경하는 한 명의 사내를 발견했다. 익숙하다. 강건한 골격, 기다란 다리. 선 굵은 턱과 오뚝한 콧대. 선글라스와 마스크를 썼음에도 그 예술적인 태는 결코 숨겨지지 않는다.

수백, 수천 번을 봐서 안다. 그 누구에게도 알리지 않은 비밀이지만 마탑장 '진요셉'은 김세진의 열광적인 팬이었기에.

"······잠깐만."

마탑장은 황급히 차문을 열고 남자에게 다가갔다. 남자는 누군가가 자신에게 다가오자 의아하다는 듯 고개를 갸웃했다.

"혹시 김세진 씨 아니십니까?"

그의 선글라스 아래, 낭패 어린 기색이 짙게 떠오른다.

김세진은 갑작스레 찾아온 서울 마탑장과 여러 이야기를 나누었다. 마탑 놈들은 다 자존심만 더럽게 센 아집 덩어리들이다라는 인상과는 달리, 마탑장은 온건한 원칙주의자였다.

대화도 잘 풀리고 정중한 태도도 마음에 들었다. 그 행동과 목소리 속에 담긴 열정이 진심이었기 때문이었다.

"자요. 선물입니다."

그래서 커팅식 홍보 겸 가져왔던 물건을 그냥 줘버렸다.

"이건 뭡니까?"

마탑장이 무테안경을 고쳐 쓰며 장서 한 권을 유심히 들여다보았다. 표지에는 아무것도 쓰여 있지 않다. 다만 No.26이라는 영어와 숫자만 은은히 새겨졌을 뿐.

넘버 26, 26번째, 숫자 26…….

되뇌던 마탑장은 어느 순간 그 뜻을 깨달았는지 경악한 얼굴이 되었다.

"이, 이건……."

"잘 쓰세요. 26번째 마기서는 아마 전 세계에 17권 아니, 그거 포함 18권밖에 없을 겁니다."

김세진이 웃으며 말했다. 이번 26번째 마기서는 마법과 마도의 경계에 있다. 바토리의 마도 지식과 레비아탄의 마나지체가 합쳐지지 않았더라면 결코 되살아나지 못했을 마법, '메테오'.

화속성의 정점에 위치했다던 이 전설 속 마법은 이제 곧 마법계에 커다란 크레이터를 남기겠지.

"어. 어어…… 하지만 이, 이런 귀한 물건을 받을 수는…….'

마탑장의 손이 덜덜 떨렸다.

"받으세요. 이런 마법을 익힐 수 있는 마법사는 어차피 얼마 없습니다."

김세진은 일부러 공격마법을 택했다. 훗날 있을 김유손이 예언한 '몬스터 대재앙'에 조금이라도 도움이 되길 바랐기 때문이다.

물론 혹시라도 뱀파이어의 손에 들어가 악용될까, 남은 17권은 메테오를 익힐 역량이 있는 마탑을 미리 선별하여 직접 증정할 예정이다. 그러나 이중에는 한국 마탑은 없다. 하지만 뭐, 한 권 더 만들면 되니까.

"가져가세요. 그럼 저는 이만."

"예? 아, 가, 감사합니다! 저, 사실 김세진 씨 팬입니다!"

"그래요? 고마워요."

김세진은 몸을 덜덜 떠는 마탑장의 어깨를 툭툭 두드려주고는, 기자들이 친 진을 탱크처럼 뚫어내며 커팅식으로 향했다.

갑작스러운 장신이 밀고 들어오자 기자들은 저마다 저도 다른 짜증을 토해냈다.

그렇게 중간지점에 이르렀을 때.

김세진은 선글라스를 벗고서 유세정을 바라보았다.

언질은 일체 하지 않았기에 그녀의 얼굴은 경악으로 물들었고, 기자들은 카메라 렌즈를 그에게로 돌렸다.

그는 기자들이 터준 길 사이를 저벅저벅 걸어갔다. 모세의 기분이 이러했을까. 그는 시답잖은 생각을 하며 유세정의 옆자리에 자리를 잡았다. 그리고 그녀를 바라보며 그 어느 때보다 환한 미소를 지어준다.

"이제 몇몇은 눈치채겠지?"

"……아우 정말. 미리 말이라도 좀 해주던가."

유백송은 짐짓 힐난하듯 말했지만, 얼굴에는 미소가 가득했다.

갑작스러운 김세진의 출현으로 커팅식은 성황리에 마쳤다.

"로드의 낌새가 지하에서 느껴진답니다."

로스한델이 말했다. 힘없는 목소리였다. 또한 두 눈두덩에는 검은색 멍이 가득하고, 머리털은 거의 반절이 쥐어뜯겨져 있다. 바토리의 연설문에 재를 끼얹은 대가를 톡톡히 치른 듯한 모습이었다.

"어디 지하?"

이혜린이 그에게 삶은 달걀을 쥐어주며 물었다. 로스한델은 능숙한 손놀림으로 달걀로 눈두덩을 마사지했다.

"강원도 몬스터 필드의 지하. 왜, 그때 균열 두 개가 겹치면서 지반이 어그러졌던 장소 있잖습니까."

"아! 그 마나가 움직이지 않던 곳?"

이혜린이 생각났다는 듯 손뼉 치며 말했다. 그에 김유린은 뭔가 추억에 잠긴 듯한 얼굴이 되었다. 그 곳은 오크와 처음 만났던 장소였다.

"예, 거기에서 심복들과 함께 무슨 연구를 하고 있답니다."

"무슨 연구?"

"저도 모릅니다, 그건. 뭔가 하고 있겠지요."

"……길드장님? 어떻게 할까요."

김유린이 김세진을 바라보며 묻는다. 김세진은 가만히 고민하다가 김선호를 바라보았다. 김선호는 주지혁에게 바통을 넘겼다. 주지혁은 다시…… 그렇게 계속 이어지는 시선의 끝은 김유린이었다. 그녀는 깊은 한숨을 내쉬었다.

"하아……."

"어쩔 수 없잖습니까. 작전지휘 경험이 많은 건 대장님이잖아요."

"알았어, 알았어. 일단 지도부터 봅시다."

김유린은 로스한델이 가져온 내부지도를 펼쳐 보였다. 가장 눈길을 끈 점은 통로가 동해와 가까이 있다는 점, 어쩌면 레비아탄을 이용할 수도 있을지 모른다.

이 기다란 통로로 진입하는 방법은 두 가지가 떠오른다. 막무가내로 지하에 구멍을 내서 얼굴부터 들이밀든가 아니면 잠입하든가…….

그녀가 고심하는 사이 로스한델이 말을 덧붙였다.

"아, 맞다. 바토리가 계획일이 정해지면 연락 주랍니다. 도와준다고."

"그래? 그럼 좋…… 잠깐, 로드는 다 볼 수 있다며. 너 우리랑 만나는 거 다 보였을 거 아냐. 이미 다 들킨 거 아니야?"

이혜린이 물었다.

"아. 그건 맹세를 한 뱀파이어에 한하는 겁니다."

"맹세?"

"꽤 오래전 일입니다. 예전에 뱀파이어 척살령 아시죠. 그게 내부 소행임이 확실했거든요? 여차저차 살아남은 뱀파이어들은 이제 배신자를 찾아 죗값을 치르게 해야 하는데, 웬걸. 숫자가 워낙 적으니까 '안 그래도 적은 숫자의 동포끼리 죽고 죽이지 말자. 대신에 배신하지 않겠다는 맹세를 하여 목숨을 로드에게 맡기자…….' 이런 식으로 생각이 옮겨간 겁니다. 근데 저는 척살령 이후에 태어난 어린이라 피의 맹세를 하지 않았습니다."

"어린이……."

이혜린은 경멸과 몰이해가 섞인 눈빛으로 로스한델을 바라보았다.

"왜 이러십니까. 애초에 여기서 제가 막내인데. 김유린 기사님이나 하젤린 마법사님은 이미 30대를 넘으셨잖습니까. 저는 파릇파릇한 20대라고요."

별안간 언급된 두 사람은 동시에 이를 까득 갈았다. 격렬한 살의가 눈동자에서 불타오른다. 로스한델은 짐짓 휘파람을 불며 그 눈을 피해야만 했다.

"아니, 그래도. 몇몇 뱀파이어가 그거 잘못 걸리면 다 죽는 거 아냐? 노스페라투까지?"

"아뇨. 그것도 아니랍니다. 로드는 연구를 하느라 지금 지하에 처박혀 있어서 그런 걸 살필 여유가 없을 거라더군요."

"어쨌든. 문제가 없다는 거네. 그럼 이렇게 하는 건 어떨까? 자, 한번 들어보세요……."

김유린은 짧은 시간동안 구상한 계획을 늘어놓았다. 일단 굉장히 복잡했다. 무슨 포크레인, 레비아탄, 크라켄 등등을 모두 활용하는 작전이었다. 하나 듣고 보니 꽤나 그럴 듯한 방법이어서 모두 납득한 듯 고개를 끄덕였다.

"좋네요. 역시 대장님."

"역시. 괜히 김유린 김유린 하는 게 아닙니다."

"하하, 과찬이십니다. 그럼 길드장님. 이 계획으로 할까요?"

"좋습니다."

김세진은 허락을 내렸다.

띵!

그런데 그때 회의실 엘리베이터가 열리더니 새하얀 중학생-처럼 보이는-여자 한 명이 뒤늦게 도착했다.

"나 왔어. 무슨 일이야."

"아, 유백송 씨. 어서 앉으세요. 설명할 계획이 있습니다.

김유린은 그녀에게 다시금 설명을 해주었다. 그러나 유백송은 별안간 고개를 갸웃하더니, 묵직한 돌덩이를 툭 내던졌다.

"왜 그렇게 복잡하게 해? 좌표만 알아내면, 마도로 들어갈 수 있는 거잖아. 야, 김세진. 너 그때 우리 순간이동 시켜 줄 때 썼던 마도는 또 쓸 수 없는 거야?"

"……"

"……"

"……"

그 간단한 방법을 왜 떠올리지 못했을까.

회의실에는 자조 섞인 침묵이 짙게 가라앉았다.

−방배동 마법사가 직접 서술한 No.26 마기서의 해설의 한 단락에는 '아득한 창공에서 쏟아지는 불덩이'이라는 문장이 적혀져 있는 것으로 확인되었습니다. 마치 '메테오'를 연상시키는 이 놀라운 문장을 두고 마법계와 전문가의 의견이 분분하게 갈리고 있지만, 방배동 마법사는 정확한 마법 명칭을 언급하지는 않았습니다.

−이번에도 커다란 반향을 일으킨 이 방배동 마기서는 가장 먼저 새벽&TM 마탑에 비치될 예정이며, 이는 마법사들의 새벽&TM 마탑을 향한 구애행위를 더욱 증폭시킬 계기가 될 것이라고 전문가들은⋯⋯.

언론과 방송사는 아직도 난리다. 그만큼 마기서를 향한 마법사들의 관심과 열정도 뜨겁다. 전설 속 마법이 실제로 구현된다고 하니 그런 거겠지만.

어쨌든 그 덕에 마탑에 지원한 마법사만 국내외 포함 무려 6,785명. 대한민국 마법사가 8만 명 임을 감안하면 정말 어마어마한 숫자인데, 심지어 '자신은 가망이 없을 것이다.'라고 지레 짐작한 C등급 이하 마법사들이 빠져 모두 알짜배기들뿐이다.

덕분에 유세정은 할아버지에게 사업수완을 인정받아 하루하루를 몽실몽실한 구름 위를 나는 듯한 기쁨 속에 살고 있으나, 정작 김세진은 별 관심이 없었다.

"좌표는 아직이야?"

길드의 지하에 위치한 '비밀의 방'에선 회의가 한창이다.

"잠시만요. 좌표는 받았는데 내부 모습이 아직입니다. ……아! 받았습니다, 주인님!"

로스한델이 김세진을 바라보며 환히 웃었다. 그러나 호칭이 심히 거슬려서 김세진의 미간이 깊게 패였다.

"주인님이라고 하지 말라고 몇 번을 말했지?"

"그러면 뭐라고 부릅니까? 저는 길드원이 아니라서 길드장이라고도 부르지 못하는데……."

로스한델은 의도가 다분한 투정을 부렸다. 그 은근한 길드 가입 요청은 이혜린이 대신 진압했다.

짝!

찰진 등짝 스매싱의 소리였다.

"좌표부터 말해요. 이상한 소리 하지 말고."

"아으! 아파…… 진짜. 알았어요, 알았어."

로스한델이 종이에 좌표를 적은 뒤 의념을 통해 김세진의 머릿속으로 동굴 내부의 풍경을 전달했다. 그는 눈을 감고 동굴의 구조를 조감하여, 적당히 숨어들 수 있는 위치를 머릿속에 담아두었다.

"됐어요, 주인님?"

"……그래, 됐다. 됐어."

김세진이 한숨을 내쉬며 눈을 떴다. 그런데, 그와 동시에 로스한델의 얼굴이 굳었다. 그새 바토리에게서 뭔가 송신이 온 듯하다.

"왜?"

"그, 주인님."

"……주인님 하지 말라니까."

"바토리가 오랍니다."

"그럼 가면 되지."

"아니, 저 말고…… 주인님 오랍니다."

김세진이 고개를 갸우뚱했다.

"갑자기 왜?"

"저도 모릅니다."

호출을 받은 김세진은 과거 노스페라투가 머물던 그리고 이제는 바토리의 것이 된 근거지로 내려왔다.

"5월 6일, 알았어. 우리가 도와줄게."

"……어떻게 도와줄 건데?"

"로드와 함께 연구 중인 심복 놈들을 불러낼 거야. 급히 해야 할 일이 있다고."

몹시 무성의한 대답이었다.

"어떻게 불러낼 건데?"

"그건 내가 알아서 할 테니 걱정하지 마렴. 흐음, 흐음……."

태도가 참으로 불성실하지 않은가. 직접 호출까지 했으면서 연신 핸드폰만 붙들고 있는 꼬라지를 보고 있자니 이맛살이 절로 찌푸려진다.

"뭐가 그렇게 바쁜 거냐?"

"아, 내 기사 좀 보고 있었어. 개미들이 참 귀여워. 여기 엄지손가락 아래에 달린 숫자는 나를 찬양하는 의견에 동의한 개미들의 수를 나타내는 거겠지?"

손가락으로 핸드폰 액정을 가리키며 묻는다. 에밀레르의 무용을 찬양하는 기사에 달린 댓글이었는데, 7,300의 '좋아요'와 3,400의 '싫어요'가 매겨져 있었다.

"어. 맞아."

"그럼 7,300명이 에밀레르를 좋아한다는 뜻이겠네. 근데 나머지 3,400명은 뭘까? 누군지 알아낼 수 있니?"

"알아내면 어쩌려고."

"죽여야지."

"……."

어딘가에 사는 익명의 누군가들은 핸드폰 화면을 터치한 죄로 만악의 근원에게 살해당할 위기에…….

"농담이야. 농담. 그런 심각한 표정은 짓지 마렴. 이 바보야."

바토리는 다시금 피식 웃으며 핸드폰을 내려놓았다. 그러고는 상자 하나를 김세진에게 건넨다. 구약(舊約)의 한 장면에나 나올 법한 낡고 고풍스러운 상자다.

"이건 뭐야?"

"안에 로드의 약점이 들어 있어. 별건 아니고 부디 성공하라고 주는 선물."

"……약점?"

"그래. 아무리 로드라 하더라도 이젠 노쇠한 몸이라 청각 시각을 비롯한 여러 감각이 감퇴되었어. 그만큼 '모든 것을 보는 눈도 예전만큼의 기백은 아니지. 하지만 만약 계획에 실패하더라도 이걸로 그 눈만큼은 모쪼록 없애주었으면 해. 거슬리거든."

김세진은 혹시라도 부서질세라 조심스레 상자 뚜껑을 열었다. 은색 나이프가 상자의 어둠 속에서 차갑게 번뜩였다.

"은?"

"그래, 근데 평범한 은이 아니야. 우리 고향의 강렬한 볕으로 재련한 은이지. 보통 뱀파이어의 약점은 두 개야. 햇볕과 은. 그 두 개가 집약되어 있는 물건이지."

"그럼……."

나이프를 움켜쥔 김세진은 오묘한 눈빛으로 바토리를 바라보았다. 그 시선을 느낀 그녀의 눈꼬리가 설핏 휘었다. 그러나 분노를 표하거나 하지는 않았다.

"뱀파이어의 약점이라고 해봤자 젊을 때는 느껴지지도 않아. 그런데 로드는 다르지. 늙은 사람이거든. 아마 이걸로 살갗을 베이면 절삭면의 살이 썩어들어 갈 거야. 게다가 한 번 베이면 회복도 못 해."

"흠."

그는 은색 나이프를 요리조리 돌려보았다. 외견은 무척 평범하다. 피부가 아니라 스테이크를 썰어야 될 것 같은데. 그것도 레어는 너무 질기니까, 웰던.

그런 그를 흐뭇하게 지켜보던 바토리가 충고를 덧붙였다.

"얘야, 근데 너무 방심하지는 마렴. 로드는 키메라 공학의 일인자거든."

그러나 그 말을 끝으로 온 신경을 핸드폰에 집중한다. 꼼지락꼼지락 손가락을 움직이는 것이, 아마 혼자서 여론 조작을 하려는 게 아닐까.

김세진은 피식 웃으며 대답했다.

"간다."

"……."

바토리는 대답하지 않았다. 타닥- 타닥- 하는 핸드폰 특유의 타자소리만 공허 속에 메아리칠 뿐.

계획은 10일 뒤, 4월 20일로 잡혔다. 여태 태연한 척을 했지만 '로드'라는 이름이 주는 중압감은 역시 허술하게 받아들일 수 있는 종류가 아니다. 무거워지는 마음을 어찌할 수 없어, 김세진은 노스페라투의 지하 도시로 산책을 왔다.

고블린 도시 바로 옆 자락에 지어진 노스페라투의 터전은 과연 아름다웠다. 중세에서나 볼법한 고풍스러운 고성 하나가 지반을 뚫을 듯 높이 드리우고, 그 주변에는 평범한 벽돌 저택들이 늘어서 있다.

어둠 속에 지어진, 고향을 똑 빼닮은 도시. 햇볕을 싫어하는 뱀파이어들에게는 아마 지상의 낙원이 아닐까.

"성공하실 거예요."

가만히 감상하는데, 어느새 다가온 릴리아가 커피 한 잔을 쥐어주며 말했다.

그 정도로 우울한 얼굴이었나? 김세진은 애써 웃었다.

"그러길 바라야죠."

"그렇게 될 거예요. 로드는 죽고, 일행은 모두 무사귀환. 세진 씨는 집으로 돌아가 그날 있었던 일을 술회하며 일기를 쓴다. 그런 베스트 엔딩일 거예요. 물론 우여곡절은 있겠지만."

김세진의 입가에 옅은 미소가 번진다. 그는 커피를 홀짝이며 문득 궁금해진 부분을 물어보았다.

"근데, 생활은 괜찮아요?"

뱀파이어는 피 이외의 수단으로는 영양섭취가 불가능하다. 그것은 그들에게 입과 식도를 제외한 여타 소화기관이 존재하지 않기 때문이다. 근본적인 신체의 구조와 생존의 방식이 다른 것이다.

뱀파이어가 인류의 적이 될 수밖에 없었던 건, 그렇기에 필연적이었을 지도 모른다.

하지만 김세진은 지금 '현대'에 필연은 없다고 생각했다.

뱀파이어들이 살았던, 과학이라곤 중세 언저리에도 미치지 못했던 세계와, 현대의 지구는 다르다. 마나와 마법이 아무리 활개 치더라도, 현대에는 과학이란 지혜가 엄연히 존재한다.

마나라는 격량에 휩쓸렸음에도 죽지 않고 살아남은 걸 넘어, 오히려 마나와 마법을 자양분 삼아 차근차근 발전해 왔다.

그래서 현대에 불가능은 없다.

다만 시도를 하지 않은 것과, 시도를 한 것으로 나뉠 뿐.

그리하여 김세진은 뱀파이어만의 음식을 만들기로 했다. 뱀파이어에게도 포션은 적용된다, 는 간단한 사실에서 착상한 아이디어였다.

그리고 그 막연한 아이디어는 6개월의 노력 끝에 실체적인 프로토타입이 되었다.

마시자마자 모든 영양분이 전신으로 퍼지는 마법의 음료.

이거면 뱀파이어들이 소나 돼지의 피를 마셔야 한다는 혐오스러움도 없을 터.

물론 제조과정에서 마나를 다루는 마법사가 필요하지만, 앞서 말했다시피 TM마탑의 지원자는 무려 6,785명이니까.

그리고 노스페라투는 그 음료를 이용하여 대대적인 식단 개선에 나섰다.

"아직 적응에 힘들어 하는 뱀파이어들이 많지만, 그래도 괜찮아요. 저희는 잘 나아가고 있어요."

"다행이네요. 나중에는 당신들이 평생 경험해 보지 못했던 '고기' 맛도 출시할 예정이니까 기대해도 좋아요."

물론 몇몇 마법사들이 갈려나가겠지만.

"후훗, 듣던 중 반가운 소리네요. 기대할게요."

"릴리아 당주님! 이리 와보십쇼!"

그때 어디선가 남자의 고함이 들려왔다. 그 사람 냄새가 득한 외침에 릴리아는 웃으며 일어났다.

"그럼 저는 이만 가볼게요. 세진 씨도 이제 그만 들어가 보세요. 물론 더 지켜보셔도 되구요."

자애로운 목소리였다.

그는 그녀를 따라 몸을 일으켰다.

"예, 가보세요. 저도 이만 가야겠어요."

릴리아가 떠나가고 김세진은 도시의 반대편에 있는 출구로 발걸음을 옮겼다.

그러다 문득 사소한 의문이 떠올랐다.

'……내가 일기를 쓴다는 건 어떻게 알았지?'

하나 곧 '발 씻고 자라–'같은 보편적이고 일상적인 의미로 여겼겠지. 단정한 그는 발걸음을 옮겼다.

시간이라는 거인은 넓은 보폭으로 성큼성큼 걸어, 어느새 10일이 지나 4월 20일이 되었다.

대망의 날.

계획에 참여할 멤버들은 모두 값비싼 아티펙트를 몸에 덕지덕지 두른 채 회의실에 모였다.

"우리 한 명당 1조 가까이 되는 거 아니에요?"

이혜린이 혁대 모양의 고급 아티펙트를 어루만지며 중얼거렸다. 아마 긴장을 풀기 위한 질문이었으리라.

"1조는 무리고 5,000억은 되겠는걸."

"마나 문신까지 합치면 1조는 족히 넘겠죠. 요즘 시국 때문에 인플레이션이 얼마나 심한데요."

유백송과 김선호의 말이었다. 김세진은 피식 웃고는, 레비아탄 폼으로 변했다.

"잡담은 이만 하고 출발합시다. 모두 모이세요."

"왁, 뭐야?"

"레비아탄으로 말도 할 수 있으세요?"

레비아탄의 매력적인 음성에 김유린이 놀라워하며 물었다.

"예, 근데 그 얘긴 나중에 하고 어서 모이세요. 정확도를 높이려면 제 몸에 달라붙으셔야 하거든요."

일행들은 처음 순간전이를 경험한 당시, 땅바닥에 머리가 처박힌 기억이 떠올라 슬금슬금 레비아탄의 곁으로 몰려들었다. 예상 외로 말랑말랑하고 부드러운 피부결, 그들은 가만히 눈을 감는다.

김세진도 따라서 눈을 감았다. 그리고 다시 한번 좌표를 숙지한 뒤 미리 봐 두었던 풍경을 떠올린다.

"갈게요."

일순 뇌가 쏠리는 어지러움이 일었다.

하나 그것도 잠시 뿐, 일행은 곧 비틀거리며 눈을 떴다. 짙은 어둠이 그들을 반긴다.

기다란 동굴 저편을 바라보며 김세진은 다시 인간의 형체를 취했다. 레비아탄이 아무리 강력하다 한들, 물속이 아니고서야 속도가 너무 느리다.

"후…… 갑시다. 이제부터 김유린 기사님이 대장입니다."

"예, 모두 숨죽이고 따라오세요. 호흡도 조심."

김유린의 뒤를 따라, 일행은 어둠에 파묻힌 채 동굴 속을 거닐었다. 5분도 채 지나지 않았는데 팽팽히 조여진 긴장감

속에 일행의 얼굴은 이미 땀에 젖어 반들거렸다.

그렇게 약 한 시간 정도 걸었을까.

구우우우우.

불길한 진동이 귓등에 퍼졌다. 김유린은 이 위급함을 다급히 외치려 했다.

그러나 그전에 어둠이 새하얗게 탈색되더니 공간이 반전되었다.

김유린은 갑작스러운 순백에 눈이 부셔서 눈을 감았다가 다시 떴다.

잠시 눈을 괴롭게 했던 백색은 이미 남색으로 덧칠되어 있었다. 그런데 분명 같은 공간 속에 있어야 할 단원들이 보이지 않는다.

아니, 한 명. 김세진을 제외하고는.

당황한 얼굴의 김세진이 그녀를 보며 말했다.

"이거, 아무래도 로드가 눈치챈 것 같네요."

김유린은 낭패어린 표정으로 주변을 둘러보았다.

"그런 것 같습니다."

그때.

로드의 음성이 나직하게 울렸다.

두 사람은 똑똑히 들었다.

─오크와 인간인가. 반갑구나.

그런 소리를 지껄이는 로드의 목소리를.

─인간과 오크인가. 내 피조물을 찢어 죽인 그대들의 활약상은 잘 보았다네.

"······?"

김유린이 고개를 갸웃했다.

로드의 목소리라는 건 알겠지만, 내용이 이해가지 않았다. 로드가 언급한 오크와 인간. 그중 인간은 여기 있다. 그런데 오크는 어디 있다는 거지? 그녀는 후방을 기웃거려 보았다. 그러나 아득한 어둠뿐, 오크 따위는 존재하지 않는다.

김세진은 그런 그녀의 눈치를 살피며 이마에 맺힌 식은땀을 훔쳤다.

─내 처소에는 어인 일인가?

김세진에게는 천만다행이게도 로드의 준엄한 목소리가 화제를 전환한다. 다급해진 김세진은 목소리가 들려온 쪽으로 재빨리 발걸음을 옮기려 했으나, 김유린은 그렇게 하지 않았다. 오히려 앞서가려는 김세진의 손목을 꽉 붙잡고서 로드에게 질문했다.

"무슨 말이지?"

─무엇을 말인가?

"방금, 오크와 인간이라고 했잖아. 인간은 여기 있지만 오크는 어딨다는 거냐."

─흠······.

길고 낮은 침음성, 마치 동굴 벽면에 진득하게 들러붙는 듯하다.

"대답해."

─적어도 경어를 바란 것은 아니었지만······ 그런 태도는 조금 곤란하지 않겠나, 인간이여.

로드는 아무래도 김유린의 태도가 마음에 들지 않았던 듯했다.

"……하."

그녀의 얼굴이 차갑게 굳었다. 세상을 이 지경으로 만들어놓은 놈이 감히 예의를 원한다는 말인가. 그녀는 뿌득 이를 갈고서 궁니르를 뽑아들었다.

"그럼 좀 패서라도 입을 열게 해주마."

―역시 세상이 달라져도 인간은 여전히 건방지고 오만한…….

"닥쳐. 갑시다. 길드장님."

김유린은 공격적으로 뇌까리고선 성큼성큼 앞장섰다. 김세진은 그녀의 뒤를 따랐다.

그렇게 두 사람은 어둠을 헤치며 통로를 걸었다. 그럴수록 점차 통로가 넓어진다는 느낌이 또렷해졌다.

통로의 모습은 확실히 변하고 있다. 더 구체적으로는, 좁고 기다랬던 지형에서 점차 완만하게 넓어지고 있다.

그리고 한 시간 정도를 끊임없이 걷기만 했을까.

마침내 두 사람은 더없이 광활해진 공동에 발을 딛고 서게 되었다.

"허, 이거 참. 얼마를 더 걸어야 할지 모르겠네."

김세진이 뒷목을 긁적이며 중얼거렸다. 김유린은 그런 그를 보며 흐뭇하게 웃더니, 널찍한 내부를 둘러보며 말했다.

"어쨌든 다행이네요."

"……뭐가요?"

"로드가 있는 걸 보면, 그래도 저희 쪽이 진짜 길인 것 같아서요. 팀 중에서는 저희가 가장 강하잖습니까."

강하고 까다로운 상대를 오히려 자신이 만나서 다행이라는 역시 김유린다운 이타심이었다. 김세진은 피식 웃으며 그녀의 정수리에 손을 척 올렸다. 그리고 곧바로 아차— 싶었다. 이는 영웅오크일 때 그녀에게 가끔씩 하던 습관이었으니.

"저기……?"

실제로 자신을 바라보는 김유린의 눈이 커다래졌다. 그는 재빨리 손을 떼고서 헛기침을 했다.

"아, 죄송합니다. 키가 너무 조막만 하셔서."

그리고 짐짓 장난스럽게 둘러댄다.

"……168인데요. 이게 너무 작으면 여자는 여기서 얼마나 더 커야 하는 겁니까."

김유린은 눈을 흘기며 투덜거렸다. 그러나 볼에 오묘한 홍조가 오른 모습에 그는 잠깐 '원래 애 취급 받는걸 좋아하나?' 따위의 생각을 했다. 금세 털어버렸지만.

그가 통로의 저 너머를 가리키며 말했다.

"농담이에요. 일단 빨리 갑시다. 너무 긴장하는 것도 좋진 않지만 너무 여유로운 것도……."

쿠우우웅!

말을 끝내기도 전에 별안간 지면이 크게 들썩였다.

쾅! 쾅!

곧이어 마치 노면 아래에서 무엇인가가 비집고 올라오려는 듯, 커다란 진동이 울린다.

"전투 준비!"

김유린의 직업병이었다. 그녀는 김세진을 자신의 뒤로 밀어 넣고 검을 뽑았다.

콰직!

동시에 노면이 박살났다. 뒤이어 그 틈을 비집고 거대한 무엇인가가 올라왔다. 적어도 인간 몸체만 한 크기의 우람한 두 손이 드러나고, 그 손 너머로 핏빛 안광을 발하는 두 쌍의 눈동자가 달린 두 개의 머리가 보인다.

'오우거'였다.

하나 역시 평범한 오우거와는 거리가 멀다. 우선 머리의 개수, 그다음은 그 머리의 생김새. 두 개의 머리 중 하나는 평범한 오우거의 머리지만 다른 하나는 파수꾼 케르베로스의 머리다.

"까다로운 번견의 머리를 달아놨군요."

김유린이 미간을 찌푸렸다. 그만큼 참 혐오스러운 몰골이었다. 하지만 케르베로스와 오우거가 합쳐진 이상 그 강함을 얕볼 수는 없을 터. 그녀는 오우거를 노려보며 궁니르를 꽉 움켜쥐었다.

사르륵.

그렇게 그녀가 놈의 약점을 가늠하고 있을 때, 투명한 볕 같은 기운이 그녀의 정수리 위로 하롱하롱 가라앉았다.

"……응?"

그녀는 긴장도 잊고 짤막한 탄성을 내질렀다. 광원이 몸에 스며들자 신기하게도 육체가 가벼워지고, 혈관을 내달리는 마나의 활력이 크게 고양되었기 때문이다.

김유린은 자신을 이렇게 만들어준 그 장본인, 김세진을 바라보았다. 그는 환한 미소로 화답하여 그녀를 살짝 설레게 만들었다.

"보조 마법입니다. 가세요. 마법으로 보조할게요."

그렇게 말하고는 레비아탄의 폼을 취한다.

"감사합니다."

레비아탄이 등을 맡아준다. 그 더할 수 없는 듬직함을 느끼며 김유린은 오우거에게로 뛰어올랐다.

"크어어어!"

오우거는 고성을 내지르며 새까만 몽둥이를 휘둘렀다.

쿠웅!

찬란하게 빛나는 황금의 검과, 흑철로 이루어진 단단한 압제가 서로 맞부딪친다. 그 마찰면에서 형언할 수 없을 정도로 거대한 폭발이 일었다. 노면에는 거대한 분화구가 생겨나고, 매캐한 연기 속에 옮겨 붙은 불씨가 타닥타닥 타오른다.

단 일합에 일으킨 장관이었다.

그러나 곧 검은 연기가 걷히고, 결과는 명확해졌다.

흑철과 함께 통째로 사라진 오우거의 오른팔이 그 이유였다.

김유린은 팔을 잃은 채 괴로워하는 오우거에게로 다시 한 번 뛰었다. 김세진의 격이 다른 보조 마법 덕분일까. 지금의 일신은 2배 아니, 3배는 더 맑고 활력이 넘친다.

평생토록 느끼고 싶은 고양감이었다.

처음의 투-헤드-오우거은 시작에 불과했다. 그러나 모두 어렵지 않게 처치할 수 있었다. 김유린이 말하길—'절묘한 팀워크 덕분'이었다. 팀워크라고 해봤자 김세진이 한 일은 김유린에게 여러 보조 마법을 걸어준 것뿐이지만.

물론 그저 '보조 마법'이라고 잘라 말하기에는 그 마법의 격이 너무 탁월하긴 하다. '마도'를 기본 뼈대로 이루어지는 마법이라, 김세진도 레비아탄 폼이 아니었다면 유지하기 힘들 고난도의 버프이니까. 그만큼 효과도 탁월하고.

어쨌든.

그렇게 키메라들을 하나둘씩 처치하며 통로를 계속해서 거닐다 보니, 그들은 과연 의심스러운 문 하나를 맞닥뜨렸다.

딱 봐도 이 안에 최종 보스 있소—라는 식으로 생긴 고풍스럽고도 클래식한 문. 검은색의 바탕에 기묘한 그림이 새하얗게 양각되어 있다.

"······갈까요?"

김유린이 말했다. 김세진은 말없이 문고리를 잡았다.

제가 열려고 했는데 그녀는 가볍게 투덜거리고는 고개를 끄덕였다. 그는 피식 웃고서 문고리를 밀었다.

끼이이익.

낡은 소리를 내며 문이 열렸다. 문턱 너머, 가장 먼저 남루하게 헤진 검은색 로브를 걸친 노인이 보였다. 축 늘어진 어깨와 새하얗게 변색되어 생기를 잃은 두 눈.

그는 이미 눈이 먼 채였다.

"눈이……."

그제야 김세진은 왜 노스페라투의 반란이 확실하고 바토리의 행각이 의심스러움에도 로드가 모습을 드러내지 않았는지 알게 되었다.

집단에 도움이 되지 못하는 우두머리는 더 이상 우두머리로 인정받지 못한다. 도전자에게 잡아먹히거나 아니면 알아서 물러나거나, 두 결말 중 하나뿐이겠지.

"모든 걸 보는 눈이 있다고 들었는데."

김유린이 비아냥거리며 칼날의 끝에 로드의 목을 두었다.

로드는 아무것도 담지 못하고 또 비추지 않는 눈으로 두 사람을 보았다. 분명히 기능을 잃었음도 불구하고, 표리(表裏)를 동시에 꿰뚫는 듯한 안광이었다.

"보시다시피, 이미 멀어버렸다네."

로드의 가래 낀 목소리는 평온하고 잔잔했음에도, 두 침입자를 준열하게 꾸짖는 듯했다. 온화함 속에 얼려진 분노가 그 원인이었다.

"……그럼 쉽게 죽일 수 있겠네."

이번에는 김세진이었다. 그는 바토리의 선물을 손에 움켜쥔 채, 당장에라도 놈에게 쇄도할 자세를 취했다. 그러나 김유린이 손을 뻗어 막았다. 그녀는 잃어버릴 뻔했던 궁금증을 가까스로 다시 상기시킨 얼굴이었다.

"궁금한 게 있다."

"무엇이지?"

순간 김세진의 얼굴이 낭패로 물들었다. 그녀가 로드에게 물어볼 만한 내용은 뻔하고 뻔하다. 당연히⋯⋯.

"당신은 분명 처음에 오크와 인간이라고 말했어. 오크도 여기에 있다는 건가? 그리고 그 오크는 어떤 오크를 말하는 거지?"

"⋯⋯."

로드는 침묵했다. 그에 김세진이 먼저 레비아탄 폼을 취하였다. 로드가 입을 열기 전에, 기공포를 쏘아 죽여 버릴 생각으로.

하지만 오히려 그게 악수인 듯하였다.

"과연 인간인 주제에 여러 다른 생명의 형체를 취하는 특성인가. 실제로 보니 더욱 흥미롭구나."

눈이 먼 사내라고 보기에는 너무나도 정확한 지적이었다.

"여기사여, 무슨 말을 하는 겐가? 오크는 저 남자의 속에 있지 않은가. 내 키메라를 죽인 저 남자의 형체가 오크였기에 그 모습이 깊게 각인되어 있었어. 그래서 저 남자를 오크라 대신 부른 것이지."

"⋯⋯."

일순 김유린의 모든 움직임이 우뚝 멈췄다.

휘이잉.

훤히 열려진 문 너머에서 차갑고 불길한 바람이 밀려 들어왔다. 그 서늘함에 정신을 차렸는지, 김유린이 고개를 돌려 김세진을 바라보았다. 그녀의 커진 동공에는 당혹, 놀람, 배신감 등 여러 감정이 뒤섞였다.

김세진은 그녀의 시선을 느끼면서도 아무 말하지 않고 로드를 응시했다.

두 사람이 침묵하는 사이에 로드가 말을 이었다.

"혹시 옆에 그녀는 모르는 건가? 의문이 느껴지는군."

"……무슨 말입니까."

그 말에 결국 그녀가 입을 열었다. 그러나 해명을 부탁한 대상은 로드가 아닌 김세진이었다.

그제야 김세진은 고개를 돌려 그녀와 눈을 마주했다.

가녀리게 떨리는 눈동자, 그 속에는 레비아탄의 형체가 비친다. 순간 너무 흉하게 느껴져, 그는 다시금 인간 폼을 취했다.

이를 꽉 깨문 그는 다시 시선을 돌려 로드를 바라보았다. 그리고 말했다.

"이간질입니다. 속지 마세요."

"이간질이라니? 그건 무슨 소리더냐?"

하지만 로드가 방해했다. 음산하고도 간교한 미소를 지으며.

"여기사여. 진실은 언제나 증거를 남기게 마련이라네. 그리고 그 증거는, 아마 자네도 어렴풋이 느꼈을 것일세."

김유린은 여전히 김세진에게 시선을 고정한 채 로드의 말을 들었다.

그렇게, 그녀는 하나둘씩 떠올렸다.

김세진이 만들었다는 오크제 무기의 문양과 오크족장이 들고 있던 무기의 문양이 같았던 의심을, 오크가 김세진을 이상하리만치 신뢰했던 사실을, 김세진이 은연중에 보여줬던 영웅오크와 비슷한 습관들을 그리고 마지막으로 '몬스터로 변할 수 있다.'는 특성까지…….

동시에 그동안 품었던 여러 의문들이 되새겨졌다.

그때에는 그저 '그럴 가능성이 없다.'는 식으로 일축했던 그 의문들이 의혹이 되어 의식의 표면으로 부유했다.

"길드장님."

김유린이 얼굴을 굳혔다. 그러나 그 이상의 말은 없었다. 그녀는 침묵으로써 김세진을 강요하고 있었다.

진실을 알려주어야 할까 하지만 저어되는 것이 사실이었다. 자신이 여태 오크인 채로 별생각 없이 행했던 작태들은 그녀의 입장에서는 어쩌면 농락과도 다를 바가 없을 테니.

"나중에. 지금은 처리해야할 일이 있습니다."

김세진은 일단의 상황을 만회하고자 나중을 기약했다. 그보다는 우선해야 할 일이 있으니, 은 나이프를 움켜쥐고 로드에게 발걸음을 옮긴다.

"아니요."

그러나 김유린은 단호했다.

"이야기가 길어집니다. 지금은 해야 할 일이."

"저는 한 가지 대답만 원합니다. 그리 길어지지 않을 겁니다."

굳세 다물린 입술과 날카롭게 좁혀진 눈. 그녀는 김세진에게는 단 한 번도 보여준 적이 없던, 심각하고도 진지한 얼굴로 말을 이었다.

"당신이 영웅오크였습니까? 그 특성, 레비아탄 말고도 다른 폼으로도 변할 수 있는 것이지요?"

대답을 요구하는 김유린과 흥미롭게 지켜보는 로드. 그 사이에서 김세진은 고민했다.

일분일초…… 아까운 시간이 초조하게 흘러간다.

그동안 로드는 참 친절하게도 아무런 공격 없이 기다려 주었는데, 아무래도 지금 상황의 심각성을 너무 경시하는 듯한 모습이었다.

김세진이 눈을 감고 한숨을 내쉬었다. 긴장한 김유린의 침 삼키는 소리가 요란하다.

"내가……."

그러나 그는 말을 잇지 않았다.

대신 복강을 꿰뚫는 날붙이의 서늘한 소리가 울려 퍼졌다.

눈을 크게 뜬 김유린은 황급히 고개를 돌려 로드를 바라보았다. 그의 명치에 은색의 나이프가 깊게 박혀 있었다.

"끄으으…… 네이노옴!"

로드는 피와 분노를 동시에 토해냈다.

"심장을 노렸는데 용케도 피했네."

아마 단검의 체공 시간은 불과 0.1초도 안 될 찰나였을 것이다. 하지만 과연 로드는 몸을 가까스로 비틀어 나이프가 심장에 박히는 것만큼은 회피했다.

그렇게 선제공격으로 전장이 조여졌기에 대화의 틈은 없어졌다. 김유린은 이를 까득 깨물고서 궁니르를 꺼내 들었다.

김세진은 그런 그녀에게 말했다.

"다음부턴 본분을 잊지 마세요. 끝나고 모두 말해드리겠습니다"

"그 말 꼭 지키십시오."

그와 동시에 노면이 변화했다. 아니, 공간 자체가 변화했다.

딛고 있던 대지가 핏빛으로 물들고, 손에 잡힐 듯 가까이에 있던 로드는 어느새 저만치 멀어져서 이쪽을 관조한다.

이어서 적색대지가 부글부글 끓어오르더니 거대한 몬스터가 동시다발적으로 솟아올랐다.

개중 특히 인상적인 놈이 하나 있었다.

뿌연 회백색으로 덧칠된 거대한 뱀 형상, 실체이되 실체가 아닌 허구의 존재.

'유령 황혼.'

언데드 계열에서는 최고봉이라 불리는 최악의 괴마.

그러나 몬스터는 그 뿐만이 아니었다. 투 헤드 오우거, 크림슨 와이번, 데스나이트 등등……. 하나만 나타나도 도시 전체가 마비될 만한 몬스터가 열댓 개체 넘게 득실거렸다.

"이거 둘이서는 힘들 것 같습니다."

김유린이 낭패한 목소리로 중얼거렸다. 그러나 김세진은 고개를 저었다.

"버티기만 하면 돼요. 저 나이프에 기생마나와 맹독을 묻혀 뒀습니다. 이 공간을 마나로 유지하는 거라면 얼마 버티지 못할 거예요."

"……그렇다면 저도 도와야겠군요."

김유린이 검을 역수로 움켜쥐었다. 순간적으로 섬전을 방출하여 로드를 쏘아 죽이려는 의도이리라.

한편 김세진은 레비아탄 폼을 취해 위험을 분담해줄 최선의 우군 '크라켄'을 소환했다.

크라켄이 바닥에 빨판을 내디뎠을 때, 콰아아아아! 김유린의 섬전이 벼락처럼 쇄도했다. 로드의 몬스터들은 그 경로에 달라붙어 몸으로 공격을 막아내려 했으나, 섬광은 모든 피육을 뚫어내고 로드의 한쪽 팔을 잘라내는 데 성공했다.

'모든 것을 관통한다.'는 목적성이었다.

"끄아아악!"

로드의 비명을 신호로 열댓의 몬스터들이 광분하여 돌격했다.

김세진은 절반 이상의 마나를 할애하여 기공포를 쏘아냈다. 정확히 절반의 몬스터가 즉시 소멸되었다. 그러나 가장 까다로운 유령 황혼과 날렵한 데스나이트들은 아직도 건재하다. 오히려 이빨과 검날을 들이대며 고약한 살의를 표출했다.

"저는 저 뱀 새끼를 맡겠습니다! 데스나이트를 부탁!"

"알겠습니다!"

유령 황혼, 놈은 '모호'의 경계에 있는 몬스터로서 실체이면서 허상이다.

자신의 속성과 성질을 취사선택이 가능하다는 뜻이다. 그래서 일시적으로 형체를 흩트렸다가 다시 구성함으로써 공격을 회피하거나, 공격을 가할 수 있다.

지금처럼.

"큽!"

김세진은 갑자기 허공에서 나타난 뱀의 꼬리에 명치를 가격 당했다.

멀리 튕겨나가면서, 그는 놈을 죽일 방법을 강구하기 시작했다. 대충 도감에 서술된 내용으로만 따져도 일반적인 공격으론 놈을 처치할 수 없다. 저 기민한 놈에게 범위가 한정된 기공포를 먹일 수도 없는 노릇이고.

하지만 라이칸 슬로프는 약점을 만들어낼 수 있지 않은가. 그것을 노리자……

그는 라이칸슬로프 폼을 취했다. 그런데 별안간 머리 위로 커다란 그늘이 드리웠다. 그의 머리를 쪼갤 기세로 내려치던 데스나이트의 묵직한 거검은 김유린이 쏘아올린 황금색 검격에 튕겨져 나갔다.

"늑대라니 신기하네요! 그래서 계획은?!"

김유린은 곡예에 가까운 검술로 데스나이트들의 검격을 막아내며 물었다.

"우선 그 다른 졸병부터 죽입시다! 보스 몬스터랑은 일대일을 해야 하잖습니…… 으억!"

그렇게 대답하던 때에 다시금 꼬리가 명치를 가격했다.

쿵쾅쿵쾅!

허공으로 튕겨지는 과정에도 쉼 없이 공격이 내다꽂힌다. 전신이 곤죽이 되는 듯한 기분이었다. 맞다 보니 아프고, 아프니까 화가 났다.

그래서 늑대의 동공을 발현했다.

동공을 통해 보이는 놈의 몸은 역시나 흑백뿐, 약점이 없다는 뜻이었다. 하나 안광으로 심장을 겨냥하자 점차 빨간색이 스며든다. 그렇게 놈의 심장에 약점이 하나 생겨났다.

김세진은 자신감 있게 내달렸다.

"넌 뒈졌…… 으어억!"

하지만 약점을 만들어냈다 한들 힘에서 밀리는 걸 깜빡했다. 김세진은 꼬리 한방에 저 멀리까지 내팽개쳐졌다.

"아웃!"

동시에 김유린의 비명도 울려 퍼졌다. 그녀는 다섯의 데스나이트 중 세 개체는 놀랍게도 혼자의 힘-버프 마법이 아직 적용되고 있긴 하지만-으로 처치했다.

그러나 그 무력이 보스의 준위에 근접한 데스나이트를 하나도 아니고 다섯을 모두 상대하는 것은 인간이라면 불가능하다. 크라켄이 도와주고 있긴 하지만 레비아탄 폼을 포기하여 크라켄의 힘도 기하급수적으로 감소하였기에…….

그때 데스나이트의 거검이 지친 김유린에게로 그어졌다.

김세진은 재빨리 달려가 그 검격을 막아 세웠다.

그리고 바로 그 순간.

공간이 다시금 축소되고 잔여 몬스터들이 사라졌다.

늦지 않게 로드의 기력이 모두 소진된 것이리라. 두 사람은 안도의 한숨을 내쉬며 호흡을 추슬렀다.

그러나 왜인지 유령 황혼만큼은 남아 있었다. 놈은 실체를 유지한 채 쓰러진 로드를 보호하듯 그 앞에 섰다.

"뭔 개수작을 하셔도 곧 죽으실 텐데. 포기하시지?"

"흐…… 흐흐."

김세진의 비아냥거림에도 로드는 마냥 웃었다. 동시에 유령 황혼이 로드의 곁으로 움직였다. 로드가 유령 황혼의 심

장에 손을 쑤셔 넣었다. 심장이 사방에 피를 흩뿌리며 뜯겨
졌다.

"뭔."

"이놈은 나와 피를 나눈 존재다. 내 영혼을 바쳐 만들었지."

이유 모를 말을 중얼거리며 그 심장을 아그작 아그작 씹어
먹는다. 그로테스크한 광경이었지만 그 의도가 무엇인지는
어렵지 않게 알 수 있었다. 곧 로드의 혈색이 회복되고 몸은
거대해지기 시작하였으니.

"크하하하!"

커지길 반복하여 오우거만큼 거대해진 놈은 광포하게 웃
으며 김세진과 김유린에게 돌격했다.

거대한 주제에 속도 또한 발군이었다.

놈은 빠르게 달려 흉측한 주먹을 내리쳤다. 막아내는 순간
뼈마디가 몸을 비집고 튀어나오는 듯했다. 그만큼 흉포한 위
력이었다. 두 사람은 함께 그 무력을 분담했지만, 둘 다 눈알
이 터질 것만 같았다.

1초, 2초, 3초. 점차 시간이 흐를수록 그 어마어마한 압력
은 놈의 근육처럼 부풀어만 갔다.

이대로라면 찌그러져 죽는다.

김세진은 핏발 선 눈으로 로드를 노려보았다.

놈은 웃고 있었다.

그 간교한 미소는 죽이고 싶을 만큼 혐오스러웠다. 짜부라
질 것 같은 뇌를 필사적으로 굴려 방법을 하나 떠올렸다.

오크, '가장 순수한 육체'.

이 능력은 근력을 1000%만큼 증폭시킨다. 거기에 역전의 전사까지 합치면, 힘에서만큼은 자신을 당해낼 존재가 없을 터.

옆에 김유린이 있다 한들 어차피 진실은 말해주려 했으니, 단지 시간의 문제일 뿐이다…….

생각은 빠르고 행동은 더욱 빨랐다. 그의 전신에 돋아난 털이 사라지고, 근육이 꿈틀거리며 피부가 변화하기 시작했다.

오크가 되어 눈을 부릅뜬 그는 역전의 전사를 발동하면서 근력을 한계까지 증폭했다.

"그어어어어!!"

참을 수 없을 만큼 거칠게 분류하는 힘을 입 밖으로 토해낸다. 실로 경이로운 힘, 내부에서부터 터져 나오는 고양감. 그는 고작 한 손으로 로드를 밀어냈다.

"으읏……."

로드의 위압에서 벗어난 김유린이 바닥에 스르르 쓰러졌다. 그녀는 멍하니 옆을 돌아보았다.

그곳에는 김세진이 아닌 오크가 있었다.

"……하! 참 내 진짜…….."

그녀는 어이가 없어서 헛웃음을 터트렸다.

일평생 처음 애틋한 감정을 느껴본 대상이 오크가 아니라니. 다행이라 해야 하나, 아니면 나를 가지고 논 이 남자한테 화를 내야 하나.

그러나 깊은 생각은 불가능했다.

심신이 모두 피로하여, 참을 수 없는 탈력감이 몰려들었다. 그녀는 그대로 탈진하여 기절했다.

"아이여, 이성을 잃었구나."

전신이 붉게 타오르는 김세진을 바라보며, 로드는 멍하니 중얼거렸다.

"잠시 진정을 하는 게 어떤 가······."

"뭔 개 같은 소리야!"

김세진은 로드에게로 뛰어올라 나이프가 박혀 있는 복강을 다시 한번 헤집었다. 로드는 피를 토했다. 그러고는 이상한 말을 읊조린다.

"Ogribahack Sobet."

"뭐라고?"

"흐흐······."

불길한 웃음이었다. 얼마 지나지 않아 로드의 몸이 바람 빠진 풍선처럼 쪼그라들었다. 비틀거리며 쓰러진 놈은 어둠뿐인 천장을 슬픈 눈으로 바라보았다.

"아무것도 안 보이는구나."

"그래?"

"내 눈이 멀어 이런 결말을 맞이할 줄은 예상하지 못했다······ 아이여, 이리 와 보거라. 기왕 파국을 맞이한 김에, 말해줄 게 있다. 내가 여태 해온 연구가 무엇에 관한 것인지, 궁금하지 않느냐?"

로드가 손짓했다. 오크는 고개를 갸웃하며 로드에게 다가갔다.

로드는 오크의 귓가에 이상한 말을 속삭였다.

김세진은 미간을 좁혔다. 몬스터, 미래, 과거. 이 세 키워

드로 이루어진 말은 도저히 이해가 되지 않았다.

그러나 로드는 더 이상의 설명 없이 호흡을 멈췄다.

그렇게 로드는 죽었다. 과연 노쇠한 왕 다운 비참하고 허무한 최후였다.

반면 김유린은 포션의 힘으로 무사히 깨어났다.

두 사람은 함께 일행을 찾아 나섰다. 그러나 서로 오가는 대화는 없었다. 지독한 침묵 속에서 둘은 일행을 하나둘씩 회수해 갔다.

이혜린과 주지혁은 거의 얼어붙기 직전이었고, 하젤린과 유백송은 둘이 서로 싸운 듯 얼굴을 붉힌 채 씩씩대고 있었으며, 로스한델과 김선호 쪽은 중태였다. 그 둘은 팔을 한쪽씩을 잃어 조금만 늦었더라면 사망했을 것이었다.

어쨌든 다행스럽게도 전원 생존인 상태.

김세진은 마도를 이용하여 안락한 회의실로 복귀했다.

이혜린과 주지혁이 몸을 녹이고 김세진이 로스한델과 김선호의 치유를 해주는 와중에, 유백송과 하젤린은 한 번 더 싸웠다.

말싸움 같이 귀여운 종류는 아니었다. 격투라는 말이 어울렸다.

"진정, 진정 좀 해요. 도대체 무슨 일이 있었던 거예요?"

"멈춰요 멈춰!"

이혜린은 하젤린의 팔을 잡았고 주지혁은 유백송의 몸을 붙들었다.

"쟤가 자꾸 나보고 고양이라고 놀리잖아!"

"내가 언제 그랬니! 네가 먼저 나한테 세진 씨 좋⋯⋯."

유백송의 외침은 널리 퍼졌지만 하젤린의 반박은 채 이어지지 못하고 멈췄다. 하젤린은 김세진의 눈치를 살피며 힘없이 쪼그라들었다.

그때.

생각에 잠긴 채 의자에 앉아 있던 김유린이 갑자기 벌떡 일어났다.

"저는 먼저 가보겠습니다."

그녀는 김세진을 바라보며 그렇게 말했다.

"아, 네. 가, 가보세요."

"저랑 같이 안 가시렵니까?"

"예?"

김세진은 당황했다. 그러나 때마침 조한성에게서 전화가 걸려왔다.

"잠시만요. 전화 먼저. ⋯⋯무슨 일이에요?"

―아, 길드장님. 지금 아티펙트의 주문이 너무 밀렸습니다. 그래서 일단 면섭 일자를 잡긴 했는데⋯⋯.

아티펙트의 이야기였다.

요즘 더 몬스터가 시국의 특별성을 감안하여 아티펙트의 가격을 꽤나 내린 덕에 전 세계적으로 주문이 폭주한다. 그래서 부득이하게 '면접'을 보고 있다. 아티펙트 주인이 될 사람을 가리는 면접을.

"아, 그건 제가 나중에 알아서 할게요. 일단 객관적인 지표를 우선해서 판매해 주세요."

—네, 알겠습니다.

김세진은 전화를 끝마쳤다. 그러나 김유린은 어딘가로 사라지고 없었다.

"어……."

"올라갔어요. 따라가 보세요. 무슨 일인지는 모르겠지만."

이혜린이 대신 대답해 주었다. 그는 그녀의 뒤를 황급히 쫓았다.

45장
긴장

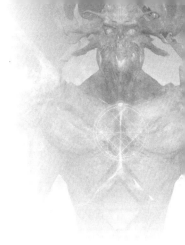

　짙은 어둠 속, 환하게 드리운 달빛 아래. 김유린은 더 몬스터 공원 벤치에 앉아 있었다. 눈을 감은 채 상념에 잠긴 모습이었다.

　김세진은 심호흡을 하고서 그녀에게로 걸어갔다.

　"실망입니다."

　그러나 그가 채 다가오기도 전에, 김유린이 한마디를 툭 내뱉었다. 그는 뒷목을 긁적이며 고개를 숙였다.

　"……내 참, 어쩐지 조금 이상하더군요. 오크가 그렇게 인간을 닮은 것부터가…… 아. 지금 생각해 보니 김세진 씨랑 비슷한 부분도 몇몇 있었네."

　그러나 그녀가 내보인 반응은 김세진으로서는 예상 외였다. 길길이 날뛰지는 않더라도, 화는 낼 줄 알았다.

하지만 그녀는 속았다는 분노도, 영웅오크가 실존하지 않는다는 슬픔도 아닌, 자신을 탓하는 자조적인 모습을 보였다. 그렇기에 오히려 더욱 미안했다.

김세진은 김유린이 앉은 기다란 벤치의 끝자락에 걸터앉았다. 그녀는 저 하늘에 드리운 보름달을 바라보며 말을 이었다.

"아니, 또 애초에 지능이 돌고래만도 못한 오크가 말을 배운다는 게 말이 안 됩니다. 그때부터 이상함을 눈치 챘어야 했는데…… 괜한 고블린 때문에……."

갑작스러운 화제 전환에 김세진이 몸을 흠칫 떨었다. 고블린, 그것은 아마 꽤 오래 전의 과거 이야기를 가리키는 것일 터……

"아! 맞다, 길드장님, 혹시 고블린도 배우면 말할 수 있는 거 아십니까?"

"고, 고블린이요?"

"네, 고블린은 몬스터 중에서 가장 똑똑하잖아요. 그러니까 그 똑똑한 고블린 중에 특히 똑똑한 고블린은, 한국어를 배우면 말할 수 있어요. 그래서 착각했습니다. 오크도 돌연변이라면 충분히 말할 수 있을 거라고. 그러니 저는 바보가 아닙니다. 누구나 저 같은 경험이 있다면 속았을 거라고요."

그 말에 김세진의 얼굴이 딱딱하게 굳었다. 행동이 눈에 띄게 어색해지고, 호흡도 더없이 거칠어졌다.

"왜 그러십니까? 진짜입니다. 제가 직접 겪었어요."

"……."

김세진은 아무 말도 하지 않았다. 지금도 너무 미안한데, 또 거짓말을 할 순 없지 않은가.

하나 그녀는 그런 그의 반응을 오해한 듯 답답해하며 얼굴을 찌푸렸다.

"안 믿으시네…… 하, 참. 됐습니다. 믿는 게 이상하지요."

"아니, 믿어요."

그는 단호하게 대답하고는 김유린의 눈을 뚫어져라 응시했다. 그 갑작스러운 적극성에 김유린이 얼굴을 살짝 붉혔다.

"아, 예. 믿어주시니 감사하네요……."

"왜냐하면 그 고블린도 저였거든요."

"……에?"

김유린의 작동이 정지했다. 입이 반쯤 벌려지고, 눈은 동그라진 상태 그대로.

김세진은 그런 그녀가 혹시라도 믿지 않을까 마지막 쐐기까지 박았다.

"선물, 잘 받았습니다. 비싼 반지던데요."

"어……."

잠시 생각했다. 반지와 선물. 선물로 준 반지는 그 고블린과 나밖에 모르는 건데.

"음. 그렇구나."

풀썩.

그녀는 멍하니 한마디를 내뱉고서 쓰러졌다.

로드를 처단하는데 쌓인 육체적 피로와, 두 번이나 연속된 정신적 충격이 야기시킨 혼절이었다.

"뭣! 유린 씨! 왜!"

화들짝 놀란 김세진은 치유 마법을 시전했다. 그럼에도 그녀는 깨어나지 않아 황급히 안아 들고서 병원으로 달려갔다.

김유린을 병원에 입원시킨 김유린은, 여러 이유로 사이가 틀어진 길드원들의 교통정리까지 한 뒤에 비로소 저택으로 돌아왔다.

시각은 오후 5시.

요즈음 세정이도 마탑의 일로 바깥을 나돌아 다니는 일이 잦아졌기에 집은 오랜만에 텅텅 비어 있었다.

"어후……."

그간 쌓인 피로를 한숨으로 토해내며 소파에 몸을 파묻는다. 왜인지 모르게 공허하고 허무하다. 일은 끝났는데, 전신에 탈력감이 맴돈다. 허전해서 그런가 싶어 TV를 켰다. 타이밍 좋게 유세정의 얼굴이 화면 가득 채워졌다.

−새벽&TM 마탑의 주식 상장은 언제쯤 하실 예정입니까?

−주식 상장이요? 그걸 꼭 해야 하나요? 저희 마탑은 충분히 자급자족이 가능한 시스템을 갖추고 있는데요.

뉴스 인터뷰의 한 장면이었다. 유세정, 엄청 자신만만.

화면으로 보고 있자니 보고 싶어지네. 그는 세정이에게 전화를 걸었다. 우우웅– 우우웅– 신호음이 서너 번 정도 울린 뒤에 연결되었다.

"세정아. 어디야?"

–우웅. 나 지금 마탑 관계자 될 사람들이랑 회식중이야.

약간 꼬부라진 목소리다. 술을 마시고 있나? 순간적으로 미간이 팍 좁혀진다.

"어딘데?"

–아 여기? 횟집이야.

그녀가 말하는데 '누구랑 통화하시는 겁니까?' 따위의 남자 목소리가 잡음처럼 끼어든다. 김세진은 무의식적으로 목뼈를 풀었다. 우드득– 우드득– 소리가 참 청량하다.

"횟집 어디?"

–어응? 아, 근데 오빠 무슨 일로 전화했어?

"……너 어디 갔나 싶어서. 아 근데 어디냐니까."

–아 요기? 어…… 모르겠다.

"죽을래, 너?"

–아잉~ 좀 봐줘. 마탑 미팅인데, 오빠 오면 나 찬밥신세란 말이야.

그래, 그 정도는 이해해 줄 수 있다. 다만 자꾸 옆에서 웬 이상한 '누구십니까? 누구십니까?'라며 지껄이는 남정네가 신경 쓰인단 말이다.

"오케이. 알았어. 그럼 스피커 폰 좀 해줘봐. 한마디만 해줄게."

–……어? 어, 아. 꼭 그래야 할 필요가 이쓰까? 내가 대신

해주께!

"진짜 한마디만 할게. 안 해주면 일주일간 가출한다."

─아이…… 알아써. 기다려. ……됐어. 했어, 스피커폰.

김세진은 일단 목청을 가다듬어 목소리를 살짝 변조했다. 그러고는 저 횟집에서 마음 편히 친목을 도모하고 있을 마법사들에게 폭탄을 내던졌다.

"으음. 안녕하세요, 방배동 마법사입니다. 지금 김세진 씨와 함께 있는데, 막 상의가 끝난 김에 공지를 드립니다. 곧 제가 No.27, No.28 마기서를 동시에 발매할 계획입니다. 그래서 혹시 그 두 권의 검수를 맡아줄 마법사를 딱 두 분을 구하고 있습니다. 혹시 원하는 분 계신가요?"

그 한마디를 하고 3초 대기.

검수에 참여하기만 하면 무려 '방배동 마기서'에 자신의 이름이 적힌다. 그것만으로도 과거와는 비교할 수 없을 정도로 명성이 드높아질 터. 그 절호의 기회를 거머쥐고자 하는 마법사들의 짐승 같은 호흡소리가 핸드폰 너머에서도 느껴졌다.

그는 웃음을 필사적으로 참으며 근엄하게 말했다.

"아무도 없다면 어쩔 수 없지만."

그 즉시 마법사들이 반응했다.

분명 처음에는 서로 자기가 해야 한다는 당위성을 입증하려는 조곤조곤한 학술 토론이었다.

─방배동 마법사님이 요즘 파괴 마법을 연이어 발매하시는데, 그렇다면 파괴 마법 외길 인생을 걸어온 제가 검수해야 할 것 같습니다.

－아니요. 오히려 파괴 마법은 다른 종류의 마법과 합쳐져야 합니다. 그런 면에서 마법의 활용과 응용에 사활을 걸어온 제가…….

　－두 분 다 안 됩니다. 애초에 이런 중요한 건 커리어로 따지는 게 옳다고 생각하는데요.

　－허, 커리어라니요. 지금 이런 중요한 건에 비실체적인 조건을 들이대시겠다는 겁니까?

　하지만 반박과 재반박이 오가면서 점차 언성이 높아지기 시작한다. 그러다 종국에서는 아예 격양된 고함은 물론, 접시며 탁자며 온갖 가구들이 깨부숴지는 소리까지 더해진다.

　"허허. 잘 싸우시네."

　그 난리통을 즐겁게 감상하고 있는데, 갑자기 소리가 뚝 끊긴다. 아무래도 유세정이 그 자리에서 뛰쳐나온 듯했다.

　－이 사람들 미쳤어. 마법까지 쓰려고 했다니까 방금.

　"흐흐. 그럼 이긴 사람 데리고 와."

　－……진짜 못됐어 증말.

　자리는 파토났지만, 그녀의 목소리는 즐거워 보였다.

　－근데 마기서 두 개 동시 발매한다는 거, 진짜지? 거짓말이면 화낸다?

　그거 때문이구나. 김세진은 피식 웃었다.

　"그럼. 당연하지. 어디야? 내가 데리러 갈게."

　－오예~ 요기 테부동 사시미. 빨리와요, 오빠~

　"오냐."

　김세진은 겉옷을 입으며 통화를 끊었다. 한데 집을 나서려는 그의 귓가에, 아직 꺼지지 않은 뉴스가 들려왔다.

─긴급 속보입니다. 현재 서유럽 일대에 거대한 균열이 생긴 것으로 확인되었습니다. 이 유럽은 서유럽의 역사상 최대 크기로…….

"……뭐야?"

이건 약속이랑 다르지 않은가. 김세진은 품속에 있는 수정구로 신호를 보냈다. 하지만 바토리에게 연락은 없었다. 배신인가? 싶어 뒤통수가 저려오는 순간에 다행스럽게도 바토리의 목소리가 수신되었다.

─내일 찾아와. 지금은 바쁘니까.

이튿날, 김세진은 곧바로 바토리를 찾아갔다.

"임무 성공실패 여부는 이미 알고 있겠지?"

"그럼. 이미 들었어. 엘 라스랑 그 심복 놈들이 난리를 피우더라고."

바토리는 짐짓 태연을 가장하였으나, 목소리에는 슬픔이라는 감정이 선명했다. 또한 김세진을 바라보는 그녀의 눈동자에는 김세진이 담겨져 있지 않았다. 물결처럼 일렁이는 그 동공 속에는 머나먼 과거의 기억이 슬프게 넘실대고 있었다.

"엘 라스는 또 뭐야?"

김세진이 묻자 바토리는 어벙한 얼굴로 고개를 갸웃했다. 왠지 나사가 두어 개 빠진 듯한 모습이다.

"아. 엘 라스? 걔네도 가문이야. 바토리, 노스페라투, 엘 라스. 이 세 개만 남았지."

그녀는 억지미소를 지으며 말을 이었다.

"그리고 네 말이 맞았어. 로드가 원하는 건 시공이 아닌 차원을 이동하는 것이었고, 고서의 내용을 해석해 본 결과 시간과 공간을 동시에 뛰어넘는 것은 불가능하다더구나."

"그래?"

"그거 때문에 엘 라스는 물론 로드의 심복들도 분노하고 있어. 그 분위기를 보아 하니 로드 혼자서 도망치려고 한 것 같아."

"……."

"게다가 뱀파이어들의 흡혈 본능을 조절하는 보물도 오래 전에 잃어버렸다네. 눈이 멀어지고. 한심하게."

바토리의 말이 멈췄다. 그러나 김세진은 입을 다물었다.

바토리가 호출하였을 때에는 분명 하고 싶은 말이 많았는데. 이번 서유럽에 벌어진 균열 사건, 로드라는 구심점을 잃은 뱀파이어들의 비전, 바토리의 목표 그리고 사회에 녹아들년 안 되겠냐는 회유도 하려했는데.

김세진은 차마 입 밖으로 꺼내지 못했다.

바토리의 눈가에 맺힌 눈물방울이 그 이유였다. 자기가 죽이라고 해놓고 또 자기가 슬퍼하는 변덕은 도통 이해가 가지 않지만, 그녀가 지금 느끼는 애통함만큼은 진심이었기에.

"겁쟁이 놈, 죽이길 잘했네."

그렇게 말하는 바토리의 목소리는 서글펐다.

하나 그렇다고 해서 어제 벌어진 대사건을 두고 빈손으로 돌아갈 수는 없는 법.

김세진은 우선 서유럽 균열 사건에 대해서 띄엄띄엄 물었다.

"그건 우리 소행이 아니란다."

"……뭐? 진짜?"

"어. 우리는 한국에 있는 균열 말고는 건드리지 않았거든."

"그럼 뭐 다른 배후가 있다는 뜻인가?"

"아니, 자연의 섭리겠지. 애초에 균열이 열린 순간부터, 이 지구라는 행성의 미래는 가시밭길이었어."

"뭔 소리야?"

"이 지구라는 행성도, 우리 고향과 비슷한 운명을 맞이하게 될 거라는 소리야. 로드는 그전에 도망치려고 했던 거고. 근데 나도 자세히는 잘 몰라. 방금 들은 거거든."

"누구한테?"

"내 부하들한테. 걔네는 지금 로드 연구 결과를 해독하고 있거든. 실시간으로 전해 듣는 중이지."

그 말을 끝으로 바토리는 자리에서 벌떡 일어났다.

"이제 가려무나. 약속대로, 더 이상 너희들을 건드리거나 균열을 억지로 늘린다거나 하는 일은 하지 않을게. 그러면 일 년 정도의 여유가 더 생길거야."

"……일 년?"

"그래, 그동안 결정하고 준비해. 너희도 우리가 그러했던 것처럼 균열을 타고 다른 세상으로 도망갈 건지 아니면 이곳에 남아 끝까지 싸울 건지."

"너는 어떻게 할 건데?"

바토리는 답답하다는 듯 미간을 좁혔다.

"……우리의 목표는 언제나 같아. 고향으로 돌아가는 것뿐. 그러니 이제 제발 꺼져."

그녀는 그렇게 말하며 김세진의 정수리를 콱 움켜쥐었다. 순간 세상이 뒤틀리는 듯한 불쾌한 느낌에 그는 눈을 꽉 감았다. 뒤이어 눈꺼풀을 들어 올리자, 바토리는 온데간데없고 서울 강남 한복판의 전경이 보였다.

"왜 하필 강남이야?"

멍하니 주위를 두리번거리는 그의 귓가에 시민들의 수군거림이 스며든다.

"뭐야, 저거 김세진 아니야?"

"맞는 것 같은데? 야, 가서 자세히 함 봐봐."

고작 1분 지났을 뿐인데 인파가 슬금슬금 몰려들기 시작한다.

과연 유명세가 하늘을 들끓는구나, 김세진은 감탄하며 발을 빠르게 움직였다. 하나 그 행동은 시민들에게 어떠한 확신을 줘버린 듯했다.

"김세진이다!"

"오빠, 싸인 좀 해주세요!"

"오빠아아아악!"

그 괴성이 두려워 김세진은 내달렸다.

　새벽&TM 마탑의 핵심 직책은 대부분 채워졌다. 일반회사로 따지면 임원격인 부탑주와 7인의 수석마법사, 사원급인 상급 중급 하급의 자리까지 모두.

　한데 여기서 '부탑주'의 이름이 커다란 반향을 일으켰다. 부탑주에 임명된 마법사가 뉴욕의 심장부에 위치한 세계 2위 마탑, '트리티니' 마탑의 부탑주이자 하이엘프 '샤혼'이었기 때문이다.

　임명 발표가 난 직후, 샤혼은 매체와의 인터뷰를 통해 자신을 받아준 새벽&TM마탑에게 감사를 표했다. 그것도 언제 배웠는지 모를 유창한 한국어로.

　또한 바로 아래 간부인 수석 마법사들의 면면도 화려했다. 서울마탑 전 부탑주, 부산마탑 전 탑주 등등…… 모두 한국 혹은 외국의 명망 높은 마법사들뿐이었다.

　하나, 다른 모든 직함이 채워져 가는 와중에도 아직 가장 중요한 한 자리는 여전히 공석으로 남았다. 그러나 그 어느 누구도 의문을 표하거나 하지는 않았다. 그곳은 방배동 마법사, 그가 거머쥘 자리이니까.

　그리고 한때는 마법계에 몸을 담갔지만, 불의의 사건으로 인해 스스로 물러난 하젤린도 그렇게 생각하고 있었다. 방배동 마법사, 김세진이 자신을 직접 호출하기 전까지는.

　"……네?"

　김세진의 사무실에서, 하젤린이 멍하니 되물었다. 휘둥그레진 그녀의 눈동자엔 의아와 의문이 가득했다.

"어때요? 저는 하젤린 씨가 적임자라고 생각하는데."

김세진은 웃으며 말했다.

그가 하젤린을 부른 이유는 간단하다. 그녀를 탑주의 자리에 앉히는 것.

언론은 뭔 거지같은 인사냐며 기함할지 모르겠으나 마냥 난데없는 인사임명은 아니다. 지금은 비록 저명한 '연금술사'인 하젤린이지만, 처음 그녀의 시작은 마법이었으니까. 다만 자신의 감정을 도사리지 못한 죄로 인하여 스스로 물러났을 뿐.

그러나 김세진은 그녀가 여전히 마법에 미련을 두고 있다고 생각했다.

그렇지 않으면 매일같이 마법사 커뮤니티를 들여다볼 이유도, 마법 하나를 익히고선 아이처럼 방방 뛰며 좋아할 이유도, '셰나린'이라는 가명과 위조 신분을 만들어가면서 몰래 마법사로 활동할 이유도 없으니까.

"······."

하지만 하제린은 침묵했다. 아마 김유린 때문이겠지. 해묵은 갈등과 그로 인한 죄책감이 해소되지 않는 이상, 그녀는 평생 마법계로 돌아갈 용기를 내지 못할 것이다.

"그게······."

하젤린은 바닥에 시선을 고정한 채, 손가락을 꼼지락거리며 입을 열었다. 나약하고도 가느다란 목소리였다.

"세진 씨, 제안은 고마워요. 하지만 저는 실력이······."

"아마 샤혼보다 뛰어나실 겁니다. 방배동 마기서를 완전히 습득하셨잖아요?"

하젤린은 요 근래 길드서고에서 살다시피 했다. 물론 방배동 마기서 때문.

현재 그녀는 No.01부터 No.26까지 모두 익혔고, 이미 자신만의 방법으로 파생 마법을 창조하는 경지에까지 이르렀다.

그러니 능력은 충분하다.

그러나 그녀는 여전히 자신이 없었다. 아니, 용기가 없었다.

"그건 오롯이 마나 문신 덕분이에요. 테크닉으로 안 되는 걸, 불어난 마나량으로 커버한 것뿐이지요. 그리고 저는……."

더 잇고 싶은 말이 있는데, 입술만 달싹거릴 뿐 차마 입 밖으로 내뱉지는 않는다.

김세진은 그 이유를 자세히는 모르지만 그래도 대강은 알고 있었다.

"김유린 씨도 허락하셨어요."

"……예?"

놀랍다기 보다도 차라리 현실감이 없는 말이었다. 김유린이 자신을 용서해 줄 리가 없으니까.

김세진은 놀라 굳어버린 그녀를 바라보며 당장 어제의 일을 떠올렸다.

"제 의견을 묻는 것이라면, 저는 반대입니다. 반대. 결사 반대! 겨얼사아바안대애!"

병상에 누운 환자답지 않은 단호함이었다. 그렇게 말하는 그녀의 얼굴에는 짙은 적의까지 엿보였다.

"왜요?"

"그 여자는 정상이 아닙니다. 사람 포션에 독을 타는 미친 년이 세상 천지에 어디 있단 말입니까. 또다시 그러지 않으리라는 보장이 없습니다."

"또 그럴 거라는 보장도 없잖아요."

"……어쨌든 반대입니다. 위험합니다."

김유린이 입술을 삐죽 내뺐다. 그녀가 누운 병상의 끝자락에는 오크와 아탄이의 인형이 사이좋게 올라가 있었다. 김세진은 손을 뻗어 오크 인형을 쥐었다. 혹시 뺏어가려는 걸까, 김유린의 눈에 불안함이 깃든다.

"도대체 어떤 일이 있었기에 그래요?"

그는 오크의 머리를 한번 쓰다듬고는 병상 옆의 서랍 위에 올려놓았다.

"……복잡합니다, 많이."

김유린은 차가운 나무 위에 올려진 오크를 제 손으로 구출했다. 그리고 이불 속에 꼭꼭 숨긴다.

"뭐, 그 과거는 제가 끼어들 일은 아니긴 한데…… 마탑주 자리에는 하젤린 씨가 어울려요. 적어도 저랑 가장 가까운 마법사를 그 자리에 앉히고 싶기도 하고요."

"다른 어울리는 마법사 많을 겁니다. 아니, 그것보다 왜 저한테 그런 말을 하십니까? 저는 아무 상관없는 사람입니다. 길드장님께서 원하신다면 그년…… 그 사람을 탑주로 임명하시면 되는 겁니다."

여전히 단호했다. 30년간 모태솔로라는 타이틀이 어울리는, 문자 그대로의 철벽.

"그거야, 유린 씨 허락 없이는 하젤린 씨가 안 하려고 할 테니까 그렇죠."

"……설마요."

"진짭니다."

김유린은 믿지 않는 듯한 모습이었다. 심지어 김세진이 계속 말을 이어가려 하자, 화제를 전환하기까지 한다.

"그 이야기는 일단 나중에 하시죠. 그것보다 길드장님. 궁금한 게 있습니다."

"……말해요."

"마지막에 얼핏 봤습니다만, 로드가 뭐라고 말한 겁니까?"

로드가 죽기 직전에 속삭였던 말. 당시에는 이해가 안 되었고, 지금도 이해가 안 된다. 하지만 기억은 하고 있다.

"무슨 예언 비스무리한 말이었는데, 무슨 의민지는 잘 모르겠어요. 게다가 드문드문 뱀파이어 언어로 말한 건지 아예 알아듣지도 못한 부분이 많았고."

레비아탄이 성장하고서부터 몇몇 뱀파이어의 언어를 해독할 수 있게 되었다지만, 그건 정말 '몇몇'뿐이다. 심지어 그마저도 오직 욕설뿐.

하나 김유린은 호기심을 잃지 않았다.

"어떻게 말했는데요?"

"……'노스페라투의 보물로 전해지던 뭔가를 훔쳐봤다. 사상 최악의 괴물이 영웅이 될 것이다' 뭐 이런 식이었는데요."

"흠……."

김유린은 짐짓 생각에 잠긴 듯 미간을 찌푸렸다.

"흐음…… 으으음……."

"풋."

김세진은 일부러 심각한 '척'을 하는 그녀를 가만히 바라보다가 웃었다. 그리고 미리 가져온 선물을 꺼냈다. 고블린을 귀엽게 미화한 인형이었다.

고블린이 귀여워봤자, 라는 형언은 이 인형에 만큼은 통하지 않는다. 동글동글한 얼굴과 작달막한 팔다리. 이건 김세진도 자부할 만한 귀여움이다. 고블린을 바라보는 김유린의 얼굴이 스르르 녹아내렸던 것이 그 증거.

그러나 그녀는 다시 얼굴을 굳히고서 말했다.

"고블린입니까…… 그때는 참 고마웠습니다. 덕분에 살았어요."

그러고는 자연스럽게 손을 내민다. 어서 인형을 달라는 탐욕스러운 얼굴이다. 하나 김세진은 쉽게 줄 생각이 없었다.

"하하…… 그렇게 고마운데, 제가 부탁한 내용은 그렇게 쉽게 거절하시는 겁니까?"

그 말에, 김유린의 길게 뻗은 눈썹이 찌푸려진다. 김세진은 그 틈을 노렸다.

"……만나서 한 번이라도 얘기를 나눠봐요. 하젤린 씨도 많이 후회하고 있었어요. 인형도 덤으로 받으시고."

살랑살랑– 고블린이 엉덩이를 흔들며 유혹한다.

김세진은 놀란 하젤린의 얼굴을 바라보며 박수를 짝짝 쳤다. 그러자 사무실의 문이 끼이익 열리고, 저벅저벅- 무거운 발소리가 장내에 울려 퍼진다.

하젤린은 망부석처럼 굳었다. 차마 뒤를 돌아볼 생각은 못하고, 눈알만을 필사적으로 굴린다.

어느새 하젤린의 등 뒤에 다다른 누군가가 딱 한 마디를 했다.

"야. 나 좀 봐."

하젤린의 어깨가 크게 들썩인다. 그녀는 당장에라도 쓰러질 듯 휘청거리면서 뒤를 돌아보았다. 그곳에는 역시나 김유린이 있었다. 다만, 언제처럼 분노어린 얼굴은 아니었다.

"……얘기나 좀 하자."

왠지 모르게 씁쓸한 목소리였다.

"어, 어…… 아, 알았어."

하젤린은 멍하니 대답했다. 김유린은 뒤돌아서면서 말했다.

"근데 둘이서만 괜찮죠, 길드장님?"

"물론이죠."

김유린이 먼저 사무실을 나섰고, 뒤이어 하젤린이 잔뜩 겁을 집어먹은 얼굴로 그녀의 뒤를 쫓았다.

그 이후로 정확히 어떤 대화가 어떻게 오고갔는지는 모른다.

다만 얼마 지나지 않아 하젤린의 울음소리가 크게 울려 퍼지고, 김유린이 등을 토닥여 주는 소리도 작게나마 들린 것

으로 미루어보아, 어느 정도 일이 잘 풀리지 않았을까 예측
할 뿐이다.

　무더위가 쏟아지는 8월.
　본래 피서지가 활황을 누리고 있어야 할 계절이지만, 세계
의 형국은 그리 녹록치 않았다.
　쏟아지는 보스 몬스터, 서유럽의 거대 균열 그리고 이 상
황이 단기적이 아닐 것이라는 전문가들의 예측까지.
　지구촌은 유례없는 혼란으로 무더위조차 서늘하게 느꼈다.
　그러나 악화 일로를 걷는 세계와는 달리 더 몬스터의 위상
은 급격하게 높아져만 갔다.
　보스 몬스터 사태부터 점진적으로 상승 기미가 보이다, 서
유럽에 열린 대사건을 기점으로 빵! 가파른 폭등, 또 폭등.
더 몬스터의 자회사 TM의 주가는 대기권을 넘어 성층권으
로 도약하고 있다.
　미국이 세계 1차 대전에서 막대한 부를 축적할 수 있었던
이유를, 김세진은 피부로 이해할 수 있었다.
　현재 더 몬스터가 관리하는 그리핀 둥지에 서식하는 그리
핀은 약 600기, 서유럽의 여러 국가들은 신의주에서 부산까
지 '어떠한 준비도 없이', '고작 3분'만에 갈 수 있는 이 비행
수단을 빌려달라며 애걸했다.
　그들이 제시한 비용은 한 기당 1,000만 유로. 그러나 기간

은 고작 한 달.

게다가 용병단의 수요 또한 무지막지하게 늘어났다. 더 몬스터의 용병은 2,300명인데, 그중 놀고 있는 용병은 부상자 50에 불과할 정도로.

한편 더 몬스터는 그 급변하는 시류에 맞춰 의사 결정에 핵심적인 역할을 할 관제탑을 개설했다. 개설했다기보다 원래 두뇌 역할을 하던 사람들을 한 장소로 옮겼다.

그 위치는 더 몬스터 길드 사옥의 지하. 주 1회 이상 길드원들의 만남이 이뤄지는 회의실이다.

"지금 영국 독일 프랑스에서 각각 100명의 기사가 그리핀 면허를 요청했습니다. 아티펙트와 오크제 무기의 주문도 대기표가 모자랄 만큼 밀려 있고요."

조한성이 서류를 훑어보며 말했다.

그러나 김세진은 한숨만 뻑뻑 내쉬었다.

아티펙트와 무기를 만드는데 소요되는 시간은 등급에 따라 다르다. 손재주를 비롯한 여러 스킬의 등급이 늘어났다 하더라도, '최고급' 혹은 '명품'으로 분류할 수 있는 아티펙트와 무기들은 최소 2시간가량이 필요하다.

심지어 그것들을 만들어가는 과정에 장인정신도 생겨 버린 건지, 불만족스러운 아티펙트는 팔고 싶지 않아 10개 중 만족스럽지 않은 3개는 버리기까지 한다.

그러지 않으려고 해봤는데 그건 본능이다. 보자마자 화가 나서 깨부수고, 이성을 되찾으면 후회하길 반복.

"……모든 게 많이 밀려 있습니다."

조한성이 김세진의 눈치를 힐끗 살피며 넌지시 중얼거린다. 재촉 아닌 재촉이었다.

"면접이든 뭐든 해서 적당히 짤라요. 하루에 3개가 최대니까."

"그러면 유럽 국가들 간에 출혈경쟁이 야기될 수 있습니다. 지금 사태는 지구촌이 함께 힘을 모아야만……."

"뭐라고요? 방금 무슨 말하셨나?"

"……아닙니다."

"……노력할 테니까 지금은 이걸로 봐줘요."

"예!"

그걸로 무기와 아티펙트에 관한 주제는 끝이었다. 하지만 주제는 하나뿐이 아니다.

"그리고, 이번에 프랑스의 대통령, 또 영국과 스페인의 수상께서 직접면담을 요청하셨습니다. 용병단을 비롯한 여러 주제로 대화를 나누고 싶다고 합니다. 각자 다들 자기부터 만나달라며 우리 정부에도……."

"와. 우리 길드장님 바쁘시네~ 멋지다, 멋져~"

그 모습을 흥미롭게 지켜보던 이혜린이 나지막한 탄성을 터트렸다. 그러나 김유린이 그녀의 뒤통수를 날렸다.

"아우! 아프잖아요!"

"바쁜 거 알면 방해하지 마."

"흐, 흐흠."

그리고 그 둘을 왠지 묘한 시선으로, 정확히는 부러워하던 하젤린이 그 둘 사이에 슬그머니 끼어들었다.

"……유, 유린아 도시락 맛있니?"

"……어. 맛있네."

"그래? 나, 나는 무척 배가 부른데…… 내 고기 가져갈래?"

얼굴이 붉어진 하젤린이 손을 꼬물거리며 조심스레 물었다. 마찬가지로 홍조가 발그레 떠오른 김유린이 어색한 얼굴로 쭈뼛거리고 있는데, 바로 옆에 있던 유백송이 고양이처럼 날렵하게 나섰다.

"그럼 나 줘."

"아, 앗! 야! 내려놔, 인 마!"

"배부르다면서."

냠냠. 뭔가를 하기도 전에 스테이크를 삼킨다. 이번에는 분노로 얼굴이 새빨개진 하젤린이 벌떡 일어나서 삿대질을 했다.

"아니, 이 미친! 도둑 괘양이……."

"괜찮아."

"……그러니?"

하나 김유린의 손짓 하나에 바로 주저앉는다.

그 명확한 갑을관계를 이혜린은 흥미롭다는 듯 지켜보았다.

"그럼 이만, 가보겠습니다 길드장님."

무려 두 시간 동안 이어진 조한성과의 회의가 드디어 끝났다.

"죽겠네, 죽겠어……."

조한성이 사라지고 난 회의실, 김세진은 그대로 소파에 드러누웠다.

시야가 흐릿해지고 머리는 지끈거린다. 문득 주위를 돌아보니 길드원들이 아직도 집에 가지 않고 남아 있었다. 이부자리까지 끌어안고 있는 것이, 아무래도 오늘 여기서 캠핑이라도 하려나 보다.

―진무도유파가 몬스터를 상대하는 데에 특히 효율적이라는 여러 전문가들의 연구 결과가 밝혀짐에 따라, 현재 '진무도'는 유례없는 활황을 누리고 있습니다. 단장 이유진…….

TV 뉴스에서 이유진과 '진무도'의 소식을 전하고 있다. 화면으로 시선을 돌리자 안색이 상당히 좋아진 이유진의 기세등등한 잇몸미소가 보였다.

[진무도유파 단장/더 몬스터 길드원]

―현재 전 세계적으로 2000여 개소의 도장을 개설하였고, 십만에 가까운 무도인들이 가르침을 받고 있습니다.

―아주 경이로운 성장세군요. 근데 단장님은 진무도유파의 장점은 뭐라고 생각하십니까?

―일단 무기에 구애받지 않는, 가장 자연스러운 움직임으로 적을 상대할 수 있어 대(對) 몬스터 전에서 상당히 유리합니다. 또한 건틀렛의 경우에는 다른 병장기보다 제조공정이 간단해, 같은 품질일지라도 물량이 많고 값이 쌉니다. 그런 여러 면들이 합쳐져 저희 무도가 몬스터 토벌에 각광받고 있

는 것이라고 생각합니다.

"……벌써 저렇게 커다래졌어?"

김세진은 인터뷰의 내용에 감탄했다. 물론 더 몬스터가 무지막지한 지원을 해주기는 했지만, 2년도 채 안 되어 저 정도의 규모라니.

"저거 요즘 엄청 유명해요. 교본과 체식이 엄청 구체적으로 남아 있어서 배우는 게 쉬운데다가 효율도 좋거든요. 말도 안 되는 로우 리스크 하이 리턴이죠. 저희 기사단도 이번 신입기수에 진무도인이 무려 4명이나 끼었다니까요. 10명밖에 안 뽑았는데."

이혜린이 TV를 보며 대답했다.

"오호라."

"근데 저 단장이라는 아이도 우리 길드원이죠?"

김유린이 손에 턱을 괴고 물었다. 그 대답은 주지혁이 대신했다.

"예, 몇 번 만나봤는데, 좋은 사람인 것 같더군요."

"……당신이 저 사람을 왜 만나요?"

그런데 별안간 이혜린이 눈을 가자미처럼 좁히고서 주지혁을 째려본다.

당황한 주지혁이 더듬더듬 변명을 하는 순간에, 별안간 이어지던 뉴스 화면이 부자연스럽게 끊겼다. 그러더니 앵커가 긴급속보라며 대본을 바꿔서 읊는다.

-강원도 도처에 '마인'이 출몰했습니다. 이 마인은 오우거 계통으로 보이며……

거구의 사내가 눈알이 새빨개진 채 난동을 부리는 영상이 선명하게 흐른다. 순간 회의실의 모두가 숨을 죽이고 화면을 응시했다.

근 10년간 '마인'이라는 족속은 몸을 드러내지 않았다. 만약 출몰했다면 그 즉시 척살당했다. 그만큼 현대사회에서 '마인'은 뱀파이어보다도 더한 공적으로 여겨진다.

뱀파이어는 시민을 습격하는데 있어 '생존을 위해'라는 이유가 있지만, 마인은 그저 파괴와 살육을 즐기기 때문이다.

하지만 그런 마인이 출몰했다. 그것도 아주 대놓고.

"……출동할까요?"

김유린이 이불을 바닥에 내려놓으며 말했다. 그러나 김세진은 고개를 저었다.

"아뇨, 저렇게 나대는데 이미 진압 당했을 겁니다."

-이 마인은 방금 출동한 그리핀 라이더 '김인수'에게 척살당한 것으로 알려졌습니다.

때마침 앵커가 말을 덧붙였다. 김세진이 어깨를 으쓱하자, 김유린은 다시 이불을 끌어안았다.

"근데 저 김인수. 길드장님이랑 인연 좀 깊은 사람 아니에요?"

돌연 이혜린이 갑자기 생각났다는 듯 물었다.

"조금 악연이 있었죠. 근데 어떻게 아셨어요?"

"세정이가 알려줬어요. 김인수랑 길드장님이 자기를 두고 경쟁했다던데~?"

"풋."

경쟁이라……

김세진은 마냥 웃었다.

김인수와의 첫만남은 그다지 좋진 않았지만, 그래도 미운 정이라는 건 정말 실존하는 감정이었다.

김세진은 세 달 전 즈음에 김인수를 만났고, 그때 자신이 그의 무기를 부숴 버렸던 게 생각나 오크제 무기를 하나 선물해 주었다. 김인수는 고맙다며, 또 과거의 어리석었던 자신을 회개하며 눈물을 글썽였었지.

"뭐? 경쟁을? 오히려 세정이가 세진 씨 지키려고 노력해야 되는 거 아닌가? 안 뺏기면 다행일 텐데……"

"농담이겠죠 뭐."

"농담이라도, 세정이 요즘 너무 거만해."

하젤린이 탐탁찮다는 듯 입술을 삐죽였다. 하나 그 즉시 김유린의 날카로운 눈빛이 쇄도한다.

"……아니, 그, 그냥. 근데 객관적으로 봐도 그렇잖아."

"그렇긴 하지."

난데없이 동의하는 김유린, 김세진은 마냥 흐뭇했다.

"그래도 그런 말은 삼가는 게 좋아."

"알아써……"

하젤린은 혀를 꼬부랑거리며 김유린의 어깨에 머리를 기댔다. 김유린은 그것이 부담스러운 듯 옆으로 살짝 비켜난다.

김세진은 그런 둘의 모습에 피식 웃었다.

그로부터 일주일이 지나, 마탑의 탑주 임명 소식이 공식적으로 발표되었다.

예상대로 커다란 반향과 논란이 동시에 일었다. 비록 하젤린이 국가 공인 A급(상급) 마법사이긴 하지만, 근 8년 동안 경력이 단절된 것이나 다름없기 때문이었다.

하나 얼마 지나지 않아 하젤린이 더 몬스터의 길드원이라는 사실이 밝혀지면서 대중의 여론은 금세 호의 쪽으로 돌아섰다. 물론 '대중의' 여론만.

"저, 물 더 없습니까?"

"……조금만 참아요."

새벽&TM 마탑의 최상층.

김세진은 하젤린의 집무실 앞에 섰다. 하나 동행이 있었다. 바로 김유린.

하젤린의 일터에 찾아오는 건 처음이었기에, 그녀는 누구보다도 긴장한 듯 아까부터 계속 물을 찾고 있다.

"저, 저 화장실 좀 다녀오겠습니다. 먼저 들어가 계세요."

"예? 아니……."

김세진이 뭐라 하기도 전에 쏜살같이 달려 나간다. 그는 그 뒷모습을 어이없다는 듯 지켜보다 집무실의 문을 똑똑 두드렸다.

─누구세요…….

처음에는 분명 힘도 없고 신경질적인 목소리였다.

"김세진입니다. 유린 씨도 함께 왔어요."

그러나 그렇게 말한 즉시 반응이 뒤집힌다.

'잠깐만요!'라는 다급한 외침에 이어, 우당탕탕─ 문 저편에 부산이 일더니 마법의 기운도 미약하게나마 아른거린다. 아무래도 어지럽혀진 내부를 마법으로 청소하고 있는 듯하다.

김세진은 여유로이 기다려 주었다.

그렇게 약 5분 정도 지나니 문 너머에서 사무적인 목소리가 흘러나왔다.

─들어오시지요.

괜스레 냉엄하다. 김세진은 설핏 웃으며 문을 열었다.

하젤린은 다리를 꼬고 의자 등받이에 몸을 기대고 있었다. 저게 바로 마탑주 스타일인가? 김세진은 웃음을 삼키며 집무책상 앞에 놓인 의자에 착석했다. 하젤린은 김세진의 뒤를 기웃거렸다. 김유린을 찾는 거겠지.

"화장실 갔다 온답니다. 그건 그렇고 어디, 벌써 열흘째인데 일은 괜찮아요?"

"네? 아…… 괜찮아요."

하지만 안색은 좋아 보이지 않는다. 김세진이 의아하다는 듯 미간을 좁히자, 그녀는 떠듬떠듬 말을 덧붙였다.

"좀 적응은 안 되지만."

"뭐가 적응이 안 돼요?"

"마법계요. 너무 오랜만에 돌아와서. 그들의 생리가 잘 받아들여지지 않아요."

"흠."

사실 대강 내용은 이미 들어서 알고 있다. 파격적인 인사로 인해 파벌이 벌써부터 나뉜 것이다.

헌데 파벌이라는 단어도 무색할 정도로 압도적이다. 한쪽은 하이엘프 '샤혼'을 주축으로 한 정통파인 반면, 다른 쪽은 하젤린 혼자뿐. 나머지는 아무 액션 없는 중립이다.

"그거 말고는요?"

"나머지는 괜찮아요."

하젤린은 아무 말 하지 않았다. 아마 심려를 끼치기 싫어서일 터.

그러나 상황이 이렇게 흘러가면 하젤린이 먹히는 건 시간문제. 그렇게 되면 여러모로 곤란해진다.

다만 다행히 그녀에게도 확실한 아군 한 명쯤은 있다. 그리고 그 아군은 다른 썩어빠진 인간들을 모두 합친 것 보다 훨씬 든든할 테지.

"그럼, 뭐. 하젤린 씨가 스스로 적응하실 거라 저는 믿어요."

"그럼요. 걱정하지 말아요."

아주 찰나, 하젤린의 얼굴에 아쉬운 기색이 스치긴 했지만 그것뿐이었다.

"아, 맞다."

그럼 장난은 이만 됐고. 이어서 김세진은 별거 아니라는 듯 두 권의 장서를 꺼냈다.

"이거. 잊어버릴 뻔했네."

아직 미발매 상태인 방배동 No.27과 No.28 마기서.

그 겉표지를 확인한 순간 하젤린의 얼굴에 경악이 번져 간다.

"이, 이걸 왜 저한테?"

"곧 발매할 마기서인데 검수할 사람이 필요하거든요? 한 2~3명 정도. 그 검수할 마법사를 뽑는 걸 하젤린 씨한테 위임할게요."

이건 방배동 마법사가 하젤린을 인정한다는 상징이며, 하젤린에게 어마어마한 칼자루가 되어줄 것이다.

"나머지는 알아서 하세요."

"네, 네? 어디 가시는데요? 세진 씨. 갑자기 이렇게 툭 내던지고서 바로 돌아가면 저 곤란합니다?"

"쓰고 싶은 대로 쓰라는 말입니다. 그리고 곧 유린 씨가 올 텐데, 둘이서 얘기 나누셔야죠."

그때 마침 김유린이 문을 열고 들어왔다. 김세진은 그녀와 바통 터치하듯 나갔다.

김유린이 황급히 어디 가냐며 목 놓아 부르짖었지만, 김세진은 냉정히 집무실을 빠져나갔다.

10일 뒤. 하젤린이 마기서를 이용하여 마탑을 정복했다는 희소식이 들려왔다.

하지만 흐뭇할 틈은 없었다.

김세진은 김선호에게서 한 통의 문자메시지를 받았다.

김유손이 위급하다는 내용이었다.

김세진은 모든 일을 내팽개치고 급히 달려갔다.

"길드장님."

"오셨어요……?"

병실에는 이미 김선호를 비롯한 길드원들이 모여 있었다.

분명 2주 전에 병문안을 왔었는데, 김유손의 상태는 그때보다 훨씬 안 좋았다. 피골이 상접하다는 형용이 진정으로 이해되었다.

김세진은 김유손이 누운 병상 옆의 의자에 앉았다.

때마침 그가 눈을 게슴츠레 떴다.

마치 기다리고 있었던 것처럼, 세진을 바라보는 그의 입가에 엷은 미소가 번진다.

세진은 뼈만 남다시피 한 그의 손을 잡았다.

가슴이 먹먹했다.

김유손. 가장 먼저 자신의 모든 비밀을 밝혔고, 그렇기에 가장 의지했었던 사람. 그를 보며, 그 같은 아버지가 있었으면 좋았을 거란 생각한 적이 한두 번이 아니다.

"……고집이 참 강하십니다."

여러 의미가 담긴 김세진의 말에, 김유손은 그저 웃었다. 그러고는 눈을 찡긋한다. 김세진은 그의 입에 귀를 가까이 댔다.

-오셨습니까.

"그럼 왔죠."

김세진은 웃었다. 다만 떨리는 목소리와 눈가에 고인 눈물은 어찌할 수 없었을 따름이다.

-오랜만에 꿈을 꿨습니다.

김세진의 눈이 휘둥그레진다.

김유손은 여전히 미소를 잃지 않은 채 말을 이었다.

-그런데 걱정하지 않아도 될 것 같습니다.

"……왜요?"

-가까운 미래에서는 한 영웅이 나타나 세상을 구했습니다.

김유손이 김세진의 손을 꽉 잡았다.

-그건 '아마', 김세진 씨. 당신이었을 겁니다. 그래서 저는 걱정하지 않기로 했습니다.

김세진은 그의 말을 온전히 이해할 수 없었다.

묻고 싶은 말이 많았다.

무슨 소리인지, 그때처럼 정정한 목소리와 모습으로 듣고 싶었다.

하지만 그럴 일은 영영 없었다.

김유손은 그것을 마지막으로 남기고, 이해할 틈도 주지 않고, 영원히 눈을 감아버렸으니까.

-그럼. 이만.

그게 김유손의 마지막 한마디였다.

"하아……."

김세진의 짙은 한숨이 너저분하게 가라앉았다.

"아, 아버지!"

김선호가 침대로 달려들었다.

뒤이어 아버지를 잃은 아들의 울음이 병실을 가득 채웠다.

아직 중학생이 채 안 된 김선호의 딸은, 그런 자신의 아버지를 보며 흐느꼈다.

슬픈 소리가 가득하던 그날.

창밖에는 담백하리만치 화창한 여름 볕이 쏟아지고 있었다.

김유손의 장례식은 간소하게 치러졌다. 그러나 김세진이 참석한다는 소문이 퍼졌는지, 참석하고자 하는 사람은 몹시 많았다. 하나 김세진과 김선호는 모두 거절했다.

김선호는 아마 그들이 모두 참석했더라면 부조금으로 10억은 벌지 않았을까, 따위의 농을 하며 슬픔을 달래고자 했다.

그러나 단 한 명, 만남을 거절할 수 없었던 사람이 있었다.

바로 '에밀리아'였다.

거절하면 보란 듯이 살해당할 테니까.

"무슨 일이지?"

김세진이 눈가의 물기를 닦아내며 물었다. 왠지 모르게 피곤해 보이는 바토리는 시답잖은 말은 건너뛰고서 본론부터 말했다.

"너, 진세한이라고 아니?"

"……알지."

순간 뜨끔했지만, 김세진은 최대한 태연하게 대답했다.

"그놈을 죽인 놈이 엘 라스의 뱀파이어거든? 근데 그 엘 라스 놈들이 마인이랑 결탁했어. 아무래도 나도 몰랐던 비밀이 있었던 것 같아."

김세진이 얼굴을 굳혔다.

"그래서?"

"그래서라니. 나는 그냥 그걸 알려주려고, 오해하지 말라는 의미로 온 거란다. 약속을 안 지키는 것처럼 비쳐지기는 싫거든."

바토리는 그렇게 말하고 냉정하게 뒤돌아섰다. 하지만 김세진은 아직 할 말이 남아 있었다.

"도와주라."

"……."

그녀가 발걸음을 멈췄다. 하나 곧 뒤돌아선 그녀의 얼굴은 악귀처럼 일그러져 있었다.

"도와달라고. 기왕 온 김에."

"……너 진짜 미쳤니?"

"왜. 같이 하면 좋잖아. 어차피 균열은 막을 수 없는 거라며. 그럼 상부상조하자고."

김세진은 당당하게 웃었다.

바토리는 아무 대답 없이 그를 바라보기만 했다.

하지만 방금 전까지 얼굴에 새겨졌던 무서운 주름은 사라지고, 다만 기가 막혀 할 뿐이다.

46장
마인

평온한 바람이 은은하게 부는 강.

김세진은 김선호와 함께 횡성의 섬강으로 나왔다. 김유손의 유언에 따라 그의 유해를 강줄기에 흘려내기 위함이었다.

상류는 굳이 배를 타야 하나 싶을 정도로 얕았지만, 중하류에 다다르니 배를 만들어서 다행이라고 생각했다.

사륵- 사륵-

급조한 조각배로 물결 가르는 소리를 즐기며 항해한다.

야트막한 선상에 와닿는 선선한 바람과 하천의 침식이 일궈낸 경승지들. 그 고색창연한 자연의 산물을, 김세진은 갑판 위에 서서 감상했다.

"아버지가 어머니와 처음 만나셨던 장소입니다. 매일 꿈속에서 이곳을 그리셨겠지요."

김선호가 손으로 강물을 쓸며 말했다. 추억에 잠긴 듯한 목소리였다.

김세진은 옅은 미소를 지었다.

"첫 만남 장소가 이만큼 아름다운 곳이라니, 참 행복하셨겠습니다."

"하하! 그렇죠. 그런데 말입니다. 언제나 생각하는 거지만, 나이는 제가 더 많은데 길드장님이 더 의젓하신 것 같습니다."

"흠. 저는 부모님 두 분이 꽤 오래전에 모두 돌아가셨으니까 그런 거 아닐까요? 이미 인생에서 가장 쓴 교훈을 배운 셈인 거죠. ……그런데 형님, 말 편하게 하셔도 된다니까요?"

"에이. 그러면 오히려 제가 불편합니다. 그런 말씀은 하지 마세요. 절대로요."

"……후우."

그 대화를 끝으로 두 사람은 아무 말도 하지 않았다. 굳이 할 말이 없었다. 하나 둘 다 어색함을 느끼지는 않았다. 다만 경치를 감상하며 오랜만의 평화로움을 즐길 뿐.

그렇게 잠자코 시간을 흘려보내고 있는데, 어느 순간 김선호가 물었다.

"함께하시겠습니까?"

유골함을 두고 하는 말이었다. 김세진은 쓰게 웃으며 고개를 저었다.

"그건 선호 씨의 몫입니다."

"……"

김선호는 아무 말 없이 고개를 끄덕였다. 그러고는 아버지의 유해를 강물에 흩뿌렸다. 순백의 가루는 천진하고 명랑한 모습으로 강물에 스며들어 아래로 그리고 아래로 가라앉았다.

순간, 유골이 스미는 강 표면을 바라보던 김선호의 눈가에 눈물 한 방울이 고여 별빛처럼 반짝인다.

김세진은 시선을 다른 곳에 두었다.

저 멀리 고산 주위로 늘어선 나무들은 이미 가을을 느꼈는지, 다채로운 단풍이 들어 있었다.

그는 왜 김유손이 이곳에 자신의 유골을 흘려달라고 부탁했는지 이해되었다.

그만큼 아름다운 풍경이었다.

김세진은 적적한 마음을 채 털어내지 못하고 일상으로 돌아왔다. 멘탈이 다소 많이 긁힌 터라 편안한 마음으로 쉬고 싶었는데, 주위에서 가만히 두질 않았다.

여전히 혼란스러운 세계는 그에게 참 많은 걸 요구했다. 아티펙트, 무기, 용병, 그리핀, 포션 그리고 마기서…….

"아 맞다. 오빠. 영웅오크 다시 발견됐데."

김세진이 조한성과의 통화를 끝내자마자, 유세정이 그의 허벅지에 누운 채로 말했다. 그 즉시 피로에 절었던 김세진의 눈이 번쩍 뜨였다.

"진짜?"

"응, 또 어린 기사 한 명 구해줬다고 하네."

"어디서?"

폭발에 휘말려 모두 산화한 줄로만 알았다. 오우거와의 결전 때문에 부락지가 완전히 궤멸되었으니.

"부락지 근처에서. 다시 재건하고 있는 것 같데."

"……다행이네."

김세진은 안도의 한숨을 내쉬었다. 근 시일 내에 다시 한번 가봐야겠다. 마침 나 대신 양산형 무기를 만들어 줄 인재가 필요했었는데.

유세정은 그런 그를 묘한 눈빛으로 바라보다 말을 이었다.

"아 맞다, 오빠. 근데 오늘 무슨 일 있다고 하지 않았어?"

"미뤘어."

"……응? 그거 미룰 수 있는 종류 맞아? 분명 스페인 대사 만난다고 했던 것 같은데."

정정하자면, 대사가 아니라 수상이다. 포션 협약을 비롯한 여러 상의를 하기 위해서, 더 자세히 말하면 그 자리에서 체결하기 위해서, 수상이 직접 찾아오려고 했었다.

헌데 타이밍 안 좋게 김유손이 별세하였기에 시일을 조금 늦췄다.

"어쩔 수 없었어. 너도 알잖아."

김유손도 공식적인 더 몬스터의 길드원이다. 게다가 몬스터 용병단의 1대 단장이셨기에, 몇몇 언론에서도 지면을 할애하여 그의 별세에 유감을 표했다.

떠올리니 다시 울적해진다.

소중한 사람을 떠나보내는 것은, 언제나 마음 아픈 일이구나.

"오빠?"

어느새 그늘이 드리운 김세진의 얼굴을 바라보며 유세정은 몸을 일으켜 세웠다.

"……어어?"

그러고는 김세진을 순식간에 자빠뜨린다. 침대에 넘어진 그의 눈앞에 말랑말랑한 감촉이 진하게 와닿았다.

매번 생각하던 건데, 요거요거. 첫 만남 때에 비해서 분명히 커졌다. 언제 수술이라도 한 건가…….

"남자들은 이러면 기분 좋아진다는데."

그녀의 기특한 말에 김세진은 피식 웃으며 대답했다.

"잘 배웠네."

그는 그녀의 허리를 감싸 안았고, 그녀는 그의 목을 꼭 껴안았다.

몰캉몰캉하고 어쩐지 바라보기만 해도 행복해지는 부위에 얼굴을 비비적거리다 보니, 울적한 파문이 일었던 정신이 점차 온유해져 간다.

"근데 어째 예전보다 좀 커진 것 같다?"

"……특성의 힘을 조금 빌렸지. 그리고 앞으로도 빌릴 예정이야."

세정이는 짐짓 결연하게 말했다. 김세진은 너털웃음을 터트리고서 눈을 감았다. 마음이 안정되고, 마음이 안정되니 솔솔 졸음이 오네.

필름이 드문드문 끊겨가던 그때.

별안간 세정이가 날카로운 목소리로 물어왔다.

"아 맞다. 오빠 근데 요즘 김유린 기사님이랑 너무 자주 같이 있는 거 아냐?"

"……스읍. 갑자기 또 무슨 소리야."

곧 잠에 들기 직전이었는데. 김세진은 침을 삼키며 고개를 저었다.

"요즘 밥 같이 먹는다면서. 사진도 자주 찍히는데? 어째 나보다 더 빨리 스캔들 나겠다?"

방금 까지는 현모양처였으면서 이번에는 비아냥거리며 째려본다. 위에서 아래로 노려보니 왠지 모르게 위압적이다. 그래봤자 귀엽지만.

세진은 웃으며 고개를 저었다.

"일 때문이야."

아무래도 상의할 대상이 김유린밖에는 없어서 어쩔 수 없었다. 부친상을 당한 김선호는 말할 것도 없거니와, 하젤린은 마탑 일로 미친 듯이 바쁘고 유백송은 너무 어린애 같은데 반하여, 김유린은 작전 경험도 풍부하고 듬직하며 믿음직스러우니까.

아마 그녀가 남자였으면 평생토록 형님으로 모셨을지도 모른다.

"만날 일 때문이래, 진짜."

견제할 대상이 또 늘었어- 유세정은 투덜거리며 핸드폰을 꺼냈다. 처음에는 팔로워가 무려 1억 5천에 달하는 김세진의 SNS를 기웃거리다가, 그 1/10 수준인 김유린의 SNS를 염탐한다.

최근에 업로드 된 10개의 사진 중 무려 8개가 김세진과 함께 찍은 사진. 이거 때문에 팔로워 수가 비약적으로 증가했다고 들었다.

"와, 어이없네. 이거 뭐야? 스승님 그렇게 안 봤는데, 요즘 너무하신다야. 나보다 300만이나 높아졌잖아."

"또 뭐가 그렇게 화나셨을까……."

"됐어. 조용히 해."

퉁명스레 대답한 유세정은 SNS가 아닌 뉴스란을 살폈다.

혹시라도 스캔들 비슷한 기사가 떴나 안 떴나 확인해 보기 위함이었는데, 찾으려는 스캔들은 안 나오고 꽤나 흥미로운 기사를 발견하게 되었다.

"……아, 저. 오빠. 스페인에 무력시위가 발생했다는데."

"엉, 왜?"

"'무능한 외교능력으로 김세진과의 만남이 결렬되었기 때문에'…… 오빠, 그 스페인 괜찮은 거 맞아?"

"……."

두 사람은 침묵했다.

과연 사회적 위상과 영향력이 드높다는 건 마냥 좋은 일은 아니었다.

김세진은 부랴부랴 스페인 수상과의 회담을 가졌다. 수상은 스케줄을 그렇게 쉽게 조정할 수 있는 직책이 아님에도 한달음에 달려와 주었다.

갑작스러운 회담에서 김세진은 포션 협약과 그리핀 임대, 오크제 무기의 일부 수출 계약까지 체결했다. 그렇게 수상의 절절한 감사 인사를 받고 얼마 지나지 않아 스페인의 시위가 진정되었다는 소식이 들려왔다.

참, 다행이었다.

하지만 그러고 나서도 쉴 시간은 없었다. 장례식장에 될 대로 대라는 식으로 던졌던 부탁을, 바토리가 응낙했기 때문이었다. 그녀는 바로 다음 주에 회의실로 찾아왔다.

"안녕."

"……."

바토리가 들어서자 장내에 침묵이 가라앉았다.

"뭐예요……?"

이혜린이 조심스레 묻는다. 김세진은 어깨를 으쓱이며 탁상 위에 놓인 신문을 가리켰다. 헤드라인에는 '마인, 또다시 출몰'이라는 활자가 큼지막하게 적혀 있었다.

"설마, 그것도 저 여자의 짓이라는……."

"말버릇이 나쁘네. 저 여자라니."

"흐으아."

바토리가 살짝 성을 내며 다가왔다. 이혜린은 그녀와 눈도 제대로 마주치지 못하고 몸을 바들바들 떨었다.

"겁 안 먹으셔도 돼요. 도와주기 위해서 온 거니까. 그때 우리가 로드를 사살하는 데 협력해준 대가라고 보면 돼요."

"그래, 그게 맞아. 약속 안 지키는 로드가 되기는 싫거든. 엘 라스가 하는 짓거리도 영 마음에 안 들고."

바토리는 상석에 앉았다. 다리를 꼬고 의자 등받이에 몸을 기댄다. 그리고 뭔가 말을 하려다, 문득 바닥에 배를 깔고 앉아 있는 콘락을 발견한 듯 눈을 반짝인다.

그녀는 크릉 크릉 재채기를 해대는 콘락을 찬찬히 살펴보고는 김세진을 바라보았다. 그리고 묻는다.

"……애 누구 꺼니?"

"아. 일단 내 스킬로 만든 거긴 한데. 회의실 NPC."

"그래?"

바토리가 혀로 입술을 핥았다. 탐욕이 담긴 눈동자다.

"나 줘."

"안 돼!"

그런데 별안간 김유린이 벌떡 일어나며 외쳤다. 그 바토리가 당황할 정도의 대범함이었다.

"……뭐야?"

"회의실 NPC라니요! 콘락은 저희 가족입니다!"

열렬하게 성토하며 콘락을 감싸 안는다. 안았다기보다는 오히려 커다란 늑대에 사로잡힌 모양새였지만, 어쨌든 그만큼 필사적이었다. 그에 바토리는 기가 막히다는 듯 헛웃음을 터트렸다.

"허, 뭐야 저……."

"안 돼!"

김유린이 빼액 고함을 내지른다. 하지만 아쉽게도 그녀의 대응은 옳지 않았다. 보통 남에게 소중한 것일수록 더욱 빼앗고 싶어 하는 심보를 못된 심보라고 부르는데, 바토리는 그 못된 심보의 표상이나 마찬가지니까.

바토리는 얼굴을 무섭게 굳히고 자리에서 일어났다. 그러고는 냉엄한 목소리로 고한다.

"……내놔. 지금 당장."

그렇게 잠시 동안, 콘락을 사이에 둔 실랑이가 벌어졌다.

콘락의 소유권 쟁탈은 바토리의 승리로 끝났다.

바토리는 펑펑 우는 김유린을 바라보며 승리감과 우월감에 고취되었지만, 김세진은 바토리가 집으로 돌아가자마자 소환을 취소하고 다시 회의실에 콘락을 소환했다.

그리고 얼마 뒤에 바토리가 조금은 미안한 목소리로 연락을 해왔다. 콘락이 집을 나간 것 같다고.

그러한 후일담은 어찌되었든, 김세진은 그날 바토리가 조언해준 내용들을 토대로 더 몬스터의 지하 정보망을 가동했다.

과연 정보원들의 능력은 출중했기에, '엘 라스'의 소재는 쉽게 찾아낼 수 있었다.

엘 라스 지도자의 위장 신분은 제약 회사 대표의 아들 그리고 나머지 수하는 그 회사의 직원.

"어떻게 할거니?"

바토리의 물음에, 김세진은 고개를 갸우뚱하며 되물었다.

"너는 어떻게 생각하는데."

"죽여야지."

"……머릿속에는 죽인다, 살린다 두 개밖에 없냐?"

"그럼 다른 뭐가 있는데? 뱀파이어를 너무 얕보지 마."

김세진은 그런 바토리를 어이없다는 듯 바라보다가, 주머니에서 에너지 바 하나를 꺼냈다.

"뭐야 이건?"

"배고파?"

"……별로."

"그럼 부하들한테 먹여봐."

바토리의 입장에서는 난데없는 개소리였기에, 그녀는 얼굴을 있는 힘껏 찌푸렸다.

"내가 왜?"

"뱀파이어 전용 식량이야. 식량 문제만 해결되면, 고향으로 안 돌아가도 되는 거 아닌가?"

"뭐?"

김세진은 적당히 혼날 것이라고 예상하긴 했다. 왜 주제넘은 일을 했냐고 말이다.

"……너 미쳤구나?"

하지만 그날.

김세진은 죽기 직전까지 맞았다. 진짜 죽기 직전까지 처맞았다. 포션이 없었으면 아마 쇼크사 했을 정도의 격통이었다.

바토리는 분명 김세진과 똑같은 고통을 느낌에도 불구하고 손속에 자비가 없었다.

세진은 그제야 깨달았다.

'고향'은 그녀의 역린이구나. 절대 건드려서는 안 되는 거구나.

마지막으로 그녀는 시체처럼 널브러진 김세진의 등허리를 짓밟으며, 다음부터 이딴 짓을 하면 협력 따윈 없다는 말을 남기고 떠나갔다.

엘 라스는 뱀파이어 특유의 불면과 현혹마법을 이용하여 꽤나 많은 사업체를 일궈냈다. 심지어 개중에는 취준생이라면 이름만 대면 알 회사도 있었으니, 과연 등잔 밑이 어두웠다 하겠다.

그리고 10월의 어느 날.

김세진은 일부러 엘 라스의 제약 회사 근처로 놀러왔다. 표면적으로는 업무 미팅이었으나, 실상은 엘 라스의 핵심인물을 납치하기 위함이었다.

새벽과의 형식적인 미팅을 끝낸 그는 보디가드 김유린과 함께 근처 맛집으로 향했다. '명인 수산'이라는, 제약 회사의 정문이 훤히 내다보이는 횟집이다.

"길드장님 여기 보시지요."

횟집 창문을 통해 회사의 전경을 관찰하고 있는데, 앞에 앉아 있던 김유린이 말했다. 힐끗 보니 전면 카메라를 이쪽으로 향한 채 사진을 찍고 있었다.

"웃으세요~"

억지로 입가를 비틀어 올리니, 찰칵- 하고 사진이 찍힌다.

그녀는 결과물을 만족한 듯 고개를 끄덕이곤 손가락을 바쁘게 움직였다. 뭘 하는지는 안 봐도 뻔하다. SNS에 업로드하려는 거겠지.

"……요즘 SNS가 활발하십니까?"

은근한 목소리로, 비꼼의 의도도 한 스푼 섞어서 말했다. 그 새 사진 업로드를 마친 그녀는 쓰게 웃으며 뒷목을 긁적였다.

"아 그게, 처음에는 기사단이 시켜서 했는데…… 더 몬스터 입단하고, 길드장님이랑 찍은 사진도 올리고 하니까 팔로워 수가 갑자기 확 늘어나더라고요. 그래서 지금 천만 명이 넘는데…… 그 많은 사람들을 실망시켜 드릴 순 없잖습니까."

세진은 소리 내어 웃었다. 참 김유린 다운 변명이지 않은가.

"재밌나 봐요?"

"……옙, 이게 색다른 세상이네요."

유행하는 매체는 다 그만한 이유가 있는 것 같습니다ー 김유린은 덧붙이며 다시 핸드폰을 들었다. 실시간으로 파바바밧 올라오는 팔로워들의 반응을 확인하는 것이리라.

"그래도 조심히 하세요. 세정이는 저랑 기사님이랑 스캔들 날까 걱정하던데."

"에이. 어떤 기자가 감히 길드장님 스캔들을 내겠습니까. ……아 그리고 그간 길드장님이 한 행각을 떠올려 보세요. 이 정도는 감내하셔야 할 겁니다."

……그렇게 말하니 또 유구무언이다. 영웅오크와 인간폼을 번갈아가며 그녀를 농락한 거나 다름이 없는데, 줘 패지 않고 용서해 준 것만으로도 감사해야겠지.

"……크흠. 마음껏 하세요. 하반신 제외 벌거벗은 몸도 찍혀드리겠습니다."

"후후. 감사합니다~!"

김유린은 곱상한 눈웃음을 치며 사진을 한 장 더 찍었다.

확실히 이 사람. SNS를 하면서 또 기사단장의 미련을 내려놓으면서 곱절은 명랑해지셨다. 그게 너무 매력적이라서 조금은 곤란하지만.

그렇게 10분 정도 수다를 떨고, 주문한 음식이 식탁 위를 가득 메웠을 때.

퇴근 시간에 딱 맞춰 회사 사람들이 하나둘 씩 나오기 시작했다.

세진은 늑대의 동공을 발현한 채 그들의 면면을 샅샅이 관찰했다. 과연 모든 회사원들에게서 흐릿한 피의 흔적과 암기가 아른거리고 있었다.

"뱀파이어 맞네요. 회사 안에 몇 명이 있을 진 모르겠지만 153명이면 충분히 많죠?"

"예, 그렇긴 한데…… 길드장님 직접 오실 필요가 있으셨나요?"

"정보원들은 뱀파이어 구분을 못하거든요."

예전에 개발한 뱀파이어 구분용 기구가 있긴 하지만 뱀파이어는 그것을 교묘하게 피하는 방법을 찾아내었다.

순간.

김세진은 피의 잔향과 암기가 유별나게 또렷한 놈을 발견했다. 숨겨지지 않는 위화감, 횟집 앞을 쌔애앵- 지나친 한

외제차였다.

그는 황급히 수정구를 꺼내 어딘가에서 대기하고 있을 정보원들에게 전했다.

"방금 페라쉐 타고 간 남자 있죠. 그 남자에게서 느껴지는 기운이 가장 강합니다. 그 사람을 최우선 타깃으로 삼으세요."

수정구에서 확인했다는 대답이 들려왔다. 김세진은 식기를 내려놓고 자리에서 일어났다.

"이제 갑시다."

"……?"

그러나 김유린은 고개를 갸우뚱했다.

"이렇게 많이 남았는데요?"

"예?"

확실히 많이 남아 있긴 하지만 꼭 밥을 먹으려고 온 게 아닌데…….

눈이 동그래진 김유린이 의심하지 말라는 듯 다급히 손을 휘저었다.

"아니, 그 꼭 다 먹어야 한다는 말이 아니고. 너무 빨리 벗어나면 그것도 그저 나름대로 의심을 사지 않겠습니까? 게다가 어차피 납치는 첩보원과 용병의 몫이잖습니까."

"……흠."

일견 타당한 의견이었기에, 김세진은 다시 자리에 앉았다. 그리고 천천히 회를 음미했다.

그렇게 20분이 지나자 그 많았던 회들은 사라지고 없었다.

다만 김세진은 고작 열점 남짓을 먹었을 뿐이다. 나머지는 김유린이 다 처먹었다. 근데 한 번에 회를 무려 4점씩 넣어서 싸먹는 건 민폐 아닌가?

어찌되었든, 식사를 마친 김세진은 계산을 하고서 주차장까지 걸어갔다.

"타세요…… 뭐야?"

한데 차 문고리를 잡고 뒤를 돌아보니 김유린이 없었다.

주위를 두리번두리번 거리는 사이 그녀가 허겁지겁 달려왔다. 왜인지 모르게 양손에 큼지막한 핫바를 든 채로.

"오는 길에, 맛있어 보여서…… 드시겠습니까?"

세진이 어이없다는 듯 쳐다보자, 수줍게 변명하며 핫바 하나를 조심스레 건넨다.

그러나 '내가 먹을 거니까 받지 마라'고 얼굴에 다 쓰여 있다.

굳이 먹고 싶은 생각은 없지만…… 일부러 받았다. 역시 예의상의 질문이었는지, 김유린의 입술이 삐죽 튀어나온다. 김세진은 피식 웃고서 다시 핫바를 돌려줬다.

"운전해야 돼서."

"아, 어쩔 수 없군요. 제가 다 먹겠습니다."

그제야 얼굴이 풀어진다.

"타세요."

그가 차에 올라타서 시동을 걸었을 때. 수정구에서 연락이 왔다

─타겟을 확보했습니다.

"오? 벌써?"

"우물우물. 과여, 더 모스터의 첩보워니네요. 대다납니다."

"……다 먹고 말하세요."

바로 다음 날. 납치당한 엘 라스의 젊은 장로 '데니얼 킴'은 바토리의 정신 마법에 지배당해 모든 사실을 불어놓았다.

"그때 길드장님을 미국까지 쫓아와 두억시니를 소환한 것도 그놈들이라더군요. 진세한을 죽인 것도 그놈이고요."

"그래요?"

김선호의 보고에 김세진은 고개를 갸우뚱했다. 여태 자신이 '당했던' 사건들은 죄다 엘 라스인가 하는 놈들의 소행인데, 도대체 바토리는 뭘 했는지에 대한 의문이 살짝 일었다.

"예, 그리고 에덴의 상층부를 절반 가까이 장악했다고 합니다. 에덴의 기록물을 이용하여 마인과 접선했고 현재 빌딩 지하에 위치한 곳에서 마인들과 균열을 넓힐 방법을 강구하고 있다는군요. 그 연구가 답답해서 뛰쳐나온 몇몇 마인들이 난리를 피운 거구요."

김선호는 관련 내용을 모두 적어놓은 보고서를 내밀었다.

이 정도면 충분하다. 정부에게 제출하면 정부와 합작하여 엘 라스를 소탕할 수 있겠지.

하지만 문제는 그 이후다. 그 많은 놈들을 어떻게 처리해야 할지.

그렇다고 바토리의 말처럼 음지에서 학살하는 건 영 내키지 않는다.

"근데 그 일은 어떻게 됐어요?"

고민하던 김세진은 돌연 떠오른 생각을 물었다. 약 한 달 전, TM사는 교도소에 수감된 뱀파이어에게 '에너지 바'를 납품하고자 한다는 계획을 정부에게 제출했었다.

"자세한 내용은 조한성 씨에게 물어봐야 알겠지만…… 아마 다음 주부터 돼지 피를 대신하여 공급될 예정이라고 합니다."

"오. 잘됐네요."

뱀파이어는 인간의 피만을 마시며, 여타 축생들의 혈액은 거들떠보지도 않는다. 대부분의 대중들은 그런 오만함을 비난하지만 그들의 생리에 따르면 어쩔 수 없는 일이기도 하다.

인간도 배가 고프다고 똥을 먹지는 않지 않은가. 뱀파이어에게 축생의 피는, 인간에게 배설물 이상의 더러움이다.

"다행이네요. 다양한 맛 개발은 거의 완료됐죠?"

"예, 마탑 마법사들을 동원하니 개발 속도가 아주 빨라지고 있다고 합니다. 현재 교도소에 납품될 에너지 바는 삼겹살 맛입니다."

"좋네요."

김세진은 흡족한 미소를 지으며 의자에 몸을 기댔다.

이제 정말 머지않았다.

바토리만 회유할 수 있다면. 그 무지막지한 강함을 인류의 편으로 만들 수만 있다면.

뱀파이어 로드가 했던 말처럼 괴물, 바토리가 영웅이 되어 줄 것이다.

그로부터 1주 뒤, 대한민국 유일 뱀파이어 수감시설 군산 형무소에 에너지 바가 전격 공급되었다는 소식이 메스컴을 타고 흘렀다.

뱀파이어들은 모조리 죽여야 한다, 아니다, 회유할 수 있다면 그렇게 해야 한다…… 로 갑론을박을 펼치던 대중들도 그 에너지 바의 성과만큼은 유심히 지켜보았다.

그렇게 2주가 더 지나, 군산 형무소의 소장이 그 성패를 알리기 위해 기자들 앞에 섰다.

교도소에 마련된 기자회견장에는 이례적으로 김세진도 직접 참석했다. 한데 소장은 요즘 한국에서 대통령보다도 권력이 막강하다는 그가 바로 눈앞에 있으니 정신이 아찔할 노릇이었다.

소장은 떨리는 심장을 쓸어 넘기며 침을 삼켰다. 마지막으로 심호흡까지 한번 한 뒤, 입을 연다.

"많은 관심을 가지고 계실 거라 생각하니 본론부터 말하겠습니다. ……TM사에서 제조한 이 에너지 바를 재소자들에게 공급한 '첫날'에는 역시 모든 뱀파이어들이 거부했습니다."

섣부르게 실패라 단정 지은 몇몇 기자들이 탄식을 터트렸다.

"하지만 간수들의 노력을 통해 적어도 먹는 뱀파이어가 생겼습니다."

'노력'.

대본에는 그렇게 적혀 있었다. 하지만 소장은 바꿔 말했다.

"……아니, 솔직히 강제로 먹였습니다."

카메라 플레쉬가 번쩍인다.

"그렇게 강제로 먹이길 일주일째."

소장은 잠시 뜸을 들였다. 모인 사람들도 덩달아 숨을 죽였다.

"뱀파이어들이 자발적으로 이 에너지 바를 찾기 시작했습니다."

소장이 미소 지으며 한 말에, 기자들의 환호 소리가 회견장을 울렸다. 김세진은 소장의 목소리에 거짓이 없음을 확인하고 안도의 한숨을 내쉬었다.

쿵쾅쿵쾅.

미친 듯이 박동하는 심장을 애써 진정시킨다.

"물론 에너지 바의 비교 대상이 축생의 피라서 그런 건지는 자세히 모릅니다. 하지만 재소자들은 모두 감탄했습니다. 인간의 피보다도 훨씬 맛있다면서요."

그럴 줄 알았다. 뱀파이어들은 조리된 음식을 평생 먹어보지 못했으니, 난생 처음 맛보는 삼겹살은 신세계였겠지.

"그리고 마침내 2주가 지난 지금. 하루에도 수십 번씩 벌어지던 소요행위는 하루에 한 번꼴로 줄어들었습니다. 그마저도 아직 에너지 바를 맛보지 못한 신입 재소자들뿐이었습니다."

김세진은 감정이 벅차올라 저도 모르게 박수를 쳤다. 기어코 따라와 그의 옆자리를 꿰찬 몇몇 국회의원들도 무척 환하게 웃으며 박수를 따라했다.

"형벌의 목적은 범죄자들의 '교화'라고 사람들은 말합니다. 그러나 저는 여태 뱀파이어 관할 교도소의 소장으로 있으면서 그러한 견해에 회의적이었습니다. 하지만 이번에는 난생 처음으로 그런 생각이 들었습니다. 이 뱀파이어들을 교화할 수 있지 않을까, 하는 생각 말입니다."

소장은 그 말을 마지막으로 기자회견을 끝내고 단상을 내려왔다. 그리고 김세진에게 감사하다 말하며 손을 건넸다. 방금까지 웃고 있던 국회의원들이 눈을 부라리며 지금 뭐하는 짓이냐고 과민반응을 했지만, 김세진은 그들을 물리고서 소장의 손을 잡았다.

"감사합니다. 수고 많으셨습니다."

김세진의 말에 소장은 고개를 한사코 저었다.

"아니요. 오히려 제가 감사합니다."

이 악수는 여러 방송국에 실시간으로 방영되고 있을 것이었다.

지금 현재를 지켜보고 있을 뱀파이어들은, 그리고 바토리는 무슨 생각을 하고 있을까.

김세진은 그게 궁금해서 참을 수 없었다.

"오, 맛있네요. 되게 신기합니다."

로스한델은 에너지 바를 우걱우걱 씹으며 연신 감탄사를 터트렸다. 불과 5분 전에 먹기 싫다며 땡강 부리던 뱀파이어는 아마 다른 차원의 사람인 듯했다.

"수혈팩보다 맛있어?"

이혜린이 동그래진 눈으로 로스한델을 바라보았다.

"일단 훨씬 쌉니다."

여태 그는 수혈팩을 직접 구매하여—물론 합법적인 경로를 통해—식량으로 일용해 왔다. 한데 그 가격이 실로 어마어마하다. 하루 5팩씩, 한 달 식비가 무려 1,000만 원에 근접할 정도였으니……

"근데 평생 겪어보지 못했던 맛이라 되게 신선하고 맛있지만, 이거만 먹다 보면 질릴 것 같기도 합니다. 이게 그 삼겹살이란 겁니까?"

"응, 내가 먹어보니 비슷하더라. 근데 너, 아예 평범한 음식은 못 먹는 거야?"

"예, 먹으면 소화를 못해서 죽어요."

더 정확히 말하면 음식물이 소화되지 않고 목구멍에 그대로 남아 있어, 쌓이고 쌓이다 질식사를 하게 된다.

이혜린은 깜짝 놀라 되물었다.

"죽기까지 해?"

"그럼요."

"……어우."

혜린이 얼굴을 찌푸렸다. 먹는 것이야 말로 평생 지속 가능한 인생의 즐거움이라 여기는 그녀에겐 실로 유감스러울 따름이었다.

그때 그 둘의 화기애애한 모습을 살짝 불편하게 바라보던 주지혁이 대화에 끼어들었다.

"근데 이 에너지 바, 군이나 기사단 쪽에 상용화하면 엄청 좋을 것 같습니다."

김세진은 어깨를 으쓱이며 대답했다.

"아, 예. 그런 의견도 있었는데, 생각 중입니다."

TM의 최고급 아티펙트와 빛나는 인력을 총동원하여 발명한 이 에너지 바의 가격은 '뱀파이어 한정' 개당 6,000원 수준이다. 한데 하루 세 끼는 비싸지 않게 챙겨먹게 하기 위해 일부러 낮게 책정한 것이라, 투자한 금액에 비하면 이윤이 제로에 가깝다.

"근데 만약 민간에 팔게 되더라도 뱀파이어를 대상으로 한 것보다는 훨씬 비쌀 겁니다."

마탑의 마법사들을 풀가동 하고 있긴 한데, 아무래도 역시 마법사인지라 인건비가 값비싼 건 어쩔 수 없다.

공장근무 100시간을 충족하면 방배동 마기서 No.1~No10 중 한 권을 대기 없이 빌려주는 식으로 자발적인 혹사를 이끌어내고는 있지만, 최하 연봉선이 1억을 가벼이 넘기는 럭셔리 직업군이 마법사이기에.

주지혁이 에너지 바를 탐스럽게 바라보며 다시 물었다.

"그럼 얼마 정도면 이문이 남을까요? 저희 새벽에서는 얼마가 됐든 살 것 같습니다. 장기 레이드에는 공복도 큰 적이니까요."

"······흠. 그건 한성 씨에게 물어봐야 알겠지만, 아마 개당 5만 원? 그 이상 가지 않을까요."

"오. 그렇다면 저는 사겠습니다. 부하들 몫까지요."

부하 아닌 게 아니라 주지혁은 새벽의 수석기사로 승격하면서 '팀장'이 되었다. 자연스레 부하도 열댓 명 이상 생겼고, 그러니만큼 자부심과 책임감도 전례 없이 출중해졌다.

김세진은 그런 그를 보며 환히 웃었다.

"주지혁 씨 부하는 상사 잘 만나서 좋겠네요."

주지혁의 입가에 미소가 번진다. 그런 그를 바라보던 이혜린은 슬며시 얼굴을 붉힌다.

그리고 아직까지도 썸만 죽어라 타는 두 사람의 그 모습에 김세진의 속은 조금 많이 답답해졌다.

에너지 바의 하루 평균 생산량은 60만 개에 달한다. 현대 사회를 살아가는 뱀파이어가 20만 남짓하다는 걸 생각하면, 하루 세 끼는 충분히 공급할 수 있는 물량이라 할 수 있겠다.

다만 에너지 바를 거부하는 강경한 뱀파이어들은 있게 마련이었고, 김세진은 국내외 뱀파이어들에게 모두 공급하고서 남은 에너지 바를 처분하기 위해 기사단에게 의사를 물었다.

그리고 가장 먼저 새벽 기사단과 칠흑 기사단이 소속 기사들의 복지를 위해 각각 2만 개씩 발주했다. 또한 그 소식이 알려지자 다른 기사단들도 앞 다투어 TM의 창구를 찾아왔다.

에너지 바의 가격은 개당 7만 원.

이윤이 남지 않을 것 같던 장사는, 그렇게 어느 정도의 수익은 내게 되었다.

한편, 이 에너지 바의 발명으로 인해 뱀파이어 사회에 균열이 생겼다는 소문도 심심찮게 들려왔다.

그들이 고향으로 돌아가야만 하는 이유, 사회를 배척할 수밖에 없었던 이유 중 가장 근본적인 부분이 해결되었으니 어쩌면 당연한 수순이었다.

하지만 아무리 기다려도 가장 중요한 뱀파이어, 바토리에게서는 어떠한 연락도 오지 않았다.

"……바토리 쪽에서 연락은 없죠?"

더 몬스터의 모든 사안이 결정되는 지하의 회의실.

김세진이 김선호에게 물었다.

"예, 그저 로스한델을 시켜 엘 라스의 지하기지 좌표가 적힌 지도를 하나 건네주었을 뿐입니다."

"흐음…… 근데 바토리의 인원이 정확히 몇 정도 되죠?"

"한국에 거주하는 건 2천, 세계에 흩어져 있는 방계까지 합치면 일만은 넘습니다."

"예상외로 많네요?"

김세진은 살짝 놀랐다. 활동하는 인원이 얼마 없어서 적을 줄 알았는데.

"나머지는요?"

"엘 라스는 3만이고…… ."

"저희는 5만이에요. 2만은 외국에 있지만, 도시가 완공되었다는 소식에 속속들이 한국으로 돌아오고 있어요."

대답은 소파 한 편에 앉아 있던 릴리아가 대신했다. 과연 노스페라투. 어쩐지 지하 도시에 사람들이 바글바글 하더라.

김선호가 그런 그녀를 힐끗 쳐다보고는 말을 이었다.

"……예, 맞습니다. 나머지는 어디에도 소속되어 있지 않은 뱀파이어들 그리고 수감자들이 대다수입니다."

"그렇군요. ……아 맞다 릴리아 씨, 노스페라투 성명 언제 낸다고 하셨죠?"

세진이 묻자 릴리아가 환한 미소를 지었다.

"일주일 뒤예요. 참석, 해주실 거죠?"

노스페라투는 민주적인 회의를 통해 이 에너지 바를 주식으로 삼고, 사회와 더불어 살겠다는 성명을 낼 각오를 다졌다.

또한 자신들만 보기에 아까울 정도로 아름다운 지하 도시를 민간에 개방하고—물론 고블린의 거주지는 다른 곳으로 옮기고—그로 인한 관광 수입을 통해 자생적인 뱀파이어 사회를 만들 계획이라고.

"예, 당연하죠."

김세진은 듬직하게 대답했다. 때마침 업무를 마친 김유린과 이혜린, 주지혁을 비롯한 기사들이 길드 사옥에 도착했다는 소식이 들려왔다.

"자, 그럼 이제 슬슬 회의 시작합시다. 마인을 어떻게 숨 아낼지."

새까만 베일에 가리운 듯 컴컴한 방에서 유일하게 빛나는 광원이 있었다. 한동안 바토리의 심심풀이를 도와준 고마운 상자, 'TV'였다.

그리고 오늘. 그리고 어제도. 또 이틀 전에도.

직사각형 모양의 상자에서는 'TM사가 뱀파이어도 먹을 수 있는 식량을 발명했다'는 내용이 흘러나오고 있었다.

바토리는 그 영상을 멍하니 바라보았다.

에너지 바가 만들어지는 공정과 어떻게 뱀파이어들이 섭취할 수 있는지에 대한 원리. 심지어 현재 수감 중인 뱀파이어와의 인터뷰까지. 하나같이 인간과 뱀파이어의 화해가 머지않았다며 즐거워하는 모습이었다.

—이 식량은 세계로 뻗어져나갈 것입니다. 합리적인 가격으로, 더불어 사는 사회를 위해서······.

그 멘트를 마지막으로 영상은 끝났다. 그럼에도 바토리는 한참동안 멍하니 TV를 바라보았다.

5분, 10분······.

어둠속에서 시간의 흐름은 지루하고도 또렷하다.

한창 고민하던 바토리가 드디어 입을 열었다.

"애들아."

대상은 그녀의 근처에서 언제나 그녀를 호위하고 있을 사도들이었다. 원래 그 자리에 있어야 할 장로는, 모두 없어졌다. 바토리가 직접 죽였다. 장로들은 가문의 영주가 아닌 '로드'를 선택하였기에.

"예."

가장 늙은 사도가 대답했다.

"어떻게 생각하니."

"……당연히 고향으로 돌아가야 하지 않겠습니까."

사도의 목소리는 희미하게 떨렸다. 아직까지는 진심이지만 흔들리고 있다는 반증이이었다.

"그렇구나."

바토리는 씁쓸하게 읊조리며 TV를 향해 손을 뻗었다. 그녀의 고운 손가락에서 새어 나온 한 줄기 붉은 빛이 TV에 스며들었다. 그리고 그 내부에서부터 불길이 일었다.

방금까지 불편한 소식을 내뱉어대던 TV는 그렇게 얼마 지나지 않아 재가 되어 스러졌다.

집으로 돌아온 김세진은 침대에 걸터앉아 세정이를 기다렸다. 이번 마인 소탕을 두고, 세정이에게 며칠간 출장을 가야 할 것 같다는 변명을 늘어놓기 위해.

그런데.

아무리 기다려도 오질 않는다.

7시, 8시, 9시, 10시, 11시…….

시간이 흐를수록 정수리에 열기가 오르고, 주먹은 절로 꽉 쥐어진다.

그러다 마침내. 시침이 '12'의 부근을 넘어가기 직전, 또 김세진의 화가 폭발해 핸드폰을 움켜쥐기 직전.

끼익.

현관문이 살짝 열렸다.

그리고 먼지가 내려앉듯 조심스러운 걸음걸이가 의식을 스친다.

세진은 일부러 안방에서 숨을 죽인 채 대기했다.

그녀의 발소리가 거실과 화장실과 부엌을 맴돈다. 뒤이어 아무런 기척도 없음을 확인했는지 안도의 한숨을 내쉰다.

요 근래 바쁘다고 말했으니, 아직 집에 안 들어온 걸로 착각한 거겠지.

"아 피곤행."

안방 문 앞에서 흐느적거리는 목소리가 들렸다. 얼마나 퍼마신건지…… 김세진은 눈을 날카롭게 찢고서 문을 노려봤다. 그야말로 야수의 동공이었다.

끼이익.

"하암……."

문이 열린다.

여유롭게 하품을 하면서 방으로 들어오던 유세정은 이내,

"꺄악!"

악귀처럼 앉아 있는 김세진을 발견하곤 바닥에 나자빠졌다.

"오, 오빠. 와, 왔었네?!"

한 손으론 흐트러진 머리카락과 정돈하고, 다른 한 손으론 붉어진 얼굴을 가리며 더듬더듬 말한다. 하나 김세진은 말없이 그녀를 째려볼 뿐이었다.

"……"

"아 그게. 그게 말이야. 오, 오랜만에 동창 애들을 만나가지고…… 너무 반가워서 신나게 놀다 보니 조금 늦어버렸네~?"

"······."

그럼에도 여전히 아무 말이 없다.

"나, 나도 놀 수도 있는 거지 뭐. 그리고 밤샌 것도 아니잖아. 아직 11시 59분인데. 1분 남았다구, 1분! 자기는 만날 외박하면서."

핸드폰으로 시계를 보여준다.

그러나 김세진은 아무 말도 하지 않았다.

"그······ 어······."

"······."

"뭐 말 좀 해봐. 내가 그렇게 많이 잘못했어?"

"······."

"······미안."

"풋."

빠른 사과에 김세진은 피식 웃었다. 그에 유세정도 안도한 듯 슬그머니 침대 곁으로 다가왔다.

"······다녀왔습니다아~"

애교를 부리며 김세진의 품 안에 포옥 안긴다. 그는 그녀의 등을 어루만지며 물었다.

"동창회? 재미는 있었어?"

"응, 오랜만에 만나니까 예전 추억도 새록새록 생각나더라."

"그래? 친구 없는 줄 알았는데."

"······있거든. 한 4명 정도."

재벌가의 외동 손녀께서 친구가 4명이면 아주 많지. 암, 그렇고말고. 유세정은 그렇게 말하며 자기합리화를 했다.

"아, 근데. 요즘 마탑 미팅은 없어?"

"있지. 근데 왜?"

"그냥 걱정돼서. 나 이번 주에 출장 가야되거든. 그때 네가 술이나 마시고 놀지 않을까……."

"……안 그러니까 걱정 마."

아주 찰나, 그녀의 눈빛이 반짝였던 건 착각이겠지?

"근데 요즘 사람들 많이 만나네?"

"응, 재밌는 일이 많이 생기네. 길드 모임도 있고, 마탑주 회담도 있고…… 다 오빠 덕분이야."

김세진은 미소를 지으며 그녀의 머리를 쓰다듬었다.

"그럼, 나 없어도 인생 재밌겠네?"

"……뭐야."

그냥 농담 삼아 한 말이었다. 그러나 세정이는 얼굴을 차갑게 굳혔다. 일 년에 몇 번 없는, 장난기 쫙 뺀 정색이었다.

"당연히 오빠 없으면 안 되지. 오빠가 있으니까 인생이 즐거운 거야. 몬스터를 잡으면서도, 재밌게 놀면서도, 집에 들어가면 오빠가 있겠지 라는 기대감. 그리고 오빠가 집에 없어도 언젠가는 다시 오겠지, 라는 기다림. 난 이제 그거 없으면 안 돼."

"……그래?"

"그래, 그러니까 평생 내 곁에 있어. 그런 재수 없는 말은 하지도 말고."

세정이는 몹시 결연한 얼굴로 그렇게 말했다.

"알겠어."

김세진은 고개를 끄덕여주었다. 그제야 그녀는 환하게 웃으며 그의 볼에 입맞춤을 했다. 하나 그건 잠시 뿐. 별안간 눈동자를 날카롭게 좁히며 말한다.

"……근데 어제 유린 언니 SNS에 사진 올라왔더라. 회 먹었던데."

"……아하하. 하하…….."

"뭐가 좋다고 그렇게 웃어?"

그는 머쓱하게 웃었다. 그리고 추궁하려는 그녀의 어깨를 지그시 눌러 침대에 눕힌다.

"괜히 어물쩍 넘어가려고 하지 말고…… 으읍."

귀찮은 싸움은 하기 싫다.

그저 입을 맞추고, 서로의 사랑을 증명할 뿐.

김세진은 나날이 지날수록 아름다워지는 그녀의 몸을 어루만지며 밤을 지새웠다.

47장
파도

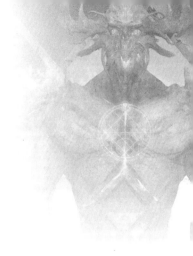

굿. 모. 닝~ 띵띵띵띵띵 띵띵……

"……스읍. 머야."

핸드폰 알람소리에 잠에서 깼다. 살짝 당황스러웠다.

알람이 울릴 때까지 쭉 잔 적은 별로 없는데…… 오른손으로 핸드폰을 잡아 힐끗 보니 무려 7시다.

새벽 6시에 회의를 잡아뒀었는데. 불안 속에서 메신저를 켜보니 과연 김유린과 하젤린을 비롯한 길드원들의 불만 어린 문자폭탄이 잔뜩 쌓여 있었다.

급히 몸을 일으키려다 문득, 무엇인가가 얹어진 듯 약간 묵직한 느낌이 느껴졌다. 왼팔 쪽을 바라보니 역시 세정이었다.

어제 아니, 오늘 새벽에 꽤나 격렬하게 달렸기 때문일까.

고른 숨을 내쉬며 아이처럼 푹 잠에 들어 있다. 단 한 겹의 옷도 안 입은 채, 기절한 것처럼 고요하다.

"춥겠다."

이불을 덮어주면 되긴 하지만 그냥 꽉 안아주었다. 우윳빛 살결의 곱고 보드라운 감촉이 참 좋다. 이대로 한 번 더 괴롭혀 주고 싶을 정도로.

"우응……."

세정이의 볼에 내 볼을 맞대고 부비적거리니 그제야 꼬물거리며 잠꼬대를 한다. 그 발버둥이 너무 귀여워서 더 꽉 껴안았다.

부르르.

가능하다면 계속 이렇게 있고 싶지만, 아쉽게도 핸드폰이 진동했다.

이번에는 전화다. 발신인은 김유린.

이렇게 여유를 부릴 때가 아니지. 세정이의 이마에 입맞춤을 하고 몸을 일으킨다. 옷을 입는 와중에, 별안간 세정이가 허함을 느꼈는지 베개를 꽉 껴안고 비비적거린다.

"귀엽네."

뒤척거리는 등을 토닥여 준다.

그렇게 그녀를 다시 편히 재우고서야, 나는 집을 나섰다.

김세진은 회의실에 도착하자마자 무시무시한 시선을 맞닥

뜨려야만 했다.

눈코 뜰 새도 없이 바쁜데도 불구하고 무려 새벽 여섯시에 모였는데, 정작 회의를 소집한 장본인이 한 시간 반가량 지각해 버렸으니.

"죄송합니다."

그는 정중하게 고개를 꾸벅 숙이고서 상석에 앉았다.

"뭐, 어쩔 수 없지요. 죄송할 것도 없어요. 저희는 기다리면 되는걸요. 어차피 총책임자는 세진 씨니까."

요즘 마탑의 일로 신경이 다소 날카로워진 하젤린의 말이었다.

"……죄송합니다."

"괜찮다니까요. 어서 회의나 시작하세요. 뭐 연애질 하느라 늦었겠지. 안 봐도 눈에 선해."

"……."

김세진은 로스한델에게 힐끗 눈길을 보냈다.

"아, 예. 일단 기본적인 브리핑부터 시작하겠습니다."

엘 라스의 제약 회사 지하에는 이천여 명의 뱀파이어가 고서의 해석과 연구에 몰두하는 중이고, 나머지 이만 팔천은 사회를 활보하고 있다.

그런 면에서 생각해 보건데, 열 명이서 이천 명을 상대하는 것에는 무리가 있다. 또한 상대할 수 있다 하더라도 그건 학살이 되고 만다.

그래서 김세진은 방법을 강구해 냈다.

2,000명 중 가문의 영주가 있는 핵심적인 장소로 이동한 뒤, 결계를 사용하여 오직 영주와 그 최측근들만을 상대하는 것.

기나긴 회의 끝에 나온 마지막 계획이었다.

"그러면."

김유린이 준비물을 챙기며 말했다.

"바로 출발합시다."

"······당장이요?"

하나 이혜린은 뭔가 당황스러운 얼굴로 어물쩍거렸다.

"그럼. 늦어봤자 좋을 건 없잖아."

"아직 준비가 잘 안 됐는데······."

"무슨 준비가 필요한데?"

김유린은 이해가 안 된다는 얼굴로 주변을 둘러보았다. 이 회의실에는 아티펙트, 포션, 장비, 무기를 비롯한 귀중품들이 널려 있다. 과장 조금 보태서 저것들 다 훔쳐서 팔면 1조는 나온다.

하나 이혜린은 얼굴을 붉힌 채 손가락을 꼼지락거릴 뿐이었다. 모두가 그 모습을 두고 의아해하고 있을 때, 주지혁이 천천히 자리에서 일어났다.

"저, 김유린 기사님?"

"예?"

그는 김유린을 불러 살짝 속삭였다. 그제야 뭔가 부끄럽고 또 납득한 얼굴이 된 김유린이 헛기침을 큼큼 하고서 말했다.

"잠시 편의점 좀 다녀오겠습니다. 혜린아. 너도 갈래?"

"네? 아, 네. 갈게요."

"……아."

그제서 김세진도 눈치챘다. 회의 도중에 갑작스레 진한 혈향이 느껴지기에 로스한델이 몰래 수혈팩을 처먹은 줄 알았더니, 대자연의 마법 때문이었구나.

이혜린은 주지혁에게 들릴 듯 말 듯 기어가는 목소리로 말하고서 일어났다.

"고마워요……."

주지혁은 아무 말 없이, 다만 부드럽게 웃을 뿐이었다.

그걸 계기로 8시간가량의 휴식을 충분히 취한 뒤.

"준비 되셨습니까?"

김세진은 일행들에게 물었다. 그들은 레비아탄의 팔과 다리를 비롯한 여러 부위를 꽉 붙잡고 있었다.

"예!"

"그럼, 이동합니다. 아 참. 계획은 '대화'라는 걸 잊지 마세요. 싸움은 그 다음입니다."

좌표를 다시 한번 되새기고 이동할 공간의 풍경을 감겨진 눈꺼풀 앞으로 둔다. 그리고 순간, 공간이 뒤틀리는 듯 역한 감각이 인다.

뒤이어 눈을 뜨니 가장 먼저 어린아이가 하나 보였다.

귀엽고 천진하게 생긴, 외면상으로는 많아봤자 열 살 남짓한 소년. 소년은 갑작스러운 적의 출몰에도 놀란 기색 없이, 어둡게 침잠한 눈동자로 이쪽을 응시하고 있었다.

겉보기에는 영락없는 어린아이지만, 엘 라스 영주의 인상은 익히 들어 알고 있다. 김세진은 곧바로 결계를 쌓아올렸다.

그 즉시 공간이 새까맣게 물들며 세계와 분리된다.

결계의 풍경은 술자의 심상을 닮는다. 문득 이혜린이 겪었던 대자연이 생각난 건지, 결계는 시냇물이 졸졸 흐르고 녹음이 창연하게 우거진 자연이 되었다.

그 풍경 속에서, 김세진은 소년을 바라보며 말했다.

"엘 라스의 지도자, 맞지?"

"……저는 당신을 알고 있습니다."

소년의 말은 뜬금없었다. 그래서 김세진은 감히 대답도 할 수 없었다.

"그 분의 아들이지요."

세진의 눈썹이 꿈틀거렸다.

"……갑자기 뭔 무슨 소리야. 나를 두고 하는 소린가?"

"당신이 아니고서야, 그분의 아들이 누구겠습니까"

"……그걸 알고 있는 것치고는 나이가 조금 많이 적은데."

"네, 적습니다. 엘 라스의 핏줄에 나이 마흔이면 아직 한참 어린아이이지요. 저는 8살 때부터 지금까지 줄곧 이 모습이었습니다."

세진은 문득 바토리가 했던 말이 떠올랐다. 그녀는 분명 뱀파이어는 핏줄에 따라 별개의 특색이 있다고 했다.

"불노, 라는 건가."

"예, 그건 그렇고 당신 아버지의 이야기가 궁금하지 않으십니까?"

궁금하다. 자세한 내막은 확실히 모르기에, 미친 듯이 궁금하다. 하나 지금은 그딴 걸 주제로 삼을 자리가 아니다.

"지금은 그딴 이야기를 하러 온 게 아니야."

"그럼 무슨 말을 하고 싶어서 이렇게 직접 찾아오셨나요?"

김세진은 간단히 대답했다.

"마인 그리고 균열."

"아, 그렇구나."

소년은 나른한 얼굴로 눈썹만을 살짝 들어올렸다.

"죄송하지만 협상은 결렬이네요. 저희는 균열을 놓을 생각이 없습니다. 저희의 지상목표는 언제나 '귀향'입니다."

"아니, 그러니까 왜? 고향에 가지 않더라도, 조금만 있으면 별문제 없이 살아갈 수 있을 텐데."

"흠…… 우선 저희가 더불어 사는 건 불가능합니다. 근데 그 이유를 설명하려면 저는 당신의 부모를 언급해야만 합니다."

"뭐?"

"괜찮으시겠습니까?"

김세진은 미간을 좁혔다. 소년은 개의치 않고 말을 이었다.

"그렇게 길진 않습니다."

소년의 말은 이어졌다. 말대로 길지는 않은 이야기였다.

김세진의 아버지와 어머니.

에덴의 기사였던 두 사람은 뱀파이어 척살작전 일명 '뱀파이어와의 전쟁' 당시, 인류를 한없이 저버린 잔혹한 처벌광경을 목격하고 충격을 받게 된다.

그리고 임무 중에 우연찮게 엘 라스를 만나게 된 두 사람은 감정에 호소하는 그에게 속아 넘어갔다. '과거로 돌아가 고향의 운명을 바꾸고 싶다'는, 겉보기에는 결코 이상할 것 없는 대의(大義) 덕분이었다.

그렇게 두 사람은 아주 잠시 동안 엘 라스를 도와주었다.

"하지만 노스페라투가 접촉하자, 그분들은 저를 배신하셨습니다. 저는 의아했지요. 균열을 연다는 계획은, 당시에는 노스페라투도 알고 있지 못했습니다. 하지만 그들은 그 사실을 어떻게 알아내셨고, 그것에 관련되어 확고하고도 굳은 믿음이 있으셨습니다. 그래서 당신의 아버지는 '믿음'을 들먹이며 저희 계획은 실패할 것이라고 매도하셨지요. 그리고 저는 그를 죽였습니다."

세진은 소년의 눈을 노려보았다. 도대체가 아무것도 읽을 수 없는, 공허하고도 허무한 눈이었다.

"근데 그를 죽이고 나니, 그 믿음의 근원이 궁금해졌습니다. 그래서 에덴에 당신 아버지의 기록물을 비치해 놓았죠. 만약 그 믿음의 대상이 '사람'이라면, 언젠가는 혹시라도 찾아오지는 않을까…… 하는 조금은 막연한 생각이었습니다.

세진의 머릿속에 섬광이 번뜩였다.

이제야 모든 일의 아귀가 맞춰지는 느낌이다.

에덴을 장악했다면 기록물의 처분도 분명히 가능할 것이

다. 하지만 그들은 아버지에 관한 사실을 그대로 남겨두었다.

그 이유는······.

"그리고 찾아왔습니다. '진세한'. 그가 당신 아버지와 무슨 관계가 있는지는 모르지만, 그 사람은 세계를 구원할 '믿음'이 될 자질이 충분했지요."

김세진의 입가가 씰룩였다. 과연, 과거 진세한의 위용은 이런 오해를 야기시킬 만했지.

6개월 만에 중상급기사라니. 저가 생각해도 영 말이 안 된다.

"······."

"하지만 진세한은 죽었습니다. 저희가 죽였습니다. 아시겠습니까. 당신들에게 이제 믿음은 없습니다. 희망도 없을 겁니다."

이것이 소년이 굳이 이 길지 않은 이야기를 꺼낸 이유였다.

더불어 살아갈 수 없다는 걸, 인간에게 희망이 없다는 걸 알리기 위해.

"······그럼, 너희는 그걸 믿고 이런 일을 벌인 건가?"

"예."

"아, 그게 말이지······ 약간 미안하긴 한데."

이번에는 이쪽이 진실을 알릴 차례였다.

"진세한은 안 죽었어, 애기야."

대답은 하젤린이 대신했다. 김세진은 피식 웃으며 모습을 변용했다.

당연하게도, 진세한의 얼굴이었다. 여태 여유로웠던 소년의 낯짝이 마치 수라처럼 일그러졌다. 물론 그 사실을 모르고 있던 다른 일행도 마찬가지로 경악했다.

"당신……!"

"이제야 표정이 조금 변하네."

그러나 마음 놓고 여유를 부릴 틈은 없었다.

촤아아악-

흡사 악귀가 된 소년의 뒤에서 정체모를 촉수가 솟구쳤다. 그것은 열 갈래로 나뉘어 기습적으로 길드원을 모두 움켜쥐었다.

"무구, 라고 합니다. 로드가 저희에게 준 호신용품이지요. 안타깝게도 로드는 자신이 먼저 습격당할 거란 예상은 하지 못했지만요."

김세진은 레비아탄 폼으로 변했다. 하나 아무리 발버둥을 쳐도 그로테스크한 촉수는 끊어지지 않았다.

"사라지지 않을 겁니다. 왜냐하면……."

그러나 소년이 무구의 견고함을 자랑하려던 바로 그때.

결계가 갈라지고, 소년이 자부하던 무구 또한 동시에 파괴되었다.

모두 피안개처럼 피어오른 적색 마나의 소행이었다.

"……더러워. 더러워."

유혹적이면서도 익숙한 목소리였다.

엘 라스는 갑작스레 나타난 그녀에게로 암색 마창을 쏘아 보냈으나, 그 일격은 그녀의 살결에도 닿지 못하고 녹아내렸을 따름이다.

"풋. 이게 뭐니?"

피식 웃은 그녀는 단지 손가락 하나를 까딱함으로서 엘 라스의 전신을 결박했다.

"끄으.."

"포기하렴, 아가야."

바토리가 말했다. 엘 라스는 이를 꽉 깨물었다.

"또, 또다시 동족을 죽이시려는 겁니까?"

"음...... 말에 어폐가 좀 있네. 나는 마인과 결탁한 놈들을 동족이라고 생각하지 않기로 했단다."

파괴와 패악으로 점철된 본성, 평균을 밑도는 지성, 그리고 책임질 수 없는 힘. 이 세 가지 원죄가 합쳐진 구제불능의 존재. 그것이 바로 마인이며, 따라서 마인은 만민의 적이다.

뱀파이어에게든, 엘프에게든, 인간에게든, 수인에게든. 예로부터 마인은 몬스터와 비슷한 취급을 받아왔다.

"......그럼 로드는 왜 죽이셨습니까?"

순간 바토리의 얼굴이 일그러졌다.

"로드도 마인과 결탁하였습니까?

그녀의 분노가 마냥 즐거운 듯, 엘 라스는 웃으며 말을 이었다.

"그분은 단지 저희의 살길을 찾으려 노력하셨던 것뿐입니다."

"닥치렴. 내 인내심을 시험하지 말고."

"그건 무엇보다 당신이 잘 알고 계시잖습니까. 로드는, 당신의 대부셨으니까요."

결국 바토리는 참지 못했다. 그녀의 몸에서 쏟아져 나온 새빨간 마나가 격랑처럼 치밀었다. 엘 라스는 그 마나의 해일을 피하지 않았다. 오히려 그것을 온몸으로 받아들였다.

그리고 미소를 지었다.

동시에 연구실의 바닥이 가라앉았다. 그 속에는, 세계와 세계의 틈, 들여다보아도 아무것도 보이지 않는 '균열'이 존재하고 있었다.

"……너, 이 미친놈!"

찰나, 소년의 의도를 눈치챈 바토리의 눈동자가 경악으로 물들었다.

"이제 이다음은 당신의 몫입니다. 고향에서 기다리겠습니다, 바토리 님."

소년은 자신의 몸을 균열에 내던졌다.

그리고 엘 라스와 그 속에서 휘몰아치는 바토리의 마나를 집어삼킨 균열은 위협적으로 꿀렁이기 시작했다.

대지는 재가 되어 스러졌고 하늘은 붉게 타오르며 갈라졌다.

무너진 지상에는 괴이한 점액이 들어섰으며 그 속에는 검은 무엇인가가 부글거렸다.

피막에 둘러싸여 부화를 기다리는 그것은 지독하리만치 새빨간 안광으로 나를 노려보았다.

그 파괴적인 눈빛에 난생 처음 두려움이라는 감정을 느꼈다. 저놈들에게 대항할 방법 따윈 없다는 걸 그 순간에 직감했다.

살기 위해서는 도망가야만 했다.

기억을, 미련을, 후회를 남겨두고서 다른 세계의 저편으로.

하지만 뱀파이어에게, 인원이 한정된 통로를 허락할 인간은 없을 거라 생각했다. 평생 그들의 골칫거리로서 살아왔던 자신들이기에.

그래도 가로막는다면 죽이겠다는 일념으로 통로에 도달했다.

그러나 인간은 오히려 우리를 도와주었다.

'인간' 마법사는 몰아치는 열풍을 흐트러뜨렸고, 역시 '인간' 기사는 정체불명의 괴마들을 필사적으로 막아섰다.

하나 내 눈에 그들은 대항이 아니라 목숨을 버리는 행위로 비쳐졌다.

"무얼 하고 있느냐, 엘리! 어서 이리 와!"

인간들의 분투를 바라보고 있던 나에게 대부가 외쳤다. 긴 생각을 할 수는 없었다. 나는 통로를 건넜고, 고향을 탈출했다.

그렇게 난생 처음 보는 세계가 눈앞에 펼쳐졌다.

"당신들이, 다른 세계의 피난민이십니까?"

또 다른 인간들이 나를 바라보고 있었다.

그런데 그때의 인간들은 왜 도망치지 않을까? 어째서 우리를 도와주었을까?

그 이유를 당시의 나는 알지 못하였고, 지금도 여전히 알 수 없다.

"……."

과거에 사로잡힌 바토리는 아무것도 존재하지 않는 까마득한 아래로, 아래로 침잠했다.

불현듯 무연고의 자신감이 일었다.

우리의 고향은 균열을 극복했을 것이다.

그래서 내가, 우리가 봐왔던 풍경을 회복했을 것이다.

언제나처럼 평온하고 따스한 모습으로, 우리를 기다리고 있을 것이다.

그녀는 넋이 나간 채 멍하니 균열 속으로 한 발자국 내디 뎠다.

"뭐 하는 거야!"

그러나 누군가가 팔을 붙잡았다. 흐릿했던 동공이 다시 선명해졌다.

바토리는 김세진을 힐끗 보고 다시 균열로 시선을 옮겼다. 지금 이 순간에도 땅은 무너지고 있다.

아직 불완전하긴 하지만, 통로의 형상을 일정부분 갖추었다. 이 어둔 파도속을 항해하다 보면 그리던 고향에 도달할 수 있을지도 모른다.

순간, 단단한 팔이 그녀의 허리를 우악스레 움켜쥐었다.

"너……."

"모두 꽉 잡아요!"

김세진은 바토리를 품에 끌어안은 채 소리쳤다. 모든 길드 원들이 자신을 붙들었음을 확인한 그는 황급히 레비아탄 폼 을 취했다. 그리고 마도를 시전했다.

발아래 끝없이 넓어지던 균열은 마치 꿈이었던 것처럼, 일행은 순식간에 회의실로 돌아왔다.

그러나 모두 충격에 빠진 채 아무런 말도 하지 않았다.

그곳에 있었던 것은 도대체 무엇인가.

마치 지면이 통째로 사라진 듯한 광경, 그토록 거대한 균열은 본 적이 없다.

"어떻게 된 겁니까?"

무거운 적막을 어렵사리 깬 사람은 김유린이었다. 그녀는 용기 있게 물었다.

물론 대답을 요하는 대상은 바토리였다. 바토리는 복잡한 눈으로 김유린을 바라보다 피식 웃었다.

"뭐긴. 내 마나와 자기 육신, 그리고 이프리트의 깃털을 이용해서 균열에 자극을 준 거지."

"이프리트의 깃털이요?"

"그 왜, 너희가 죽을 뻔한 거 있잖니. 문어 다리처럼 생긴 거.

"아."

김유린은 멍청하게 고개를 끄덕였다. 바토리는 그런 모습에 한심하다는 듯 고개를 절레절레 내젓고서 말을 이었다.

"그건 과거 우리 고향에 있었던 '마신'의 흔적이야. 주인을 직접 불사르지 않는 이상 없어지지 않고, 머금은 마나의 '격'에 따라서 다른 위력을 발휘하지."

말을 잠시 멈춘 바토리는 퍽 답답한 한숨을 내쉬었다.

"……근데 그 깃털은 무려 내 마나를 흡수했어. 그러니 이제 그 무구는 엘 라스의 육체와 함께 균열을 확대시키는 연료로서 소모될 거란다. 아무리 늦어봤자 이틀 뒤에는 모든 일이 끝날 테지."

그야말로 최악의 상황이라는 말이다. 김유린은 이를 꽉 깨물었다.

"그럼 우리는 어떻게 되는 겁니까?"

"선택을 해야 하겠지. 고향을 버리고 다른 세계로 이주할 것인지, 아니면 이곳에서 지구와 함께 스러질 것인지."

바토리의 말이 끝나자, 유린은 다리에 힘이 살짝 풀렸는지 비틀거리며 소파에 주저앉았다.

그때 바닥에 시선을 처박은 채 잠자코 듣고 있었던 김세진이 고개를 들었다.

"……궁금한 게 있는데."

바토리는 시선만을 살짝 옮겨 김세진을 바라보았다.

"그 깃털이 중요한 역할을 하는 거야?"

"……애야. 마신이라고 마신. 신(神)이라는 한자가 들어간다고. 너는 어째 나보다 이해를 못 하니?"

"어쨌든 중요한 역할을 한다는 거지? 그럼 아직 시간은 있어."

"……너는 진짜 어마어마한 병신이구나?"

바토리의 경멸스러운 눈초리에도 그저 피식 웃어준 그는 품속에 쟁여두었던 물건을 꺼냈다.

이는 순간적인 기지의 결과물, '이프리트의 깃털'로 추정되는 새까맣고도 단단한 깃털이었다.

그걸 본 바토리의 눈동자가 휘둥그레졌다.

"너…… 어떻게?"

"반응 보니까 맞나 보네. 본능적으로 이게 약점이란 걸 알았거든. 그래서 뺐었지."

"……뭐, 칭찬해 줄 만은 하지만 그래도 이미 늦었어. 당장 내일 열릴 걸 고작 한두 달 지연시켰을 뿐이야."

맞는 말이다. 아무리 긍정적으로 생각하려 해도 그것까지는 부정할 수 없었기에, 장내에는 다시금 묵직한 비관이 내려앉았다.

그렇게 시간은 속절없이 흘러 밤이 되었다.

할 일도 없다. 회의를 할 엄두가 나지 않는다. 그러나 집으로 감히 집으로 돌아갈 수는 없었다.

해결하려고 한 건데, 오히려 일을 그르쳐 버렸다. 너무 급히 달려들었기 때문일까…….

그건 다른 길드원도 마찬가지였는지 그들도 회의실에서 나갈 생각을 하지 않았다.

어느새 바토리는 없어지고, 마음은 더없이 답답해져만 갔다.

김세진은 소파에 누워 눈을 감았다.

차라리 꿈이었으면 하는 심정이었다.

"……저, 길드장님?"

누군가의 목소리가 몽롱한 의식에 파문처럼 퍼졌다.

"할 얘기가 있습니다."

눈을 게슴츠레 뜨니 릴리아였다. 꿈결처럼, 유달리 아름답게 느껴진다.

"무슨……."

"일단 자리를 내주세요."

김세진은 눈을 비비적거리며 주변을 둘러보았다.

"다 자고 있어서 상관없을 것 같은데……."

구시렁거리며 일어나 회의실 한편에 있는 결계실로 걸음을 옮긴다. 결계실의 결계까지 가동한 뒤 대충 땅바닥에 주저앉은 그는 하품을 하며 릴리아를 바라보았다.

"할 말이 뭔데요?"

릴리아는 옅은 미소를 지었다.

김세진은 왠지 모르게 그 미소가 자애롭다고 느꼈다.

"이제 우리, 시간이 별로 없지요? 균열이 곧 완전히 열리게 될 테니까요."

"아……."

잊고 있었는데. 그는 가슴 깊은 곳에서부터 솟구치는 착잡한 탄식을 내뱉었다.

"잠깐. 근데 어떻게 알고 계셨습니까?"

릴리아에게는 말해준 기억이 없는데.

그러나 릴리아는 여전히 미소를 지으며 뭔가 오묘한 말을 건넸다.

"괜찮을 거예요, 우리는. 그리고 지구는."

"……예?

릴리아는 확신에 차 있었다. 세진은 그것을 이해할 수 없었다.

그럼에도 불구하고 그녀는 태연히, 부드러운 목소리로 말을 이었다.

"균열은 세계에 빈틈을 새겨 넣어 무너뜨리려고 합니다. 하지만 놀랍게도. 그 빈틈으로 인하여 아주 한없이 낮은 확률의, 균열이 없었다면 결코 있을 수 없었던, 아주 촘촘히 이어진 '기적'이 발생할 수도 있답니다."

그녀는 품속에서 세월의 흔적이 역력한, 거의 다 부서진 노트 한 권을 꺼냈다. 그러고는 김세진에게 내밀었다.

"한번 읽어보세요."

세진은 여전히 아리송한 얼굴로 노트를 건네받았다.

"열면 부서질 것 같은데……."

"마법처리가 되어 있어요."

"아. 그래요? ……근데 이거, 뭔가 익숙하네."

뭔가 오묘하게 익숙하다. 김세진은 고개를 갸웃하며 첫 페이지를 넘겼다. 그리고 그 즉시, 그 익숙함의 이유를 알아챘다.

구체적으로 적혀진 날짜와 그 아래 뭉뚱그려진 하루 일과 그리고 그날의 감정까지.

이건 누군가의 '일기장'이었다.

"이건……."

충격적이었다.

뒤통수를 에밀레종으로 얻어맞은 양 머릿속이 댕— 댕— 하고 울린다. 순간 숨이 막힐 듯 괴로워져서, 차마 말을 잇지 못할 정도였다.

릴리아는 그런 그를 바라보며 미소를 지었다.

그리고 한 글자씩 또박또박 찍어내듯이 말한다.

"이건, 당신이 쓴 일기랍니다. 정확히는, 미래의 당신이 쓴 일기…… 이지요."

"……허."

저도 모르게 헛웃음이 터졌다.

균열을 통해서는 시간을 넘나들 수 있다.

이미 알고 있었던 사실이긴 하지만 그게 이렇게 이어질 줄은 몰랐는데.

"모두 읽어보세요."

"일단, 일단…… 자리부터 옮깁시다."

김세진은 떨리는 마음을 부여잡고 일기장을 품속에 넣었다.

그는 근처 호텔로 자리를 옮겨서 일기를 읽었다.

꼬박 하루를 지새웠다.

도저히 보여주기 낯부끄러운 내용도 있었고, 바빠서인지 아예 누락된 날도 많았으며, 가장 중요한 균열이 '완전히' 열린 이후의 부분은 아주 희미했다.

"이 예언서는 아니, 일기장은 저희들에겐 성경이나 다름이 없었지요. 이게 없었더라면 저희는 아직도 고향으로 돌아간다는 허망한 꿈을 믿고 있었을 겁니다."

"그런데…… 이걸 제가 언제…… 줬습니까?"

"70년 전이었지요, 아마."

"근데 그런 것치고는 젊으시네요."

"외면만 젊을 뿐이에요."

"하하……."

그건 그렇고 70년이라니. 되게 오래 걸리네.

아니, 어쩌면 그보다 더 전일지도 모른다. 김세진은 씁쓸하게 웃었다.

릴리아는 그런 그의 손을 꼭 붙잡아주었다. 그러고는 왠지 어색한 얼굴로, 영 갑작스러운 말을 건넸다.

"지구는, 그리고 저희는 구원받을 운명이었던 겁니다. 세진 씨, 덕분에요."

결연한 존경이 담뿍 담긴 목소리였다.

"……그렇게 어르고 안 달래도 안 도망가요. 어차피 정해진 일인 것 같은데요 뭐. 덕분에 저도, 지구도, 소중한 사람도 지켜낼 수 있게 됐으니 오히려 좋죠. ……앞으로 닥칠 일을 생각하면 그다지 유쾌하지는 않지만."

애써 미소 지은 김세진은 궁금했던 걸 물었다.

"근데 이건 로드와 무슨 관계가 있는 건가요?"

그놈이 했던, 아직까지도 머릿속에 아른거리는 예언. 그것과 무슨 관계가 있는 것인지.

"원본은 제 몸속에 영체화하여 넣어두고, 복사본은 '고서'의 형태로 번안하여 지하의 창고에 넣어뒀습니다. 로드는 그 복사본을 가져가서 연구했던 겁니다."

"……잠깐. 그럼 여태 뱀파이어들은 제 일기를 연구했던 겁니까?"

"후훗, 아니요. 아무리 그래도 그 정도는 아니에요. 세진 씨의 일기를 연구한 건 로드뿐이에요. 다른 뱀파이어들은 저희 고향에서 가져온 진짜 고서를 연구한 거구요."

"아하…… 제가 좀 멀리 나갔네요."

"네, 그렇지요."

그러나 웃음기를 띠었던 대화는 잠시뿐, 묘한 침묵이 두 사람을 채웠다.

똑각똑각.

초침의 흐름도 지금은 예민하다.

일기를 가만히 내려다보던 김세진이 약간 체념어린 투로 말했다.

"근데, 이 일기대로 실천하려면…… 조금 많이 우울해질 것 같네요. 아, 우울함보다는 지루함이 크려나."

"……뭐가 되었든. 많은 걸 포기해야겠지요."

릴리아는 부드러운 눈빛으로 김세진을 바라보았다. 김세진은 그녀와 눈을 맞췄다.

"혹시 위로가 필요하신가요? 저는 언제든지 준비가……."

그런데 릴리아는 그의 눈빛을 두고 뭔가 착각을 한 듯했다. 옷의 단추를 슬며시 풀어헤치는 것이…….

"필요 없습니다. 나가요. 혼자 있고 싶네요."

"네? 어 뭐야, 일기장에는…… 아, 장난을 치셨군요!"

"……풋. 나가요, 나가."

그녀 덕분에 그나마 유쾌해졌다.

새벽해가 떠오를 적에야 김세진은 호텔을 나서, 이프리트의 깃털을 손에 쥔 채 멍하니 길을 거닐었다. 마신의 유해. 이걸 가지고 뭘 해야 할 지 명확하다.

그렇다면 굳이 벌벌 떨며 지체해야 할 이유가 있을까.

김세진은 고민 없이 깃털을 꽉 쥐고 입속으로 털어 넣었다.

일기장에 쓰여 있던 것처럼, 여러 알림창이 떠올랐다.

다만 평소처럼 진화의 즐거움은 없었다. 그렇다고 음울하지도 않았다. 사명감도 없었다. 그냥, 무미건조하게 해야 할 일이라는 느낌만이 있었을 뿐.

[조건 완료: 신살의 늑대, 펜릴.]

-이프리트의 깃털을 섭취함으로써 내재된 가능성이 폭발합니다.

-그러나 정량이 아니므로 단 '하루' 동안만 펜릴 폼을 취할 수 있습니다.

펜릴은 또 뭐냐.

절로 한숨이 지어졌다.

다시 회의실로 돌아온 김세진은 일단 길드원들을 모두 집으로 돌려보냈다. 릴리아와 함께 마땅한 해결책을 생각해 두었으니, 걱정하지 말란 말을 해두고서.

그렇게 텅 비어버린 회의실에 가만히 앉아 TV를 켰다.

영상 속에 비쳐지는 일상은 평소와 같다.

마법채널은 새로이 마기서를 발매한 방배동 마법사의 일로 그득하고, 이른 시간에도 방영되는 예능은 험악한 시국임에도 오히려 그럴수록 대중을 즐겁게 해줘야 한다는 사명감을 발휘하고 있었으며, 뉴스는 그 예능의 대척점에 위치해 연일 심각한 소식만을 쏟아내었다.

역시 일상은 일상인 것이다.

김세진은 한동안 멍하니 TV를 보다가 자리에서 일어났다.

직원의 거한 인사를 받으며 길드 사옥을 나서, 차를 타고 집으로 향한다.

요즘음 몬스터 습격이 잦아졌기 때문인지 출근시간 임에도 도로는 텅텅 비어 있었다. 그래서 적당한 쾌속으로 달리며 한쪽 창문을 열었다.

쏴아아- 맑은 바람이 차 안으로 나부낀다.

열린 차창 저편으로 구름 아래에 매달린 아침 해가 보였다. 그 유명한 아침햇살의 광원 아래, 강물이 보석처럼 반짝인다.

계속 감상하고만 싶어서 운전대를 놓고 자동주행으로 설정했다.

아름답게 흘러가는 풍경과 하루의 일과를 시작하는 사람들.

인간도, 엘프도, 수인도 모두 함께 일상을 시작한다.

그는 그들의 면면을 오래도록 눈에 담았다.

김세진은 집으로 돌아왔다. 세정이는 아직도 잠에 푹 빠진 채였다. 그는 엷은 미소를 머금은 채 그녀의 볼에 입을 맞췄다. 눈을 게슴츠레 뜬 그녀는 환히 웃으며 그를 껴안았다.

　"오늘은 휴일?"

　"으응~ 어제 레이드 가가지고 오늘 휴일."

　"레이드? 그럼 들어온 지 얼마 안 됐겠네?"

　"1시간 전에 왔는데, 상관없어."

　'아직도' 자고 있었던 게 아니구나. 그가 괜히 미안해하고 있을 때, 세정이가 별안간 그의 뒷목을 껴안고 진하게 입을 맞춰왔다.

　유달리 적극적이네.

　세세한 말은 필요 없었다. 그는 미소를 지으며 그녀의 옷가지를 천천히 벗겨나갔다.

　그렇게, 두 사람은 소중한 하루를 시작했다.

　"……뭐?"

　그 사단이 벌어지고 난 바로 이튿날. 바토리는 김세진이 찾아온 것만으로도 적잖이 놀라웠는데, 그가 한 말에는 차라리 어이가 없을 지경이었다.

　"너 미쳤니?"

"어차피 상관없잖아. 피가 닳는 것도 아니고. 대신 최고급 수혈팩 줄게. 기사들 걸로."

바토리의 경멸어린 눈초리에도 세진은 능글맞게 웃었다. 그가 바토리에게 부탁한 건 '혈액'이었다.

"뱀파이어에게 피가 무슨 의미인지 알고는 있니?"

"중요하겠지."

"중요한 걸 넘어서 우리는 핏줄로 계급이 나뉜단다? 근데 그런 뱀파이어들에게 피를 달라고 하면, 그건 자살하겠다는 의미나 다름이 없지 않겠니?"

바토리의 미간이 짙게 패인다.

"그러면 어쩔 수 없지. 억지로라도 뺏는 수밖에는."

김세진은 짐짓 으르렁거리며 바토리를 노려보았다. 하나 그럴수록 바토리의 시선은 더욱 험악해져 갈 뿐이었다.

"미친놈……."

"아 도와줘 그냥. 여제님답게."

"어디에다가 쓰려…… 아니, 그것보다 내가 왜 도와줘야 하는데?"

"기왕 도와준 김에."

"너 진짜 머리 심하게 다쳤니?"

세진은 그저 웃으며 핸드폰을 꺼냈다.

"대신, 선물을 줄게."

그러고는 저장된 영상을 홀로그램으로 띄운다. 삐약삐약– 창공을 날아다니는 뱁새의 모습이었다. 그 귀여운 외견에 바토리가 멈칫했다.

"귀엽지? 생김새는 귀여운데 예상 외로 엄청 강한 놈이거든."

"……뭐 어쩌겠다고?"

"네 애완동물로 줄게. 성격이 좀 지랄 맞긴 하지만 너라면 길들일 수 있을 거야."

바토리는 아주 잠시 동안 흥미가 동한 듯했지만, 금세 정신을 차리고서 고개를 저었다.

"내가 왜……."

하나 필살기는 아직 끝나지 않았을 따름이다.

"이거, 로드가 직접 만든거라더라."

노스페라투를 통해 안 사실인데, 이 뱁새는 로드가 심혈을 기울여 만든 키메라다. 상식적으로 몬스터가 그렇게 귀엽게 생길 리 없지 않은가.

그 이유는 바토리에게 선물하기 위해. 로드는 바토리의 조금은 묘한 취미를 이미 알고 있었던 것이다.

하나 김세진은 너무 슬픈 이야기는 굳이 전하지 않기로 했다.

"……."

그러나 굳이 잔말을 덧붙이지 않아도 그 까닭을 짐작한 듯, 바토리는 아무 말도 하지 않았다. 도드라진 턱을 보아 북받치는 감정을 애써 참고 있는 게 아닐까.

그녀는 한동안 침묵하다 간신히 입을 열었다. 나약하게 떨리는 목소리였다.

"……그럼 원래 내꺼 아니니? 이제…… 내가 로드가 되었는걸."

강한척 하려는 그녀가 엿보인 촉촉한 물기를, 김세진은 모르는 척 고개를 돌렸다.

"그렇긴 한데, 날렵한 놈이라 아무리 너라도 잡기 힘들걸. 아마 사방팔방 날아다녀야 할 거야."

"뭐? 그럼 내가 잡기 힘든 걸 너는 어떻게 잡을 건데?"

김세진은 씩 웃었다.

"다 방법이 있지."

바토리는 아무 말 없이 그를 노려보았다. 세진은 긴장 속에서 침을 꿀꺽 삼켰다. 숨 막히는 시간이 흐른다. 분명 그녀는 허락을 할 것임을 알고 있으면서도 긴장이 되네.

그러다 돌연 바토리가 새빨간 드레스의 어깨끈을 훌렁 내렸다. 새하얀 속살이 너무 갑작스레 드러나, 김세진은 얼굴을 붉히며 시선을 옮겼다.

"야야. 야. 너무 갑자기……."

"입 닥치고. 얼마 정도면 되겠니?"

시간이 얼마 없다. 그러니 단 하루조차 허투루 보내서는 안 된다.

그래서 바토리의 허락을 받은 바로 다음 날. 김세진은 '길드원 정기모임'을 제창했다. 매월 17일, 길드원끼리 모여서 친목을 다지자는 뜻으로.

가장 먼저 시간약속이 지나치게 철저한 김유린과 만났다. 약속시간 무려 한 시간 전에 나온 그녀의 안색은 다소 피폐

했다. 속에 여러 고민과 번뇌가 뒤얽혀 있는 것이겠지.

그런 그녀를 김세진은 미식가라 자부하는 자신도 혀를 내둘렀던 5성급 레스토랑으로 데려갔다.

불과 10분 전에는 밥을 먹을 속이 아닙니다- 라던 그녀는, 막상 스테이크가 나오자 꾸역꾸역 입에 넣었다. 입은 무지 바쁘면서도 여전히 풀죽어 있는 모습이 묘하게 웃기다.

"맛있어요?"

"예⋯⋯."

그렇게 그녀를 감상하는 와중에 또 다른 일행이 도착했다. 이번에는 하젤린이었다. 그녀는 마찬가지로 폐급의 안색이었지만, 김유린과 김세진을 발견하곤 아주 약간의 화색이 돌았다.

하젤린은 김유린의 옆에 앉을까, 김세진의 곁에 앉을까 고민하는 듯 식탁 끄트머리에서 주춤거렸다.

그때 뒤이어 들어온 유백송이 앗! 하고 나지막한 탄성을 터트리더니, 김세진의 옆자리로 재빠르게 몸을 날렸다. 어렵사리 김세진의 옆자리를 선택했던 하젤린이 기겁하며 유백송의 목덜미를 움켜쥐었다.

"야! 너 나와!"

"이게 어딜 잡아!"

그래봤자 힘에선 이기질 못하니 금세 역전 당한다.

"놔, 놔라! 존댓말로 할 때 놔!"

하젤린이 다급히 소리쳤다. 꽉- 꽉- 보는 사람이 아플 정도로 단단한 헤드락이다.

"존댓말 해보시던가."

"아, 아아 아파!"

김세진은 그런 그들의 모습에 설핏 웃고는 말했다.

"하하…… 제 옆자리는 이미 정해져 있는데."

"예?"

"길드원 모임이잖아요. 곧 세정이도 올 거예요."

그러자 유백송은 슬쩍 헤드락을 풀고, 김세진의 한 칸 옆자리로 비켰다.

"근데 나머지는 아직인가요? 신입 단원도 모이기로 했던 것 같은데."

"곧 올 것 같습니다. 아. 마침 저기 오네요."

때마침 김선호가 등장했다. 그는 로스한델과 함께였다.

그로부터 얼마 지나지 않아 두 남자 신입 주오형과 브레틴이 딱딱하게 굳은 자세로 들어왔다.

"반갑습니다!"

둘의 격렬한 인사가 끝나자 주지혁과 이혜린이 함께 모습을 드러냈다.

노골적으로 팔짱을 끼고 있는걸 보니, 좋은 쪽으로 관계가 발전한 듯했다. 역시 위기는 사람을 이어주는 최고의 매개체라는 건가?

"저희 왔네요~"

"……흐흠."

짐짓 발랄한 척 가장한 이혜린과, 복잡한 얼굴이지만 쑥스러운 듯 헛기침을 하는 주지혁. 두 사람은 나란히 자리에 앉았다.

곧 이어서 세정이도 나왔다.

"주차하느라 늦었어요~ 아니, 주지혁 기사님. 어떻게 면허가 없어요? 혜린 기사님도."

"하하…… 면허는 그…… 그리핀밖에 없습니다."

주지혁이 머리를 긁적이며 변명했다. 유세정은 환하게 웃으며 세진의 옆자리에 앉았다.

"오빠~"

그리고 보란 듯이 꽉 껴안는다.

김유린은 하젤린을 힐끗 바라 보았다. 하젤린도 김유린을 곁눈질했다. 우연찮게 두 사람의 시선이 마주쳤다. 몸을 움찔 떤 하젤린은 짐짓 괜찮다는 듯 미소 지으며 유린의 어깨에 머리를 기댔다.

"……그럼, 이제 다 모인건가요?"

김유린이 하젤린의 머리를 슬그머니 밀어내며 물었다.

"아뇨, 아직 한 명이 안 왔어요."

"한 명이요?"

김유린은 식탁을 둘러보았다. 그러나 아무리 생각해봐도 이게 끝이다.

아. 한 명 남아 있긴 하다. 근데 그 여자는…….

"설마."

타이밍 좋게 또각또각─ 하이힐 소리가 울렸다.

레스토랑의 문이 유달리 스산하게 열리고, 오늘의 주인공 아닌 주인공이 등장했다.

'엘리 폰 바토리.'

뱀파이어의 여제였다.

"어억."

그녀의 출현에 모두가 기겁했다. 바토리가 누군지 모르는 유세정 만이 고개를 갸우뚱할 뿐.

그러는 사이 바토리는 어느새 식탁에 도래해 유백송의 옆자리에 앉았다. 바싹 굳은 유백송은 이번에야 말로 백호가 아니라 새하얀 고양이가 된 듯하다.

"……뭘 자꾸 꼬라보니? 나도 길드원인데, 혹시 불만이라도?"

바토리는 떨떠름한 얼굴로 앉아 있다가, 지긋한 시선을 보내는 주지혁에게 쏘아붙였다. 주지혁은 고개를 거세게 저으며 식탁에 시선을 처박았다.

"자. 이렇게 굳어 있지 마시고. '친목 도모'를 위한 모임이니까, 즐깁시다."

김세진은 분위기를 환기시키기 위해 박수를 짝짝 쳤다. 즉시 많은 웨이터들이 나타나 음식과 주류를 내왔다. 산해진미, 진수성찬이라는 말이 어울리는 최고급들뿐이었다.

그러나 눈앞에 상찬이 얼마나 대단하든지 간에 바토리에게는 관심 밖이었다.

그녀의 앞 접시에 에너지 바 두 개가 덩그러니 놓이기 전까지는.

"얘. 너 혹시 자살하는 거야?"

바토리가 가늘게 뜬 눈으로 음식을 내온 웨이터를 째려보았다. 그러나 이미 교육을 받은 웨이터는 잽싸게 도망쳤다.

"야. 저 새끼 데려와."

살짝 화난 듯 목뼈를 우두둑 풀며 손을 까딱한다. 김세진은 그런 그녀를 진정시켰다.

"그러지 말고 한 번 먹어봐."

"내가 이딴 걸 왜 먹어!"

하나 진정은커녕 바토리는 더욱 격앙된 목소리로 소리치고, 순간 모임의 분위기가 경직되었다.

"흠."

김세진은 말없이 식탁을 툭툭 두드렸다.

"한번 만 먹어봐. 와인 맛이라 거부감은 없을 거야."

그러자 바토리가 몸을 흠칫 떨었다.

와인. 인간들이 매번 마시던, 그러나 그녀는 마시지 못했던 술. 고향에서는 특히 와인이 유명했다. 얼마나 맛있기에 와인이 마을 하나를 살 수 있을 만큼 비쌀까— 어린 마음에는 그런 생각도 했더랬지.

"……."

바토리는 주변을 훑어보았다. 이쪽을 빤히 관찰하던 길드원들이 그제야 허겁지겁 식탁에 집중한다. 일부러 대화도 재잘거린다. 그러면서도 바토리 쪽은 연신 힐끗힐끗 쳐다보는 것이, 그녀가 먹을지 말지 꽤나 궁금하긴 한 듯했다.

그렇게 약 10분 정도의 시간이 흘렀을 때.

눈치를 살핀 바토리가 슬그머니 에너지 바를 집어 들었다. 소리도 안 나게 마나를 이용해서 껍데기를 까고, 다시금 주변의 낌새를 살핀다.

다행히 아무도 보고 있지 않다.

지금이다!

그녀는 에너지 바를 통째로 삼켰다.

순간, 눈이 번쩍 뜨였다.

전신을 활류하는 아릿한 포도의 잔향에 얼굴이 붉어지고, 척추가 전율한다.

문자 그대로 '취향 저격'이었다.

"어흡……."

저도 모르게 튀어나오려는 감탄사를 손으로 막는다. 천만다행이게도 주변 사람은 관심이 없다.

……빌어먹을 딱 한 놈을 제외하고는.

"흐흐."

능글맞게 웃는 김세진의 면상을, 바토리는 전심전력을 다해 깨부수고 싶었다. 부디 단 한 번이라도.

48장
기다림

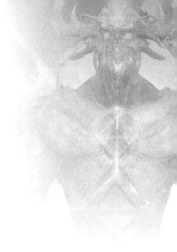

　스러진 낙엽과 헐벗은 나무, 두꺼워진 외투와 서늘해진 공기. 계절에 특히 민감한 강원도의 몇몇 지방에는 이미 진눈깨비가 내리기도 하는, 그런 나날들.

　11월의 중순은 가을과 겨울의 사이 즈음에 있다.

　그런 시간의 흐름이 헛되지 않도록 김세진은 여러 사업에 박차를 가했다.

　우선 강원도 동해 근처에 여의도만 한 인공섬을 조성해 '그리핀의 둥지'를 만들었고, 하루에 절반가량을 아티펙트와 무기를 제조하거나 마기서를 기록하는 데에 할애했다. 당연하게도 잠이라는 사치를 부릴 시간은 없었다.

　여느 때보다 활발하게 대외 활동을 나섰다.

　국회의원도, 대통령도, 타국의 총리도, 대통령도 활발하게 만나고 다녔다. 그리고 말했다.

현재의 절망적인 사태는 분명히 극복할 수 있는 일이라고, 그러니 조금만 버티고 견뎌내자고.

혹자들은 터무니없는 희망 전도사라며 비난했지만, 김세진은 그만두지 않았다.

정부와 협조하여 균열이 자리 잡은 엘 라스의 근거지 근처를 통제했다.

예측되는 균열의 크기는 약 일천 평. 역대 최악의 재앙을 불러일으켰던 아프리카 균열이 고작 20평 남짓에 불과했다는 걸 생각하면, 그야말로 절망적인 넓이였다.

실제로 측정조사를 나선 더 몬스터의 직원과 정부의 각료들은 균열의 크기를 보고는 패닉에 빠졌다.

아마 로스한델의 정신마법으로 균열의 크기를 1/100 수준으로 축소시키지 않았더라면 이미 사실이 새어나가 세계는 대공황에 빠졌겠지.

그렇게 하루하루를 바쁘게 지내다 보니, 어느새 '기한'은 1개월 남짓으로 줄어들어 있었다.

"저기 있네."

그리고 오늘. 김세진은 자신의 일기장에 적혀진 대로 부산 영도 근처 해안을 찾아왔다.

저 멀리 새하얀 뭉게구름 사이로 뱁새가 흐릿하게 보였다.

바토리는 그가 손가락으로 가리킨 하늘에서 날아다니는 뱁새를 잠시 감상했다. 귀여운 실물에 흡족 하는 얼굴이었다.

"……예상했던 것보다는 조금 더 크네."

"그래서, 마음에 안 들어?"

"아니."

단답, 이후 바토리는 뱁새를 향해 마나를 쏴아아 내뻗었다.

김세진은 분명 반항할 것이라 생각했지만, 뱁새는 신기하게도 그 마나를 좇아서 살랑살랑 내려왔다. 삐약- 삐약- 비음 섞인 애교를 지저귀며.

과연 주인은 알아본다는 것인가, 김세진은 헛웃음을 터트렸다.

뱁새가 어느 정도 가까워지자 바토리는 손을 쭉 뻗었다.

웃으며 다가오던 뱁새는 바토리 옆에 있는 김세진을 발견하곤 잠시 경계 어린 태세를 취했지만, 이내 슬그머니 다가와 그녀의 팔에 사뿐히 내려앉았다. 귀여운 앵무새처럼.

"오호라."

그제야 세진은 뱁새의 모습을 자세히 볼 수 있었다.

얇게 볼록한 부리, 넓대대한 얼굴, 그에 비해 또랑또랑하고 맑은 눈.

그러나 그런 귀여운 외모보다 더욱 눈에 띄었던 건, 날갯죽지에 새겨진 흐릿한 글씨였다. 영어도 한글도 아니다.

하지만 이 문자가 어떤 의미인지, 김세진은 어렴풋이 알 수 있었다.

"엘리 폰 바토리. 내 이름이야."

그 흉중을 눈치챈 듯, 바토리가 쓸쓸하게 읊조렸다. 잔잔한 슬픔이 담긴 목소리였다. 할 말이 없던 김세진은 대충 지껄였다.

"이름 예쁘네."

"······닥쳐."

그런데 아무래도 오답인 듯했다. 바토리가 눈을 흘겨본 그 순간.

"삐액!"

방금까지만 해도 바토리의 팔에 몸을 비비적거리던 뱁새가 김세진에게 불길을 내뿜었다.

주인의 심기를 거스르는 인간 놈은 용서치 않겠다, 이건가.

김세진은 숯검정이 된 얼굴을 찌푸렸다.

"후훗. 잘했어 슈크림."

벌써 이름도 지었구나. 세진은 설핏 웃으며 뱁새에게로 손을 뻗었다.

"줘봐. 한 대만 때리게."

"꺼지렴."

하나 바토리는 쌤통이라는 듯 웃고는 뱁새와 함께 순간전이를 사용했다. 덩그러니 남은 김세진은 얼굴의 재를 닦아내고서 그녀의 기운을 좇았다.

아직 받아야 할 피가 조금 남아 있거든.

12월 1일.

"······."

"······."

"……."

김유린과 김세진, 하젤린과 유세정 그리고 유백송은 길드 휴게실 탁자 위에 놓인 직사각형 모양의 카드를 바라보며 곰곰이 생각하고 있다.

이게 도대체 어디에 쓰는 물건인가…….

"청첩장이에용."

이혜린이 낭랑한 목소리로 해답을 말했다.

그제야 네 사람이 고개를 번쩍 들어올린다.

"이렇게 갑자기?"

"……앞으로 어떤 일이 벌어질지 모르는데 그래도 어떻게 되기 전에 결혼식은 해봐야 되지 않겠어요?"

웃는 얼굴과는 다르게 꽤나 우울한 말이었다.

"지혁 기사님은…… 너랑 결혼하는 거 알고 계시겠지?"

김유린의 조심스러운 물음에 김세진이 피식 웃었다. 정작 당사자가 모르고 있으면 그것도 그것 나름대로 코미디겠네.

이혜린은 이맛살을 찌푸리고서 고개를 끄덕였다.

"당연하죠. 썸까지 연애로 치면 저희 이미 1년 가까이 됐 을걸요."

하긴. 썸을 죽어라 타긴 했었지.

"그래, 뭐. 주지혁 기사님은 좋은 사람이니까 걱정은 안 하지만……."

김유린은 약간 의심스러웠다. 열애설보다 결혼 발표가 빨 랐던 이유로 '속도위반'밖에는 떠오르지 않으니까.

필연적인 의혹을 모르는 건지, 아니면 상관하지 않는 건지. 이혜린은 생글생글 웃으며 그들을 바라보다가 돌연 짓궂은 얼굴로 너스레를 떨었다.

"근데 우리 대장님, 은근슬쩍 길드장님 옆자리를 딱 차지하셨네. 여기 정실부인도 계시는데."

"아, 그러고 보니까 그러네요. 자리 바꿔요."

때마침 전전긍긍하던 유세정이 벌컥 나섰다.

"아하하…… 미안, 미안."

김유린이 뒷목을 긁적이며 자리에서 일어나고, 세정이가 빈자리를 잽싸게 차지한다.

"주례는 칠흑 기사단장님, 그리고 축가는 길드장님이 해주시기로 했어요."

"……잠깐. 축가가 저라고요?"

"넵."

"저 노래 못하는데? 아니, 그것보다 저한테 얘기 안 하셨잖아요."

꿈속에서조차 축가를 하겠다─고 말하는 자신의 모습은 보지 못했는데. 그렇게 김세진이 황당해하자, 이혜린도 덩달아 당혹스러운 얼굴이 되었다.

"저 세정이한테 허락 맡았는데? 그때 기사들 술자리에서."

김세진이 무슨 일이냐는 눈빛으로 세정이를 노려보았다. 그녀는 시선을 슬그머니 피하며 기어가는 목소리로 중얼거린다.

"말한다는 걸 까먹었네……."

"아앗?! 근데, 그, 그래도 길드장님은 꿀 떨어지는 목소리로 유명하잖아요. 그러니까 노래도 분명히 잘 하실 거예요. 저 벌써 다 길드장님이 축가한다고 자랑까지 해놨는데……."

김세진은 이혜린의 애처로운 눈빛을 거절할 수 없었다. 하지만 일을 벌인 유세정은 처벌해야만 하겠지.

"알겠어요. 일단 할게요. ……그런데 유린 씨, 다시 자리 바꾸시는 게 좋을 것 같네요."

"아, 안 돼. 잘못했어요, 오빠."

"바꿔."

"……으으."

그렇게 유세정은 다시 좌천당했다. 하지만 김유린은 얼마 지나지 않아 김세진의 간식을 탐한 죄로 이번에는 하젤린에게 자리를 빼앗겼다

그런 그들의 모습을 보며, 이혜린은 소리 내어 웃었다.

"껄껄껄"

평생 이렇게 행복하게 지냈으면 좋겠다.

혜린은 그런 소박하지만 사치스러운 생각을 했다.

[더 몬스터 길드원, 톱스타 이혜린 전격 결혼 발표. 상대는…….]

얼마 지나지 않아 일제히 기사가 터졌다.

뉴스의 연예란을 넘어 사회란까지 결혼 발표로 도배될 만큼, 이혜린의 인지도와 영향력은 과연 대단했다.

그리고 기사가 발표된 바로 다음날에 결혼식이 거행되었다.

식장은 더 몬스터 길드사옥의 앞뜰.

명목상으로는 '소박한 비공개 결혼식'이었지만, 참석인원의 면면은 실로 억 소리가 나올 만한 거물들뿐이었다.

칠흑 기사단의 단장부터 시작해서 한창 일로 바쁠 국무총리, TM사의 CEO 조한성 등등······

그리고 그 거물들이 모인 속에서, 김세진은 축가를 불러야만 했다.

선곡은 '그대 내 품에'.

얼굴로 노래를 부르는 듯 시뻘개진 김세진의 표정이 꽤나 웃기긴 했지만, 워낙 목소리가 좋았던 탓에 장내는 금세 노래에 빠져들었다. 낭만적이고도 장려한 분위기였다.

결혼식은 그런 잔잔함 속에서 끝났다.

"다녀오겠습니다~"

주지혁과 이혜린은 길드원과 양가 가족들에게 인사를 하고 신혼여행을 떠났다.

말이 여행이지 사실은 2박 3일동안 이혜린의 개인자택에서의 휴가였다.

참고로 이혜린의 집은 서울시에 위치한 시가 400억 상당의 대저택이다. 그 위용과 위엄은 주지혁이 놀라 기절할 정도였다고.

그리고 김세진은 휴가를 낸 유세정과 함께 여행을 떠났다. 시국상 그리 먼 곳을 가지 못하기에 해안에 있는 새벽의 별장으로 즐겁게 단 둘이서만 가려고 했다.

"단둘이서만 가는 거 아니었어?"

하나 예상치 못한 혹들이 덕지덕지 달라붙었다.

로스한델, 김선호, 하젤린, 유백송 등등······ 그들은 어떻게 알았는지 짐을 바리바리 싸들고 왔다.

"나도 그렇게 알고 있었는데."

김세진이 땀을 삐질삐질 흘리며 대답한다. 그런 둘의 눈치를 힐끗 살핀 하젤린이 염려하지 말라는 듯 덧붙였다.

"방향만 같을 뿐이고, 엄연히 다르답니다. 저희도 마지막 휴가는 즐겨야 되지 않겠어요?"

그런데 왜 내 개인 차 트렁크에 짐을 쑤셔 넣으시는지. 김세진은 어이가 없어서 헛웃음이 나올 지경이었다.

"출발~"

그때 어느새 차에 올라탄 유백송이 소리쳤다.

그렇게, 김세진은 어쩔 수 없이 그들과 함께 휴가를 떠났다.

유세정과 김세진은 새벽의 별장에 짐을 풀었고, 나머지 일행은 별장 바로 옆에 있는 펜션을 통째로 빌렸다.

바로 옆에 산과 계곡이 늘어선 이 곳은 예전에는 유명한 휴양지였지만, 이런 시국에 휴가를 떠나는 사람이 있을 리 없다.

일행은 가장 먼저 사람 없이 텅텅 빈 계곡을 즐겼다. 그 와중에 하젤린이 유백송의 장난에 의해 익사할 뻔한 건 덤.

다음에는 바비큐 파티, 그리고 마지막 캠프파이어까지, 일행은 모두 함께 즐겼다.

초반까지는 불만 어린 얼굴로 축 처져 있던 유세정은, 모닥불을 앞에 두고서는 진심으로 행복한 표정이 되어 '함께라서 더 좋네요.'라고 말해주었다.

"내일봐요~"

가벼운 인사를 끝으로 일행은 두 갈래로 나뉘어졌다.

김세진과 유세정은 별장으로 들어오자마자 함께 샤워를 했다. 함께 라기보다는 유세정이 씻는데 김세진이 쳐들어 온 거였지만.

"오빠, 나 피곤해. 피곤해⋯⋯."

욕탕에서 너무 많은 힘을 쏟았기 때문일까. 세정이는 정작 침대에서 곯아떨어지기 직전이었다.

처음에는 노력해 보던 김세진이었지만, 이내 포기하고 그녀를 꽉 껴안는 것으로 만족해야만 했다.

열린 창 틈 사이로 바람이 스치고 산속의 나무가 쏴아아- 울음을 터트린다.

얼마만큼 시간이 흘렀을까.

"세정아."

김세진은 쌕쌕- 고른 숨을 내쉬는 그녀의 귓가에 속삭였다.

"⋯⋯응?"

잠이 가득 묻어나오는 목소리였다.

그는 그녀와 눈을 맞춘 채 진중하게 말했다.

"결혼하자."

순간 잠이 싸악 달아난 그녀의 눈이 휘둥그레진다.

"대신…… 나중에."

이번에는 불만스러운 듯 모로 좁혀진다. 그녀는 입술을 삐죽 내빼고서 물었다.

"왜?"

"조금 먼 곳으로 출장을 다녀와야 될 것 같거든. 자세한 내용은 돌아오면 말해줄게."

세정이는 오랫동안 침묵했다. 달이 없는 어두운 밤에서는 표정을 관찰하기 힘들었다.

그러나 오랜 시간이 지난 뒤에 그녀가 지어준 미소만큼은, 유달리도 선명했다.

"이번에는 언제 올 건데?"

"몰라. 조금…… 오래 걸릴지도 몰라."

"……기다려 주면?"

세진은 피식 웃었다.

"날 줄게."

"으윽. 오그라들어."

그녀는 짐짓 얼굴을 찌푸렸으나, 곧 그에게 진한 입맞춤을 선물해주었다. 그리고 그는 그 입맞춤을 허락으로 받아들이기로 했다.

한데.

쿵.

점차 고조되어가는 분위기를 묘한 진폭이 방해했다.

대단할 건 없다. 하지만 그저 흘려보내기에는 심상치가 않았다.

역시 그 불길함을 느낀 세정이는 눈을 번쩍 뜨고 침대를 나서려고 했지만, 김세진이 그녀를 붙잡았다.

"오빠, 지금……."

"괜찮아. 괜찮을 거야. 그러니 오늘은 그냥 같이 있자."

단지 정도 이상으로 커진 균열에 의해 지반이 살짝 무너져 내렸을 뿐이다. 아직, 2주라는 시간이 남아 있다. 그러니까.

"너는 걱정할 필요 없어. 내가 다 알아서 할게."

김세진과 유세정, 두 사람은 다시 침대에 누웠다. 그리고 서로를 이불삼아 꽉 껴안은 채 다시 잠을 청했다.

귓가에 자연의 소리가 스민다.

이대로 시간이 천천히 흐른다면 아마 다시 잠에 들 수 있었을 것이다.

하지만 간과한 점은, 이 여행은 단둘이서 온 게 아니라는 것.

다른 일행이 머무는 펜션과 별장까지의 거리는 걸어서 15분 남짓이었고, 그들은 별장으로 급히 달려와 문을 쾅쾅쾅쾅! 두드렸다.

"세정아! 세진 씨!"

"큰일 난 것 같습니다!"

"방금 이상한 진동이……."

"밀지 마, 밀지 마!"

여러 소리들은 뒤죽박죽 뒤섞여 비명 혹은 괴성처럼 들렸다. 그래서 두 사람은 어쩔 수 없이 밖으로 나가야만 했다.

문을 열자 당장에라도 기함할 듯 식겁한 얼굴의 다섯 사람이 보였다. 김세진은 그들에게 아무 걱정하지 말라 일렀지만, 진정하는 사람은 아무도 없었다.

결국 세진은 그들을 별장 안으로 들여보내고 바닥에 앉힌 뒤, 균열 근처에서 대기하고 있는 릴리아에게 전화를 걸었다.

"상황이 어때요?"

－지반이 살짝 가라앉았어요.

"몬스터는 안 나왔나요?"

－아직 몬스터가 나오려면 조금 시간이 남았을 거예요.

"그럼 별일 아닌 거죠?"

－……네, 별일 아니에요.

"고마워요."

전화를 끊은 김세진이 어깨를 으쓱였다.

"봤죠? 별일 아니라잖아요."

그러나 그런 그를 보는 일행들의 얼굴은 참으로 가관이었다.

"아니, 세진 씨, 도대체 뭐가 별일이 아닌 거예요?"

"당장 돌아가야 하는 것 아닙니까?"

"나 대통령한테 연락이 왔는데."

"근데 방금 여자 누구야? 왜 목소리가 그렇게 살가워?"

차례대로 하젤린, 김선호, 유백송, 유세정의 말이었다.

"괜찮아요. 별일 아니에요."

"아니, 방금 여성분은 누구냐니까?"

김세진은 진지한 유세정을 보며 피식 웃음을 터뜨렸다. 너는 지금 그게 문제냐.

"곧 우리 길드원 될 사람."

"그래? 근데 왜 난 몰라?"

"나중에 소개해 줄게."

"……흠."

세정이가 의심스럽다는 듯 눈을 가늘게 좁힌다. 그러나 하젤린은 그 둘을 힐끗 살펴보고서 여전히 다급한 얼굴로 소리쳤다.

"아니! 지금 그게 문제가 아니라니까, 세정아!"

결국 상황은 다시 처음의 난리판으로 회귀하였고, 김세진은 어쩔 수 없이 집으로 돌아가는 차에 올라야만 했다.

일행은 균열에 도착하여 자세한 실상을 확인했다. 과연 릴리아의 말처럼 균열 주변의 지반이 살짝 무너졌을 뿐 균열 속에서 괴마가 튀어나온다거나 하지는 않았다.

그렇기에 그들이 뭔가 해야 하는 일 또한 없었고, 일행은 전전긍긍한 마음을 안은 채 해산했다.

그렇게 이틀이 더 지나자 신혼여행을 떠났던 이혜린과 주지혁이 돌아왔다. 그들은 복귀하자마자 다시 기사로서의 활동을 재개했다.

한편, 그와 비슷한 시기에 진 무도유파의 단장 이유진이 해외의 후학 양성을 마치고 입국했다. 한데 그녀를 반기기라도 하는 것일까, 딱 그날부터 크고 작은 균열이 중구남방으로 벌어지기 시작했다.

때로는 도심에, 때로는 해안에, 때로는 하늘에 균열이 생겨, 하루 무려 100건 이상의 균열 신고가 들어왔다.

또한 곧 통로로 발전할 지하의 균열에선 암적색 점액들이 꿀렁꿀렁 흘러나왔다.

그러나 바토리의 우려와는 달리 그 점액 속에 괴기한 생명체는 없었다.

"아직은 시간이 조금 남았나 보네."

바토리는 어금니를 꽉 깨문 채 지하를 가득 매운 점액들을 불사 질렀다.

나는 그런 그녀를 보다가 설핏 미소를 짓고 말았다. 그녀의 입가에 에너지 바의 부스러기가 아주 희미하게 남아 있었던 것이다. 요즘 로스한델을 시켜서 각종 맛으로 하루 6개씩이나 드신다던데, 비만이라도 되시면 어쩌시려고.

"그러다 살쪄."

"뭐? 무슨 거지같은 소리니?"

"……아무것도 아니야."

고개를 절레절레 내젓고서 물었다.

"그건 그렇고, 너는 어떻게 할 거야?"

"뭘."

바토리가 얼굴을 살짝 찡그린다.

눈썹을 으쓱하며 은근한 목소리로 말했다.

"나는 네가 이곳에 계속 남아줬으면 좋겠는데. 만약 내가 가고 나면, 네가 남은 몬스터들을 처리하는 걸 도와줘야 할 것 같아서. 너 정도면 엄청 든든하잖아. 혼자서 족히 70억 명분은 할 수 있을 것 같은데."

"……."

바토리는 아무 말하지 않았다. 난 그게 거절의 침묵인 줄로만 생각했다.

하나 아니었다.

뒤이어 흘러나온 그녀의 목소리에는, 두려움이라는 감정이 짙게 가라앉아 있었다.

"나도 못 해."

"뭐? 왜?"

"……통로에서 나오는 몬스터는 끝이 없을 거니까."

"괜찮아. 통로는 내가 닫을 거야."

그렇게 말하며 환히 웃자, 별안간 바토리가 얼굴을 콰득 꾸기고서 소리쳤다.

"지랄하고 자빠졌네, 병신이!"

"……그런 말은 어디서 배웠어?"

"어디서 배우든 말든. 너, 자신이 무슨 신이라도 되는 줄 알고 있는 거냐? 애초에 다 열린 통로를 닫는다는 것 자체가 불가능할뿐더러, 통로에서 흘러나오는 몬스터들은 격이 달라. 그 개차반 같은 새끼들은 평생 동안 수많은 세계를 멸망시켜 온 놈들이야. 나도 못 당해내. 일단 1초라도 열린 순간 끝이라고!"

말을 마친 그녀는 일순 과거의 일을 떠올린 듯 안색이 어두워졌다.

그런 그녀를 가만히 바라보다, 균열 쪽으로 발걸음을 옮겼다.

"야, 야! 어디 가니?!"

기겁한 바토리의 외침이 들렸다. 하나 꼿꼿이 걸어 균열과 대지의 경계 즈음에 서서 그 아래를 바라보았다.

까마득한 어둠 속에 놈들이 있다. 세계포식자 혹은 차원 포식자라 불리는 미지의 존재들. 지독하리만치 불길한 놈들의 맥동이, 이 늑대의 귀에는 너무나도 선명하게 들린다.

'할 수 있을까.'

신화를 공유하는 세상, 그리고 위턱과 아래턱이 각각 천(天)과 지(地)의 끝에 닿아 세상을 집어삼켰다는 재앙의 늑대, '펜릴'.

그 일화를 통해 유추해 보건데, 해야 할 일은 명확하다.

나는 통로를 향해하여 균열의 원흉 그 자체를 집어삼켜야 한다.

물론 겁이 나는 건 사실이다.

아직 해소하지 못한 의문 또한 여러 개 남아 있다.

일기장의 나, 즉 미래의 내가 과거로 회귀했음은 확실하다. 하지만 과연 지구는 지켜졌는가? 또 미래의 나는 도대체 어디로 갔는가? 과거로 회귀한 이후는 자세한 내용이 적혀져 있지 않아 의문투성이다. 아마 릴리아에게 일기장을 줬기 때문이겠지.

문득 아버지와 어머니의 생각이 났다. 그들은 노스페라투의 믿음을 토대로 돌고 돌아 제 자식을 믿으셨다는 것인가.

닭이 먼저인가 달걀이 먼저인가, 싶어 피식 웃음이 나왔다.

하나 그게 어찌되었든 상관은 없다. 지금은 부모님과 내가 이어졌다는 사실이 중요하니까.

나는 까닭 모를 자존심을 담아서 말했다.

"성공할 수 있을 거야."

"뭐?"

바토리의 목소리가 생각보다 가까웠다. 또한 소맷자락을
붙잡는 감촉도 느껴졌다. 의아해서 고개를 돌려보니 몸을 벌
벌 떨면서도 나를 끌어당기려는 바토리가 있었다.

보고 있자니 얄궂게도 장난기가 스멀스멀 피어올랐다.

"워억!"

"끄야야약!"

예상 외로 확실한 반응, 바토리는 소스라치게 놀라며 뒤로
넘어졌다. 껄껄 웃으며 손을 건넸지만, 짝! 그녀는 내 뺨을
걷어 올렸다.

"이 미친놈이!"

"……하하. 미안."

바토리가 씩씩 콧김을 내뿜어대며 일어섰다. 그렇게 쿵쾅
쿵쾅 돌아가려는 그녀의 팔목을 붙잡았다.

"야. 가기 전에 확답을 줘야지. 도와줄 거야, 말거야."

"이 병신 쓰레기 새끼. 너는 네 허무맹랑한 계획이 진짜
성공한다고 생각하는 거냐?"

간단히 대답했다.

"네가 도와주면."

"……흥."

바토리는 아무 말도 하지 않았다. 다만 코웃음을 치고서

돌아설 뿐. 그러나 그 행동에는 거짓도, 기만도, 분노도 없었다. 그렇다면 허락으로 받아들여도 되겠지.

그러고 나니 마음이 뭔가 편해졌다.

혼자 남은 나는 다시 한번 상황을 점검했다.

기한까지 나흘이 남았다. 세계에는 이미 여러 기현상이 벌어졌다. 특히 벌써부터 대지가 검어지는 현상이 발생하는 등 불길한 징조가 그득하다. 시민들은 불안에 떨었고 진상을 규명하라는 시위가 날마다 벌어진다.

이 속에서 내가 해야 하는 일을 다시 한번 되새겨보자.

솔직히, 솔직히 말하자면 막상 시일이 가까워지니 '세계를 구하기 위해서 내가 해야만 한다.'는 당위 따위보다도 두려움이라는 본능이 더욱 맹렬하게 차올랐다.

곧 도래할 그날을 떠올릴 때마다 심장이 거칠게 뛰고 눈가에 눈물이 고인다. 매일 밤 악몽을 꾸고 깨어나면 온몸이 식은땀 범벅이다.

이는 아마 자기의심의 소치(所致)일 것이다.

내가 해낼 수 있을까. 특성이 없었더라면 고아로 태어나 고아로 죽었을 평범하지도 않고 오히려 하찮은 인생이었는데.

그런 내가 해낼 수 있을까, 하는 의심과 두려움이 매일 밤 들었다.

그렇다면 만약 내가 특성이 없었다면 평범하게 살 수 있었을까?

……생각해 보면 아니다. 애초에 마인을 아버지로 두고서 평범한 삶을 단정 지을 수 없을뿐더러, 지금의 소중한 사람

들도 만나지 못한 채 더욱 하찮은 모습으로 죽었을 것이다.

그따위 인생은 지금보다도 훨씬 나약하고 훨씬 값싸다.

그래, 어쩔 수 없다. 지금 이 행복을 지켜내기 위해서는 어쩔 수 없는 것이다.

이건 세상을 구한다는 거창한 의미가 아니라, 그저 내 사람들과 함께 행복해지고 싶다는 지극히 개인적인 목적일 뿐.

그거면 된 거다.

그러니 마음을 진정하고 다시 한번 저 속을 들여다보자.

나는 과연 어디로 항해를 해야 내가 사랑하는 모든 사람들에게 돌아갈 수 있을지.

통로가 완전히 열리기 하루 전은, 때마침 두 번째 정기 모임 날이었다. 이번에는 해외로 떠나서 1차 모임에 불참했던 이유진까지 포함해서 모두 모였다.

그러나 대화 주제는 없었다. 주제가 없다기보다는 한마디 말조차 오가지 않았다.

유세정은 깊고 착잡한 고민에 빠져 있고, 하젤린은 김유린의 어깨에 기대어 조용히 흐느낀다.

그 낙천적이었던 이혜린마저도 주지혁의 품에 안겨서 울음을 삭히고 있을 정도니…….

"어휴 병신들."

개중 오직 바토리만이 그나마 씩씩하게, 모든 광경을 불만스럽다는 얼굴로 째려보고 있고.

그 속에서 김세진이 용기를 내어 입을 열었다.

"저, 잠시 출장 갑니다."

순간 적막이 가라앉고 시선이 집중된다. 유세정은 눈물을
흘리지 않으려 애썼고 하젤린과 김선호를 비롯한 다른 길드
원들은 멍한 눈빛으로 그를 바라보았다.

"……예? 뭐, 출정(出征)이라고요?"

하젤린이 기겁하며 몸을 벌떡 일으켰다.

"아니, 출장이요 출장. 출정만큼 위험하지는 않아요."

"그, 그러면 더 말이 안 되지 않습니까. 이 시국에 무슨 출
장……."

김유린의 말에 김세진은 잠시 고민했다.

그들에게 모든 진실을 말해주어야 할까, 한다면 어떤 식으
로 해야 할까, 어떤 식으로 하는지 결정했다면 어디까지 말
을 해야 할까.

그건 너무 귀찮지 아니한가.

게다가 어차피 가벼운 일이다.

분명히 살아서 돌아올, 언젠가는 모두 다시 함께 만나면
그걸로 될, 그런 간단한 일이다.

그래서 그냥 뭉뚱그리기로 했다.

어차피 나중에 바토리나 릴리아가 알아서 설명해 주겠지.

"그건 뭐, 나중에 릴리아 씨나 '우리' 바토리 씨한테 들으
시고."

"여기서 내가 왜 나와?"

"뭐, 오빠 뭐라고 했어 방금? 우리? 왜 이 여자가 우리 바토리아?"

바토리가 눈을 부라렸다. 마찬가지로 '우리'라는 호칭에 유세정도 눈빛을 번뜩였다. 우연찮게 바토리와 유세정의 날카로운 시선이 마주쳤다.

물론 패자는 유세정이다. 그녀는 바토리의 눈을 마주한 즉시 꼬랑지를 내렸다.

"아니, 그래도 설명은 해주셔야 될 것 아닙니까. 무슨 일인지, 언제 오시는지, 저희는 그때까지 뭘 해야 하는지⋯⋯."

그때 김유린이 진지한 얼굴로 물었다. 옆의 하젤린도 눈 크기를 키운 채 연신 고개를 끄떡이며 거든다.

"진짜로 별 거 아닌 일이에요. 그리고 오래 걸리지도 않을 겁니다⋯⋯ 아마."

아마 그들 입장에서는 그리 오래 걸리지 않을 것이다. 아니더라도, 그렇게 되길 바란다.

"그리고 뭘 해야 하는지는 잘 아시잖아요? 기사의 본분을 다하셔야죠. 아 참. 그건 그렇고, 아티펙트랑 무기 공급은 다 됐죠?"

더 몬스터는 아티펙트와 오크제 무기의 창고를 열어 모두 기사들에게 공급했다. 명목은 '사태가 끝날 때까지 무기한 임대'.

"⋯⋯예, 모두 좋아해야 할지 슬퍼해야 할지 갈피를 못 잡고 있더군요."

"그럼 됐어요. 일단 내일 당장 일이 벌어질지도 모르니,

어서 빨리 해산하죠."

그렇게 말한 김세진은 이내 유달리 환한 미소를 지었다.

"그럼 이만. 다음 정기모임 날에 만납시다."

"한 달? 아니면 두 달?"

마지막 밤, 세정이가 내 품속을 꼬물거리며 묻는다. 그러나 얼마만큼의 시간이 걸릴지 확신할 수 없기에 아무 대답도 해줄 수 없었다.

"그러면 세 달?"

세정이는 아까보다 조금 더 작아진 목소리로 물었다.

"……글쎄."

"……네 달?"

이번에는 거의 속삭이는 수준이다. 세진은 애써 웃으며 그녀의 이마에 입을 맞춰주었다.

"최대한 빨리 올게. 당장 내일, 아무렇지 않은 것처럼 올수도 있어."

"거짓말."

"진짜로."

확정되어 있지 않은 미래이니만큼 가능성은 언제나 열려 있는 법. 설핏 웃으며 말하자, 그제야 세정이는 조금 여유로운 미소를 지어주었다.

"그럼, 나는 식장 잡고 청첩장 돌리면 되는 거야?"

"……응, 준비하고 있어."

그렇게 대답하며 세정이를 품에 안았다.

그녀의 자그마한 몸은 오늘따라 더 가녀리게 느껴졌다. 문득 눈물이 흐를 것 같지만, 참아냈다.

그러나 얼마 지나지 않아 잔잔한 흐느낌이 귓가를 파고들었다. 세정이의 울음소리였다.

토닥토닥―

다만 지금 내가 해줄 수 있는 거라곤 그녀의 등을 두드려주는 것뿐.

오늘 밤은, 조금 느리게 흘렀으면 한다.

동 트기 전 푸르스름한 새벽, 일기장을 영체화하여 몸에 담아둔 채 지하의 통로를 찾아갔다.

고작 하루 지났을 뿐인데, 지옥도라는 형언이 지극히 어울리는 광경이 펼쳐져 있었다.

본격적으로 튀어나오기 시작한 뱀과 개 형체의 괴마들 그리고 점액 속에 꿈틀거리는 미지의 생체…… 그곳에서 바토리는 혼자서 고군분투를 하고 있었다.

"이미 전 세계에 많은 새끼통로가 파생됐어."

곁눈질로 이쪽을 힐끗 쳐다본 그녀는 놈들을 불사 지르며 말했다.

"새끼통로 중 절반은 다른 세계와 이어진 작은 통로가 될 테고, 나머지 절반은 몬스터들이 쏟아져 나오는 지옥문이 되어버려."

그녀는 이제 기한이 다 되었다는 말을 조금 늘려서 했을 뿐이다.

대답 없이 통로 쪽으로 다가갔다.

해야 할 일은 간단하다.

까마득한 아래에서부터 역류하는 기이한 존재들, 그리고 그것들에 의해 꽉 막힌 듯한 이 통로 속을 헤집고 뛰어들어야만 한다.

간단하지만 상상 이상의 용기를 요하는 일이라 술이라도 마실까− 하는 생각이 들었다.

"얘, 듣고 있니?"

바토리의 목소리에 고개만을 살짝 비틀었다.

"어."

"진짜 계획대로 할 생각이야? 만약 네가 성공하더라도 멸망은 변하지 않아. 통로를 닫아도, 이 세계에 남은 잔존물들을 처리할 수는 없어. 그리고 만약 실패하면 그건 말 그대로 개죽음일 뿐이고."

"······잔말 말고, 하나만 묻자. 바토리. 너랑 네 수족들은 이 아래로 안 뛰어들 거지?"

이 통로 속에는 과거 혹은 다른 세계, 차원으로 향하는 문이 있다. 그곳이라면 내가 과거로 가려는 것처럼 바토리도 고향으로 돌아갈 수 있을 터였다.

"······."

바토리는 마지막의 마지막까지 고민하는 듯 입술을 지그시 깨물었다. 그러나 그 고심 끝에 나온 말은, 퍽 마음에는 드는 명문이었다.

"여기 남을 거야."

"오우."

내 미소가 마음에 들지 않은 듯, 그녀는 눈을 가늘게 뜨고서 말했다.

"……네 설득 때문은 절대 아니야. 놈들에 집어 삼켜진 고향은 고향이 아닐 테니까."

"좋은 선택이야."

바토리도 협력하기로 했으니, 이제 걸리는 건 없다. 거창할 것 또한 없다. 따라서 머뭇거릴 이유도 없다.

곧바로 늑대 폼을 취했다. 그리고 통로의 저편을 응시한다.

통로는 마치 폭발하는 것처럼 무엇인가를 계속해서 내뱉어내고 있었다.

인간의 살덩어리와도 비슷하고, 혼자 꿈틀거리는 미생물과도 유사한, 살아 있는 무엇인가를.

그 고어한 광경은 역하고 또 두려웠다.

하나 용기를 자아내야만 했다.

'내가 살아남으려면' 꼭 해야만 하는 일이니까.

"다녀올게."

카운트 따위도 필요 없다.

시간은 흐를수록 내 용기를 갉아먹을 뿐이니까.

단 한 번의 얕은 도약, 나는 통로 아래로 뛰어들었다.

"뭐, 야, 야! 잠깐……."

등 뒤에서 바토리의 놀란 목소리가 들렸다.

하나 곧 모든 소리가 스러지고, 나는 아무런 색도 없는 허무의 틈으로 침잠했다.

물컹한 점액들의 불쾌감도 처음에만 있을 뿐, 시간이 지날수록 아무런 느낌도 없었다. 마치 모든 감각이 절멸한 듯하였다.

눈을 굴려보았다.

균열 속은 본래 대자연의 풍경이라고 들었건만, 온 사위가 새까맣다. 드문드문 빛나는 별들도 얼마 지나지 않아 어둠에 잡아먹히고 만다.

마치 우주를 닮은 풍경이다.

아, 우주도 자연에 포함되는 거였나?

정신이 몽롱해지고 생각이 흐릿해졌다.

숨을 쉬고 있는 건지, 내가 움직이는 건지, 살아 있는 건지 아니면 죽어 있는 건지 가늠이 되지 않았다.

일순 거센 탁류가 나를 스쳐 위로 그리고 위로 치밀어 올랐다.

흑색 탁류 속에 숨겨진 놈들의 맥박이 보이고 안광이 느껴졌다.

그놈들 덕에 내가 이곳으로 온 목적이 돌연 떠올랐다.

놈들이 왔던 방향을 거슬러 가야하므로, 탁류 진행방향의 반대편으로 뱃머리를 고정했다.

그렇게 시간이 흐르고 또 흘렀다.

일 분일까 한 시간일까 하루일까 한 달일까, 그것도 아니면 일 년일까.

기묘한 환경 속에서 이성은 무뎌지고 흐트러져 다시는 돌아오지 않을 것만 같았다.

'저거⋯⋯.'

얼마 지나지 않아, 또는 상당히 오랜 시간이 지나, 저 멀리 블랙홀처럼 생긴 거대한 틈이 모습을 드러냈다.

그 블랙홀은 거듭 꿀렁이며 괴이한 존재들을 토해내고 있었다.

돌연 눈이 번쩍 뜨였다. 본능이었다.

노곤하고 나약했던 몸에 생기가 돌고 머리가 뜨겁게 달궈진다.

그 변화를 눈치챈 것일까, 블랙홀에서 튀어나온 존재들이 경로를 이탈하여 나에게 달라붙었다. 예상 외로 차갑고 또 아팠다.

그래서 펜릴으로 변했다.

[펜릴의 폼을 취합니다! 앞으로 12시간 동안 신살의 늑대, 펜릴으로⋯⋯.]

순간 눈높이가 달라지고 시야가 지극히 선명해졌다.

내 허리를 옥죄던 괴마가 먼지보다 작아 보였다.

블랙홀도 마찬가지로 그저 조금 큰 솜사탕처럼 느껴졌다.

그래서 그것을 그대로 집어삼켰다.

블랙홀은 종잇장처럼 어그러지며 내 입속으로 빨려 들어왔다.

[감당할 수 없는 존재가 몸에 담깁니다…….]

이게 내가 해야 할 일이었다면, 거창할 것 없이 해결되었다.

그러나 이미 지구로 떠나 버린 놈들이 많다. 바토리를 도와 놈들을 처리하려면 다시 거슬러 올라가야 한다.

'조금 아픈데…….'

하지만 몸이 움직이지 않았다.

소화불량인가. 아니면 죽어가는 건가.

아무 움직임도 없이, 공허를 부유하며 생각했다. 여태 필사적으로 거부했던 한 가지 가능성이 뇌리에 스쳤다.

혹시, 미래의 나는 죽어서 없어진 게 아닐까.

왠지 그런 것 같아서, 참으로 설득적이어서 나는 항해를 멈췄다.

이제 내 몸을 감싸는 차갑고도 뜨거운 별의 감촉들, 내부에서 꿀렁이는 얄궂은 모든 것들과 함께 사라지자.

추억이 차례로 떠올랐다.

어렸을 적 어머니의 손을 잡고 집으로 돌아가던 장면……한데 그로부터 15년 동안은 기억이 없다.

어찌 보면 당연하다. 특성이 생기기 전에는, 존재하지도 않고 그렇다고 죽은 것도 아닌 잔영처럼 살았으니까

하지만 최근 5년의 기억은 너무나도 선명하다.

김유린을 만나고, 하젤린을 만나고, 세정이를 만나고, 김유손을 만나고, 주지혁을 만나고 만나고…… 만남과 인연으로 점철된, 그렇기에 선명하게 빛났던 인생.

그제야 목적과 결단이 의식이라는 수면 위로 부유했다.

분명 세정이에게 돌아간다고 약속했으니 여기서 멈춰서는 안 된다.

그리고 무엇보다 아직 해야 할 일이 하나 더 있지 않은가. 무슨 일이든지 성공하기 위해선 '사후처리'가 확실해야만 한다.

머리가 어느 때보다 맹렬하게 회전했다.

행방이 묘연한 미래의 나.

차원 포식자라 불리는, 바토리조차도 대적할 수 없는 존재.

그리고 마지막으로 전설의 괴수 '레비아탄'이 성체가 되는 데 걸리는 시간.

그 속에서 답을 찾았다

감았던 눈을 뜨니 저 멀리 어둑한 빛이 보였다.

나는 그쪽을 향해 혼신의 힘을 다해 발장구를 쳤다.

"우읍!"

구역질이 났다. 저 멀리 과거로 향하는 통로가 있는데, 세계의 틈이, 억제력이 나를 강압한다.

견뎌내기 위해 이를 꽉 깨물고 레비아탄이 되었다.

[스킬 '최상급 저항력'이 작용합니다. 세계의 섭리와 억제를 잠시 거부합니다.]

알림창만 그렇게 떠올랐을 뿐, 관절이 뒤틀리고 전신은 타오르는 것만 같다.

그럼에도 포기하지 않았다.

계속해서 저 빛을 향해 허공을 내달렸다.

모든 비늘이 타 없어지고 눈이 멀어 세상이 암흑으로 물들고서야 비로소, 마침내.

나는 찬연한 태양빛에 닿을 수 있었다.

눈을 떴다.

가장 먼저 눈에 보이는 풍경은 환한 태양과 우거진 녹음이었다. 족히 5분 동안은 멍하니 현실을 파악하다 황급히 몸을 일으켰다.

나는 인간인가?

인간이다.

정보창이 켜지는가?

켜진다.

"후우……."

안노의 한숨이 저절로 나온다.

그렇게 자아를 다잡고서야 주변 경관을 확인할 여유가 생겼다.

"……."

그러나 잠시 말을 잃었다.

고층빌딩이 없었다. 도로도 없었다. 현대식 빌딩도 없었다.

대신 기와집과 초가집이, 성채와 망루가, 마차와 소거름의 냄새가 있었다.

그렇다, 지금 보이는 풍경은 완전한 '조선'이었다.

"……일기에 안 써놓은 이유가 있었구만."

혼잣말을 읊조려본다.

몇 년도인지조차 가늠하기도 어렵다. 레비아탄 성체로 성장하려면 한 500~600년 정도 필요할 거라 생각했으니, 어림잡아 550년 전이라고 생각해 보자.

그렇다면 한 번 잘 때 반년씩 잔다고 하더라도 1,000일 가까이 깨어 있어야 하네.

"흠."

자꾸 흠. 흠. 흠. 헛기침이 튀어나왔다.

다시 한번 제대로 생각해 보자.

500년이면 그래도 레비아탄 성체가 될 수 있을 것이다. 성체 레비아탄이라면, 바토리가 말했던 '차원 포식자'라는 놈들 또한 상대할 수 있겠지.

어차피 기다림은 각오했다. 예상보다 훨씬 더 오랫동안 기다려야 하겠지만.

문득 고개를 들어 저 먼 곳을 바라보았다.

창연한 바다가 햇볕을 받아 보석처럼 곱게 넘실거리고 있었다.

저 경관은 동해가 확실하다. 때마침 침대가 저기 있다는 뜻이다.

"……기다려야지, 뭐."

조금만 기다리자.

견디고 견디고 또 견디다 보면, 어느새 알맞은 세월이 되어 있겠지.

레비아탄은 한 번 잠들면 3개월가량을 잠들었고, 한 번 깨면 일주일 정도는 깨어 있어야 했다. 대부분의 시간은 동해의 밑바닥에서 잠들었고, 깨어 있는 시간에는 조선을 구경했다.

그 결과 훈민정음이 창제되는 역사적인 순간, 왜란의 참혹, 호란의 굴욕…… 그 모든 것들을 육안으로 볼 수 있었다.

외적에 의해 유린당하는 강토와, 현대에서는 상상도 할 수 없는 부조리에 시달리는 백성들을 보며 몇 번이나 주먹을 꽉 쥐었는지 모른다.

하지만 혹시라도 역사가 뒤바뀔만한 일은 벌이지 않았다.

내가 영향을 주어야 하는 일은 몇 가지로 한정되어 있으니까.

그렇게 기다림 속에 시간이 흘렀다.

1년 중 깨어 있는 시간은 고작 3주에 불과했지만 그래도 남은 세월이 너무 많았다.

제정신을 유지하기가 힘들었다.

때로는 그리움이 미칠 듯이 차올랐다.

때로는 성욕이 문제가 되었다.

때로는 도저히 참을 수 없는 분노가 치밀었다.

하루하루가 괴롭고, 해가 지고 달이 뜨는 것이 두려웠다.

그래서 때때로 사람들이 사는 마을로 내려갔다.

신기하게도 몇몇 발음과 단어의 용례에만 차이가 있을 뿐, 대화는 원활하게 할 수 있었다.

"주모, 국밥 하나 주시오."

문득 곡기가 그리워져 주막을 찾았다. 188㎝정도 되는 거구가 목청껏 주문을 하니 주변의 시선이 집중되었다.

멍하니 음식을 기다리고 있는데, 나를 묘한 눈빛으로 훑어보던 한 남자가 말했다.

"기골이 참 장대하시구려."

"하하. 감사합니다."

"혹시 장졸이오?"

"아닙니다. 그냥 일반 백성입니다."

"흐음."

남자는 길게 자란 턱수염을 쓰다듬으며 고개를 끄덕였다.

그때 주문한 국밥이 나왔다.

나는 그 자그마한 뚝배기에 담긴 한없이 적은 양을 멍하니 보다가 피식 웃었다.

"근데 요즘 사람들 상황이 많이 팍팍하나 봅니다?"

"그렇지. 요즘은 신령님이 노하셨나 통 비가 내리지 않으니."

"비요?"

"그렇소. 예년보다 훨씬 가뭄이 길어지고 있으니, 걱정일세, 걱정."

남자가 걱정스러운 얼굴로 한숨을 푹 내쉰다.

그런 그를 보며 피식 웃었다.

"비…… 비, 비 말이지요. 비는 아마 오늘 내릴 겁니다."

"……무어라?"

고개를 갸웃한 남자는 곧 조소를 입가에 띠우며 되물었다.

"혹시 당신, 무당이오?"

"뭐, 비슷합니다."

"허허허."

남자가 웃었다. 그러나 이번에는 남자 혼자만이 아니었다. 주막에 있는 모두가 웃었다.

"웃기는 사람이구려."

"생긴 건 멀쩡해가지고 웬…….."

저마다 한마디씩 비아냥거리는 사람들.

"하하, 한번 두고 보시지요."

그러나 나는 그저 진한 미소를 지을 뿐이었다.

비를 내리게 하는 건 쉬운 일이었다. 대기 중에 퍼져 있는 수중기를 끌어 모아 적란운을 형성하니, 바로 다음 날에 비가 내렸다.

"오, 저기 왔다!"

주룩주룩 장대비가 쏟아지는 회색 하늘 아래, 삿갓으로 비를 흘려내며 주막에 들어서자 예의 사내들이 놀라운 얼굴로 맞이해 주었다.

"자네, 신기가 있구만!"

개중 나에게 가장 처음 말을 걸었던 남자가 특히 유별난 반응을 보였다. 그는 전투적으로 다가와 내 옆자리를 차지했다.

"하하. 주모, 국밥 한 그릇 주소."

우선 국밥 한 그릇을 시켰다. 남자는 궁금해 죽겠다는 얼굴로 물었다.

"어떻게 안 거요?"

"그저 신령님에게 여쭤본 것뿐입니다."

남자의 두 눈동자가 휘둥그레진다.

"신령님과 대화를 나눌 수 있다는 말이오?"

"뭐, 비슷합니다."

"대단하구려!"

껄껄 웃으며 시덥잖은 대화를 나누고 있는데 주문한 국밥이 탁자 위로 올라왔다.

과연 어제보다 두 배는 푸짐한 양이었다.

"오, 맛있겠네."

"요 옆 고을도 가뭄에 시달리는데, 혹시 언제쯤 비가 내릴지 알 수 있겠소?"

남자의 물음에 국밥을 입에 퍼 넣으며 웃었다.

"아마 이틀 뒤에는 올 것입니다."

"이틀 뒤라…… 아, 참. 통성명을 안했군. 나는 이시읍이라 하오. 자네는……"

"언니~ 재료 가져왔드래요~"

그때 청아하고 낭랑한 목소리가 귓가에 스몄다. 힐끗 보니 앳된 소녀였다. 남자는 내 시선을 눈치채고는, 음흉하게 웃으며 옆구리를 쿡쿡 찔렀다.

"보는 눈이 있구만. 우리 고을 최고의 미녀라네. 나이는 아직 어리긴 하지만 저쯤 되면 혼기도 충분히 찼지."

"……."

최고의 미녀라기에는…… 기준치가 너무 높은 건지 평범에서 아주 조금 나은 정도다. 시대가 시대인지라 그런 거겠지만.

나는 피식 웃으며 고개를 저었다.

"저는 임자 있습니다."

"상투도 안 틀었는데?"

"……큼. 고향으로 돌아가면 틀 겁니다."

"그런가? 아쉽구만. 험험. 어이 주모, 나도 여기 이 사내거랑 똑같은 국밥 한 그릇 주소."

그러나 주모는 내 절반 수준의 국밥을 가져오고서 남자를 타박했다. 외상값부터 갚으라는 말이었다.

흐뭇하게 웃으며 그 둘을 바라보는데 묘한 시선이 느껴졌다.

고개를 돌리니 방금 들어온 '고을 최고의 미녀'가 이쪽을 빤히 바라보고 있었다.

"흡!"

눈이 마주치자 수줍은 듯 황급히 고개를 돌린다.

그러나 곧 슬그머니 눈알을 굴려 곁눈질을 하다, 또다시 시선이 부닥친다.

"……어, 언니 저 이만 가보겠드래요."

결국 그녀는 도망치듯 주막을 떠났다.

"흐흠."

흠. 확실히 내 외모에 대한 가치관은 고금을 막론하는구나.

괜한 자부심으로 머리를 쓸어 넘겼다.

하지만 고을 사람들은 외모보다는 아무래도 비를 예측한 신기에 더욱 관심이 있는 듯했다.

얼마 지나지 않아 많은 주민들이 주막으로 몰려왔다.

그새 소문이 퍼졌는지 헐레벌떡 다른 고을의 사람들도 찾아왔다. 그들은 모두 '비'에 대해서 물었다.

"……그쪽은 아마 사흘 뒤에 내릴 것 같습니다."

"저희, 저희 고을은 어떻드래요?!"

"곧 내릴 거니까 이제 걱정하지 마세요."

그날 이후로는 별안간 신령의 대변인 노릇을 하며 시간을 보냈다.

순박한 사람들과 함께 지내는 것이었던 터라 퍽 재미있었다.

그렇게 고을에서 머물다 보니 나를 흠모한다는 아낙네들도 몇몇 생겼다.

마을에서 가장 아름답다는 소녀도 그 속에 포함되어 있었지만, 세정이와 함께하며 눈이 높아질 대로 높아진 터라…… 하루하루를 방랑하는 유랑객이라는 핑계로 모두 거절했다.

그리고 일주일이 지나, 다시 숙면을 취해야 하는 시간이 다가왔다.

"이제 가는 것이오?"

"예, 3개월 뒤에 다시 찾아오겠습니다."

"3개월이라…… 아쉽게 됐구려. 자네가 그나마 말이 통하는 상대였는데. 이쪽 지방 사람들은 너무 순박하이."

"하하. 저는 오히려 그래서 좋았습니다. 이시읍 옹."

꾸벅 목례를 했다.

"가시게. 또 오시게."

남자, 이시읍의 정중한 작별인사를 등 뒤로 남기며 어느새 정이 든 고을을 떠났다.

태양빛을 집어삼키는 짙은 바다 속에서 눈을 떴다. 벌써 3개월이 지난 것이다.

가장 먼저 정보창을 켜보았다. 레비아탄의 성장률은 고작 소수점뿐이었다.

실망이 담긴 한숨을 저절로 나온다. 한데 그 입김에 거센 해저 폭풍이 일어 수면 위로 치밀었다. 깜짝 놀라 황급히 물길을 다잡고서 인간 폼을 취했다.

뭍으로 올라가 기지개를 켜고, 스트레칭까지 하고서 다시 그때의 고을을 찾아갔다.

고작 3개월이 지났을 뿐이지만, 나를 흠모한다던 소녀는 다른 누군가와 살림을 차린 채였다. 남편은 고을에서도 착실하다고 소문난 농사꾼이었다. 왠지 모르게 면목없어하는 그녀였지만 나는 웃으며 축하해 주었다.

이시읍은 반가워하며 나를 맞이해 주었다. 이번에는 비를 묻지는 않았다. 다만 추수를 도와줄 수 있겠느냐고 부탁했다. 흔쾌히 들어주었다. 적어도 소보다는 우직하게 일할 자신이 있었으니까.

한데 처음에는 꽤나 애먹었다. 힘보다는 기술이 중요한 작업이었기에.

그러나 고블린의 손재주 덕분인지 급속도로 성장하여, 사흘이 지났을 때에는 지상 최고의 농사꾼이 되어 모든 고을의 일을 도맡아서 끝내주었다.

그렇게 추수를 도와주다 보니 1주일은 참 쏜살처럼 흘러, 다시 잠에 들어야 하는 때가 다가왔다.

이번에는 전보다 더욱 아쉬운 작별을 건네고 바다로 돌아갔다.

그 이후로는 꼬박 3개월, 계절이 변할 때 마다 고을을 찾아갔다.

주민들은 나를 반가워하며 맞이해주었고, 고을에서는 항상 재미있는 일이 벌어졌다.

퍽 마음에 드는 소박한 일상이었다.

하지만 나와 그들의 세월은 서로 달라, 시간이 흐를수록 슬픈 일이 잦아졌다.

3년이 지나자 나에게 가장 처음 말을 걸어주었던 이시읍이 폐결핵으로 사망했다.

2년 뒤에는 그의 아내가 죽었다.

1년 뒤에는 자주 가던 주막의 주모가 병에 걸려 시름시름 않았다. 자연스레 주막도 문을 닫았다.

그들에게는 6년, 나에게는 3달 남짓한 일이었다.

그쯤 시간이 흐르니 이제 그들과 함께 어울리는 것도 불가능해졌다. 모두가 늙지 않는 나를 의심스럽게 여긴 것이다.

몇몇은 나를 신령으로 취급했으며, 악귀취급 하는 작자들도 나타났다.

그래서 그 고을을 완전히 떠나야만 했다.

이후로는 한 고을에 머무르지 않고 정처 없이 유랑하였다.

꽃이 몇 번이나 피고 졌고, 장마는 몇 번이나 세상을 적셨으며, 눈은 몇 번이나 강토를 물들였다.

세월을 흘려보내는 것을 업으로 삼으며, 모든 것들을 관조하며 살아갔다.

우연찮은 기회에 다산 정약용을 만났다.

그는 과연 듣던 대로 성자의 면모를 보여주었다.

나라를 쇠망으로 몰아넣을 세도정치가 시작되었다. 다니는 고을마다 인심이 더없이 야박해지고, 유랑객을 습격하는 화적도 많아졌다.

고종이 왕위에 오르자 고종의 대원군 이하응이 집권하였다.

그는 외척을 장악하고, 쇄국정치를 펼치며 한껏 기세를 펴기 시작했다.

하지만 그의 야망은 오래가지 못하였다.

강화도의 영해에 이름 모를 군함이 한 척 다가왔다.

'운요호(雲楊號)'였다.

고작 하나의 함대에 굴욕적으로 유린당한 조선은 '강화도 조약'을 맺었다.

갑신년에 급진적인 정변이 일어났다. 하지만 호기로웠던 젊은이들은 눈이 채 녹기도 전에 목숨을 잃거나 도주를 했다.

동학 농민 운동이 좌절되고 을사늑약이 공표되는 광경을 지켜보았다.

3월 1일, 나라를 잃은 국민들의 한과 비통함이 물결처럼 퍼져나가는 것을 보았다.

제국주의의 탐욕에 의해 징용당한 나라의 젊은이들을 보았다.

그래도 내일의 해는 떴고, 시간은 여전히 흘렀다.

1440년에 도착하고 정확히 500년의 시간이 지난 오늘은, 해방을 5년 앞둔 1940년 8월 15일이다.

"……술이라."

경성의 길가를 거니는데 근래에 생겨난 듯한 서양식 술집이 보였다. 요 100년 동안은 영 마시질 않았지. 순간 흥미가 동해, 그 쪽으로 발걸음을 옮겼다.

딸랑—

문을 열자 종소리가 울렸다. 술집에는 꽤나 많은 사람이 있었는데, 큰 키와 중후하게 기른 수염은 역시 뭔가 있어 보이나보다. 단박에 시선이 집중되었다.

대충 중절모를 깊게 눌러쓰고 자리에 앉아 고급양주를 시켰다. 가만히 홀짝이고 있는데, 문득 조금 먼 옆자리에 있는 한 남자가 눈에 들어왔다.

올곧게 쭉 뻗은 눈썹과 굳게 다물린 입술, 그리고 저 멀리를 내다보는 듯한 형형한 눈빛.

외면만으로도 어딘가 압도되는 남자이지만 정작 일을 하는 데에는 서투름이 역력했다.

가방 속에서 희미하게 흘러나오는 화약의 향기와, 연신 시계를 확인하며 불안해하는 모습.

거사를 치르기 전의 사내임이 틀림없었다.

직원에게 말해 그에게 가장 비싼 술을 전달했다.

처음에 그는 당황하는 기색이었으나, 이내 이쪽을 확인하고는 고개를 꾸벅 숙였다.

나는 그에 그치지 않고 말까지 걸었다.

"이름이 뭡니까?"

남자는 내 한국어에 당황한 듯 몸을 움찔 떨었지만, 이내 대답해주엇다.

"유형진이라 하오."

유형진, 유형진…… 곱씹자니, 뭔가 한 번쯤 들어본 적 있는 것 같은 이름이다.

고개를 갸우뚱하며 물었다.

"혹시 아들이 있습니까?"

남자는 고민하다가 대답했다.

"……있소."

"이름을 물어봐도 되겠습니까."

"갑자기 웬 아들의 이름을 묻소이까."

"술값으로 치면 안 되겠소?"

그는 탐탁 잖은 얼굴로 말했다.

"……유대호."

순간 뇌리에 섬광이 번뜩였다.

유대호.

유세정의 조부이자, 새벽의 창업자.

그리고 유정혁. 유대호의 아버지. 그는 독립운동가로 광복 5년 전 폭탄 테러를 거행하고, 5년간의 옥살이 끝에 새로운 해를 보지 못하고 삶을 마감한다.

아마 새벽이 사회의 의인들에게 주는 상이 '유형진 상'이었지.

"그런 걸 묻는 당신은 누구시오?"

유형진은 의심스러운 눈길로 물었다. 허리춤에 손을 가져가는게, 권총이라도 집으려고 그러나 싶다.

"당신과 같은 사람입니다."

그렇게 말하며, 품속에서 샛노란 덩어리를 꺼냈다. 화폐의 흐름이 번거로워 현물을 종종 지니고 다녔는데, 이럴 때 쓰기 딱 좋겠구나.

유형진은 영 모르겠다는 얼굴로 되물었다.

"같은 사람……?"

"일부러 당신을 찾아왔습니다."

"일부러 나를?"

"예, 거사를 치른다고 해서 가장 가까운 가족이 굶는다면 그게 무슨 소용입니까. 가져가서 아이 교육비로 쓰십시오."

500g짜리 금괴 네 개를 건넸다. 유정혁의 눈이 경악으로 물들었다.

"황금입니다. 누가 뭐라 해도 황금입니다. 가져가시지요."

"이, 이걸 나한테 왜……"

"말했잖습니까. 교육비라고."

유정혁이 침을 꿀꺽 삼킨다. 하나 그의 눈동자에는 탐욕 따윈 없었다. 다만 두고 갈 가족들을 생각한 절박함만이 있었을 뿐.

"뭐하십니까, 어서 가져가지 않으시고."

다시금 말하자 그는 머뭇머뭇하면서도 금괴에 손을 뻗었다.

"단!"

그의 손이 황금에 닿았을 때, 거칠게 움켜쥐었다.

"절대 당신이 쓰시면 안 됩니다. 단체에 주셔도 안 되고, 오로지 가족을 위해 쓰십시오."

이건 훗날 유대호의 사업자금이 되어야 하는 물건이니까.

유정혁은 나를 멍한 눈으로 바라보다, 곧 고개를 끄덕였다.

"……알겠습니다."

뜻밖의 인물을 만나고서, 머물던 호텔로 돌아왔다.

가져온 양주를 잔에 따르고 탁자에 앉아 일기장을 폈다.

그리울때마다, 내가 나를 잊을 것 같을 때마다 펴봤던 일기장. 손때가 많이 탔고, 눈물자국도 선명하다.

"참 많이도 기다렸다……."

500년에 가까운 세월이 지나, 이제 드디어 릴리아를 만나야 할 날이 다가온다.

시일은 해방 5년 뒤.

릴리아가 가장 처음에 찾았던 장소는 전해 들어서 알고 있다.

두근. 두근.

아주 오랜만에 심장이 뛰었다.

마침내 광복이 찾아오고, 찢어지는 가난함 속에서 5년이 지났다.

그리고 오늘은 1950년 6월 20일, 6.25전쟁이 발발하기 5일 전.

나는 릴리아가 미리 말해주었던 강원도의 해저동굴로 발걸음을 옮겼다. 그녀는 노스페라투의 지도자로서, 먼저 통로를 넘어와 거주지를 탐색하고 있었다고 했다.

그리고 역시 보였다. 고심하는 듯 거듭 고개를 갸우뚱하며 동굴을 둘러보는 등 굽은 노인의 실루엣이. 저 로브를 벗기면 다시 여인의 모습으로 돌아오겠지.

그녀의 등 뒤로 슬그머니 다가가 어깨를 톡 두드렸다.

"안녕."

"으악! Gracehobiack!"

순간 그녀의 로브가 흐물흐물 녹아내리고, 릴리아는 뭔가

격정적인 욕설을 내지르며 뒤로 나자빠졌다.

"……?"

잠시 당황했다. 릴리아의 성격이 원래 이랬었나……? 얼굴은 확실히 릴리아인데…….

그런 내 생각을 아는지 모르는지, 얼굴이 벌개진 그녀는 계속해서 분노를 토해냈다.

"stpem Fabohac racehobiack!"

"……한국어로 해."

"fragh!"

"한국어로 하라고."

그제서야 말을 알아들은 듯 릴리아는 심호흡을 한번 하고서.

"씨발, 너 누구야 개새끼야!"

나는 순간 말을 잃었다.

하지만 나이는 허투루 먹은 것이 아니다. 급작스러운 일에도 당황하지 않고 그 이유를 추론해낼 수 있을 만큼 성장하였다.

그래. 70년 전이면 이 여자, 딱 혈기왕성한 나이다.

10년이면 강산도 변한다고 하지 않는가. 그런 면에선 이런 다이나믹한 변화도 충분히 있음직하다.

"뒤져! 뒤져 뒤져!"

마음을 가다듬기도 전에, 릴리아가 손톱을 공격적으로 휘두른다.

그러나 가볍게 피하고서 손을 쭉 뻗어 그녀의 모가지를 움켜쥐었다.

그로부터 5분 뒤.

"죄송합니다……."

그녀는 눈탱이가 부어오른 채 바닥에 무릎을 꿇게 되었다.

49장
그 끝에

뱀파이어의 수명은 보통 현대인의 2배 이상이다.

게다가 핏줄이 고귀할수록 기대 수명이 늘어나고, 엘 라스처럼 아예 불노와 장수가 특징인 뱀파이어 또한 존재한다.

그런 점에서 릴리아는 김세진이 인간이라는 사실을 믿으려 들지 않았다.

"인간이신데 그렇게 오래 살아오셨다고요……?"

그녀는 다소 이해가 안 간다는 얼굴이었다. 사실 그럴 만도 했다.

같은 시간을 공유한다는 건 세상을 살아가는데 참으로 중요한 요소여서, 시간의 궤가 달라진 김세진은 문득 자신이 인간이라는 자각과 자아를 잃어버릴 뻔하였으니까.

"……그렇게 오래 살지도 않았어. 실제로 깨어 있었던 시간은 50년 남짓이니.”

기다리는건 지겨웠다. 견디기 힘들 정도로 버거웠다.

심지어 중간엔 최악의 질병인 '불면증'에 시달리기도 하였으니…… 무려 2년 가까이 잠에 들지 못했더랬지.

그때를 떠올리면 지금도 어떻게 여기까지 견뎠나, 참으로 신기하고 또 자신이 대견하다.

어쨌든 그 덕분에 레비아탄의 성장률은 95%를 달성하였다. 이제 70년 정도만 더 지나면, 완전한 성체가 될 수 있을 터.

“릴리아, 물어보고 싶은 게 있단다.”

무릎 꿇은 그녀를 내려다보며 살풋 웃었다. 그 가벼운 행위에도 그녀는 몸을 애처롭게 떨었다. 단 한 번의 마법에 정신없이 구타당했던 방금이 떠올라서였다.

“대답은?”

“예, 예. 뭐든지 물어보시와요…….”

날카로웠던 방금 전에 비해 한없이 부드러워진 목소리로 답한다. 원래의 릴리아와 비슷한 목소리여서 김세진은 퍽 만족스러웠다.

“혹시, 고향으로 돌아가고 싶니?”

어쩌면 뜬금없는 말이었다. 그에 잠시 멍하니 있던 릴리아는, 이내 거세게 고개를 저었다.

“아니요. 아니요. 그 지옥은 이제 돌아갈 수 없어요…….”

“만약 돌아갈 수 있다면?”

“……예?”

솔직한 말로, 지금 넘어오려는 로드와 엘 라스를 조기에 쓸어버리면 균열이 미래처럼 빠르게 열리는 일은 없을 것이다.

바토리의 말마따나 100년은 지나서야 열릴 일이었겠지.

하지만 많이 이기적인 생각이겠지만, 그렇게 한다면 훗날 소중한 사람들을 만나지 못하게 될 지도 모른다. 그들이 '김세진'이라는 존재를 잊어버릴 지도 모른다.

무엇을 위해서 600년에 가까운 세월을 기다렸고, 또 기다려야 했는가.

오로지 그들을 다시 만나기 위해서 아니었던가.

과거로 돌아와 세상을 구하려는 이유는, '이기(利己)를 위한 이타(利他)'.

거창할 것 없이 단지 그뿐이다.

그렇기에 미래를 어그러뜨리는 행위는 결단코 하지 않을 것이다.

"그게 무슨 소리신지……"

"자세한 건 나중에 설명해 주마. 우선, 나는 미래에서 왔단다, 릴리아야."

"에이, 갑자기 이상한…… 으, 뭐, 꺄!"

긴 말할 것 없이 레비아탄 폼을 취했다. 릴리아의 놀람–당황–패닉 3단 변화는 꽤 볼만했다.

그러나 간과한 점은, 근래에 자신의 몸집이 너무나 불어버렸다는 것.

한강을 꽉 채우고도 모자랐을 정도인데 비좁은 해저동굴이 당해낼 수 있으랴. 용의 형상을 한 바다괴수는 끝도 모르고 거대해지더니, 동굴의 천장과 바닥에 맞닿아 굉연한 진동을 일으켰다.

"으악!"

릴리아가 괴성을 내지르며 나자빠진다. 세진은 황급히 인간 폼을 취했지만, 동굴의 수명은 이미 다한 듯 크게 진동하며 부스스 흘러내리기 시작하였다.

"도, 도망쳐야…… 꺄아악!"

쿠구구궁!

이내 해저동굴이 와르르 무너진다.

김세진은 비명 지르는 그녀의 어깨를 붙잡고서 순간전이를 사용했다.

눈을 뜨니 노스페라투 일족이 머물던 장소, 절벽 아래였다.

"으……."

릴리아는 눈꺼풀이 파르르 떨릴 정도로 눈을 꼭 감고 있었다.

세진은 그녀의 머리를 쓰다듬어 주며 말했다.

"이제 여기서 머물도록 하렴. 로드의 눈도 피할 수 있고, 내부를 깎아 도시를 지어도 무너지지 않을 만큼 단단하단다."

그제야 릴리아는 눈을 떠, 그의 입가에 떠오른 부드러운 미소를 넋이 나간 채 바라보았다.

"따라 오거라."

세진은 한쪽 벽면에 손을 대고 마법을 시전했다. 마법이 흘러가는 경로에 주루루룩— 통쾌하게 통로가 난다.

"공간은 내주었다. 건축은 너희가 더 잘하겠지."

대충 1만 정도의 노스페라투가 머물 수 있을 만큼 공간을 내놓은 김세진은 곧바로 일기장을 꺼내려다가, 문득 의심이 들어 릴리아를 힐끗 보았다.

멍한 얼굴로 주위를 두리번거리는 모습은 어리숙하기 짝이 없어 아직 믿기에는 너무 이른 것 같았다.

"……한데 그전에."

그의 낮은 목소리가 짙게 울렸다.

"나랑 같이 수행을 좀 떠나자꾸나."

"네?"

릴리아가 고개를 갸웃했다.

"그게 또 무슨…… 저기요, 저는 이게 도대체 무슨 상황인지 이해조차 안 되거든요. 저희 만난 지 하루밖에 안 되었……"

말이 끝나기도 전에, 김세진은 순간전이를 사용했다.

뒤바뀐 풍경은 이제 망망대해 위의 무인도였다.

"우왓!"

"성격을 죽여라. 미래의 너는 지금처럼 망나니가 아녔어."

"망나니라니…… 아니, 안 돼요. 저는 노스페라투의 차기 지도자가 될 몸으로서 이렇게 시간을 낭비하고 있을 수는 없고, 뭣보다 저희 진짜 만난 지 하루밖에 안 됐…… 꺄악!"

세진은 말없이 공기파를 쏘아냈다. 파동에 밀려 바다에 빠진 릴리아는 허우적거리며 외쳤다.

"저, 저 수영 못한단 말이에요! 살려주세요!"

"껄껄. 알아서 올라오거라."

어푸. 어푸.

릴리아는 입으로 물을 뱉어내고 손과 발로 격렬하게 물장

구를 치며 꼬록 꼬록 가라앉고 있었다.

"살려주세요! 살려줘!"

"안 된다. 그것도 다 수련의 일환⋯⋯."

"살려달라고, 이 씹새끼야아악!"

"⋯⋯."

이제는 화를 내는 법도 잊어버린 줄 알았는데, 김세진은 저도 모르게 어금니를 꽉 깨물었다.

이따금씩 지구로 이주해 온 노스페라투 일족을 근거지로 안내하기 위해 시내로 마실을 나갔던 것을 제외하면, 김세진과 릴리아는 반 년 남짓한 세월을 함께 무인도에서 머물렀다.

그동안 참 많은 갱생(?)훈련이 이뤄졌다.

마법과 수영을 가르쳐주고, 식량의 중요성을 일깨워 주었으며, 미래에 있었던 일들을 들려줌으로써 릴리아의 정신개조에 힘썼다.

그 결과 릴리아는 미래에 봤던 그 자약하고 여유로운 성품을, 비슷하게나마 갖추게 되었다.

그리고 이 정도면 됐다고 생각한 김세진은 딱 200일이 되는 날에 작별인사를 건넸다.

"이제 가보마."

"네?"

"왜, 가지 마?"

"아, 아니요!"

그동안 꽤나 혹독했던 탓일까, 릴리아는 기쁨과 아쉬움 사이의 얼굴로 고개를 열렬히 끄덕였다. 물론 기쁨 쪽이 더욱 컸다.

김세진은 입가에 미소를 머금은 채 말했다.

"그래, 이제 네가 바라 마지않던 해방이다. 그런데 말이다, 혹시라도 로드의 근거지를 알게 되면 꼭 전언마법으로 전해주렴."

"네…… 예? 근데 그건 왜……?"

"해야 할 일이 있단다."

로드는 흡혈본능을 조절하는 보물을 잃어버렸다고 했다. 그러나 지독한 노화로 인해 극렬한 치매가 오지 않는 이상, 그토록 진귀한 귀물을 그저 잃어버렸을 리 없다.

적어도 누군가가 훔쳤다는 게 오히려 말이 된다. 그리고 그걸 훔친 도둑은 아마…… 말해 무엇 하랴.

"네, 알겠어요."

릴리아는 그저 김세진을 빨리 보내고 싶은 일념으로 대답했다.

"그리고."

딱!

"아악."

그 태도가 괘씸해 딱밤을 한 번 때려준 김세진은, 이번에야 말로 일기장을 꺼냈다. 릴리아는 멀뚱멀뚱한 눈으로 그것을 바라보다가 간신히 되물었다.

"……이건?"

"과거의 내가 적은 미래의 일기다. 다른 일족들에게는 예언서라고 뭉뚱그려서 설명하는 게 좋을 게야. 그러면 더 잘 믿을 테니."

"아, 그러면 여기 앞으로 일어날 일들이……"

"그래, 고서의 형태로 번안하여 로드에게도 은근슬쩍 건네 주거라."

릴리아는 일기장을 홱 낚아채고선 다짜고짜 열어젖히려 했기에, 김세진은 황급히 그녀의 손을 잡아챘다.

"크흠!"

그러고는 내가 없을 때 열어– 라는 무언의 압박이 담긴 눈빛으로 노려본다.

릴리아는 그 뜻을 이해한 듯 고개를 끄떡이고선 일기장을 품속에 갈무리하였다.

"그래, 그럼 다녀오마. 나중에 보자. 더 늦기 전에 한 번정도 더 찾아오마."

번쩍!

김세진은 푸른빛이 되어 떠나갔다.

홀로 남은 릴리아는 고개를 두리번거리며 사위를 유심히 살핀 후에야 일기장을 열었다.

릴리아를 만나고서 3년이라는 시간이 훌쩍 흘렀다.

이계의 존재가 점차 민중들에게 퍼져가는 그 시점에, 릴리아가 드디어 로드의 위치를 파악해냈다. 로드는 영국 런던의 지하에 있었다.

좌표를 전해받은 김세진은 순간전이를 이용하여 로드가 기거하는 장소에 도착했다.

고향에서 막 넘어온 터라 쇠약해 있던 로드는 수면 포션을 한 모금을 마시고는 곧바로 깊은 잠에 빠져들었고, 김세진은 허무하리만치 손쉽게 로드의 보물을 빼앗을 수 있었다.

붉게 빛나는 고귀한 혈석, 귀혈석(鬼血石).

어떻게 사용하는지는 모르겠으나, 어찌되었든 뱀파이어의 로드에게 대대로 전해져 내려오는 고귀한 무구였다.

콰득!

김세진은 망설임 없이 그것을 깨부수었다.

사람이 사람을 지배하기 위한 도구는, 아무리 진귀하다 하더라도 존재해서는 안 되는 것이니.

시간은 계속해서 흘렀다.

마나의 농도가 나날이 짙어져 이상 현상이 발생하고, 이계인들의 이민이 세간에 밝혀지며 지구는 큰 혼란과 변혁을 동시에 겪었다.

몬스터가 출몰하였기에 그것을 해결하기 위해 '기사'와 '마법사'라는 직업군이 새로이 생겨났다. 세계 최초의 마탑과 기사단이 미국에 설립되었고, 이에 뒤처질세라 세계 각국에서 기사단과 마탑을 조직했다.

한편 그 과도기 속에, 사회상에 적응하지 못한 이계인들이 여러 범죄를 일으켰다.

끝도 모르고 거듭되는 마인의 난동과, 뱀파이어의 소행으로 추정되는 의문의 실종사건들.

그 범죄들을 해결하기 위해 이번에는 '용병'이라는 직업군이 생겨났다.

1990년, 참다 못 한 세계 각국은 협의 하에 우선 마인을 상대로 '척살령'을 내렸다. 수천수만의 마인이 교화의 기회도 갖지 못하고 사살당했다.

다시 5년이 지나 이제 눈 먼 분노의 창끝은 이제 뱀파이어를 겨냥했다. 바야흐로 '뱀파이어와의 전쟁'이 시작된 것이다.

그렇게 세상은 나와 우리가 알던 미래대로 흘러갔다.

그리고 2010년의 어느 가을날.

나는 강원도의 한 시내로 나왔다.

꼭 만나고 싶었던 사람과 재회하기 위함이다.

그동안 만나고 싶었지만 많이 참아왔다. 혹시 무슨 일이라도 생길까 멀리서 지켜보는 것도 하지 못했다.

어쩌면 이번에도 만나서는 안 될지 모른다. 이 만남이 어떤 나비효과를 야기시킬지 모르는 것이다……

하나 나는 한 가지 단서에 희망을 걸었다.

어머니는 돌아가시기 직전에, 분명 어느 낯선 남성과 대화를 나누었다고 했다.

그러나 엘 라스는 어머니와 대화를 나눌 필요가 없었다.

어머니를 살해하고 나서는 바토리에게 혐의를 돌리기 위해 일부러 바토리의 문양까지 놔두었던 놈들인데, 일부러 뒤꽁무니를 잡힐 일은 하지 않을 테니까.

기억 속에 각인된 날, 어머니의 기일 바로 전날, 함께 사진관을 갔었던 그때를 기억한다.

나는 어머니와 마지막 인사를 나누었던 다리를 찾아왔다.

곧 있으면 어머니가 어렸을 적의 나와 함께 오시겠지.

그리고 아직 어린 나에게 씻을 수 없는 상처를 안기시겠지.

"아……."

나이가 불어 눈물이 어느 정도는 메마른 줄 알았는데, 생각만 해도 눈물이 흐른다.

이제는 희미해진 얼굴과 목소리를 다시 들을 수 있다는 생각에 가슴이 벅차오른다.

그러나 이를 꽉 깨물어 눈물을 삼켰다.

그때였다.

저 멀리 환하게 미소 짓는 모자(母子)가 보였다. 서로 너무나도 닮은 그 모습에, 애써 꾹 참았던 눈물이 폭포처럼 흘러내렸다. 다리에 힘이 풀려 주저앉고 말았다. 난생 처음 느껴보는 정신적 딜력감이었다.

"세진아, 엄마 잠깐 회사에 다녀와야 하는데……."

선명한 목소리가 들렸다. 그 순간 애써 진정시키던 심장이 다시 무너져 내렸다. 목이 메어 차마 말을 할 수 없고, 굽혀진 무릎을 도저히 일으켜 세울 수 없었다.

"우리 세진이 혼자 들어갈 수 있지?"

어머니는 할 일이 있다며 나를 먼저 돌려보낸다.

그러니 이제 곧 아이는 혼자서 집으로 돌아가겠지.

그리고 어머니는 나를 영영 떠나가시겠지.

"응!"

그러는 사이 아이는 힘차게 대답하고서 집을 향해 뛰어갔다.

어머니는 아이의 뒤를 하염없이 바라보았다.

나는 그 광경을 지켜보면서 흐르는 눈물을 닦았다. 이게 정녕 마지막 기회가 될 것이므로, 이대로 멈춰있을 수는 없다.

두 손으로 땅을 짚었다. 억지로 일어섰다. 눈물범벅인 얼굴을 닦아내고, 느릿느릿 걸어갔다.

그토록 만나길 고대하던, 당신을 향해서.

내가 다가서자 어머니는 의아한 듯 눈을 동그랗게 뜨셨다.

그러나 나는 아무 말도 하지 못하였다. 목이 메어서, 가슴이 벅차서 그리고 무엇보다 당신께서 나에 대해 얼마만큼 아는지 모르기 때문에.

그렇게 한동안 우리는 서로를 바라보기만 하였다.

어디선가 불어온 바람이 나뭇잎을 울렸다.

어머니의 길고 고운 머릿결이 바람의 결을 따라 흘렀다.

"저기……?"

결국 어머니가 먼저 입을 열었다.

그러나 그 음성을 듣는 순간 차마 서 있기가 힘들 정도로 무릎이 후들거려 다리의 난간을 붙잡아야만 했다. 어머니는 그런 나를 가만히 바라보시더니, 이내 부드러운 미소를 지어

주셨다.

"무슨 일이신가요?"

"⋯⋯아."

어머니가 물으신다.

그러니 대답해야 한다.

목이 메었지만 성대를 한계까지 쥐어짜냈다.

"⋯⋯아름다우시네요."

꼭 해드리고 싶은 말이 있었는데, 더 길게, 조금 더 자세히 나의 진심을 담아서.

그러나 하지 않았다. 할 수 없었다.

음절 음절을 이을 때마다 목구멍에서 눈물이 흐르는데 어찌 말을 이을 수 있겠는가.

그런 내 말을 조금 이상하게 오해한 듯, 어머니는 난처한 웃음을 지으셨다.

"아하하⋯⋯ 고마운 말씀이시지만, 저, 결혼했어요."

"⋯⋯아쉽네."

한 마디를 겨우 쥐어짜내고서 고개를 푹 숙였다.

신음을 토해내며 눈가를 닦았다.

어머니는 그제야 조금 걱정 어린 얼굴로 나에게 다가왔다.

"괜찮으세요? 저, 그렇게 슬퍼하지 않으셔도⋯⋯."

이러고 있어선 안 된다.

시간이 지나더라도 잊혀지지 않게, 당신의 구석구석을 기억해 두어야 한다.

자애로운 음성, 고운 얼굴, 흐드러지는 머리카락⋯⋯ 모두

내 머릿속에, 심장 속에 깊게 담아두어야 한단 말이다……

"슬픈게 아니라…… 기뻐서요."

순간 어디선가의 수풀이 부스스- 바스락거렸다. 어머니는 그쪽으로 시선을 힐끗 돌렸다.

나는 그 일련의 단서들이 무슨 의미인지, 절실할 정도로 알고 있었다.

"아 그럼…… 우리 조금만 같이 있을까요?"

그저 조금이라도 생을 연장하기 위해, 곧 도래할 살수들에게서 시간을 벌기 위해서 어머니는 웃으면서 말하셨다.

다만 그 웃음 속에는 걱정과 슬픔이 짙게 배어 있었을 따름이다.

"……왜요."

짐짓 퉁명스레 대답했다. 웃으면 눈물이 흐를것 같아서.

어머니는 여전히 미소를 잃지 않은 채 답해주었다.

"제 남편을 닮으셔서요."

그 말에 뭐라고 대답했는지는 기억이 나질 않는다.

"아뇨. 죽었어요. 임무하다가."

가능하다면 아버지의 얼굴도 보고 싶었다. 하지만 단 한 번도 얼굴을 마주하지 못한 그를, 이제 와서 본다 한들 어찌하겠는가.

그러나 어머니는 기어코 아버지의 사진을 보여주었다.

그 사진을 보자, 나는 관성처럼 말을 토해낼 수밖에 없었다.

"와…… 진짜네."

"그렇죠? 정말 닮았죠?"

눈물을 참느라 심장이 터질 것만 같았다.

그래서 대충 아무 말이나 지껄였다.

"그러게요…… 못된 남자죠. 저랑 아들만 남겨두고."

아들, 아들, 아들.

단 두 글자가, 내 귓전에는 그 어떤 새의 지저귐보다도 아름답게 메아리쳤다.

"못생기다니욧! 얼마나 예쁜데요. 영특하고, 잘생기고, 애교 많고…… 남편을 꼭 닮았어요."

정말, 정말로 그러네요.

어머니는 웃었다.

"그렇죠?"

그러나 어머니의 웃음은 그게 마지막이었다.

따라서, 이별을 해야만 했다.

"시간이 벌써 이렇게…… 이만, 가보셔야 할 것 같아요."

떠나기 싫었다.

내가 가면 당신은 죽는다고, 말해주고 싶었다. 그러나 그녀는 역시 그 사실조차도 이미 알고 있었다.

그렇다면 당장 뛰어가서 저 수풀에 숨어 살기를 뿜어내는 놈을 찢어 죽여야 할까.

하지만 그래서는 안 되는 것을, 나는 잘 알고 있었다.

다만, 하고 싶은 말이 아직 남았을 뿐이다.

"마지막으로……."

더 이상 말하면 눈물이 흐르겠지.

그렇다면 그냥 쏟아내 버리자.

"초면에 죄송하지만."

눈물을 흘리며 고백했다.

"정말, 정말…… 사랑합니다."

그렇게 나는 어머니를 떠나보냈다.

그날 이후 나에게 문제가 생겼다.

잠이 오질 않았다.

하도 많이 잤기 때문일까, 아니면 마음속에 고이 담은 당신의 얼굴과 음성을 자는 사이에 잊을지도 모른다는, 그런 두려움 때문일까.

어찌되었든 고약한 불면증에 걸려버려, 깊은 심해 속의 밑바닥을 향해 침잠하며 시간을 보냈다. 레비아탄은 깊은 바다에 있을수록 성장속도가 빨라지기에, 고독하다 하더라도 어쩔 수 없는 선택이었다.

다시 10년이 흘러 1999년이 되었다.

퀭한 눈의 나는 해야 할 일이 있어 릴리아를 찾아갔다.

50년 동안 지도자 노릇을 해온 릴리아는 역시 온화하고 여유로웠으며 또 침착하게 변화하여 있었다.

"……책임질 사람이 많아지니, 세진 님 말대로 이렇게 되었네요."

릴리아의 말에 피식 웃었다.

그래도 사람을 만나니 일정 부분의 여유는 되찾을 수 있구나.

"헌데 이곳은 어인 일로 찾아오신 건가요?"

말없이, 미리 찢어두었던 레비아탄의 비늘 두 장을 건네주었다. 릴리아는 그걸 받아들고는 고개를 갸웃했다.

"이건…… 아?"

"그래, 일기장에 아마 다 적혀 있었을 게다. 하나는 네가 갖고 있다가 다시 나에게 주고, 다른 하나는 10년 뒤 엘 라스에게 전해주거라."

엘 라스는 이 비늘을 매개로 성체 레비아탄을 한강변에 소환해야만 한다. 그리고 그곳에서 김세진은 레비아탄으로 변하는 능력을 얻게 되겠지.

"근데 같은 인물이 그렇게 가까운 거리에서 공존할 수 있는 건가요?"

"……아마 안 될 게다."

세계의 억지력은 무시할 종류가 아니다.

'같은 존재'가 '모종의 이유'로 '같은 세계'에 존재할 수는, '있다'. 오류는 발견되기 전까지 오류가 아닌 법이니까.

하지만 같은 존재가 가까운 거리에서 서로의 존재를 확인한다면, 오직 강한 존재만이 살아남게 될 것이다.

"상관없어. 그 당시의 나는 아직 레비아탄이 아닐 테니."

그러나 현재의 김세진은 레비아탄이 되지 못한다. 그렇기에 세계조차 그 틈, 오류를 눈치채지 못할 터.

"근데, 처음부터 이 비늘을 많이 뜯어서 주면 안 되는 건가요? 쑥쑥 성장하실 텐데."

"두 개가 한계다. 그것도 적정한 텀을 두고서 두 번. 그 이상 흡수하면, 과거의 나와 미래의 내가 동화되어버려 둘 다 없어지게 되겠지."

"아…… 그렇군요. 세진 씨 말대로 할게요."

"그래."

나는 흡족한 미소를 지었다.

유세정이 최연소 기사서임을 받았다는 뉴스가 전파를 타고 흘렀다. 뒤이어 고블린의 도움으로 죽다 살아난 김유린이 칠흑 기사단 내부 알력다툼을 고발하였으며, 고위 기사로 정식 승격되었다. 또한 김세진은 알아서 척척척 움직여 '고블린의 선의'라는 포션을 세간에 선보였다.

심해에서, 오직 눈과 귀라는 감각 만을 극도로 발달시켜 모든 소식을 보고 들었다.

레비아탄은 본인의 노화조차 막을 수 있는 존재이기에 늙는다는 걱정은 없었다.

그러나 곧 도래할 '그날'을 기다리며 뜬눈으로 기다린 지 20년째.

많은 고민과 번뇌가 똬리를 틀었다.

과연 나라는 사람이 놈들을 막아낼 수 있을는지.

그리고 만약 막아냈다 하더라도, 내 소중한 사람들과 예전처럼 지낼 수 있을는지.

세월을 흘려 보내며 육체적인 나이로 따지면 바토리도 우습고, 정신적인 나이로 따지더라도 세정이는 아이에 불과하다.

그녀가 아무리 나이에 걸맞지 않게 성숙한 아낙네라 한들, 내가 다시 그녀를 사랑할 수 있을까.

심해 속을 침잠하며, 그런 생각들을 꽤 오랜 세월동안 했다.

그러다 결국 바다가 나인지 내가 바다인지 모를 지경이 되었을 즈음, 도저히 견디기 버거워 뭍으로 뛰쳐나왔다.

소박하고 자그마한 도시로 향했다.

많은 사람들이 있었다. 그러나 감각이 비약적으로 향상되었기 때문일까, 그들의 모든 생각과 희로애락이 '읽혀졌다'.

악수를 잘못하여 사람 손을 으스러트리기도 하였다. 너무 오래 바다에만 머물러 힘조절이 낯설어진 탓이다.

만약 기사라면 아니, 인간이라면 마나 혹은 특성을 조절하는 방식으로 힘을 조절할 수 있었을 것이다.

그러나 나는 아니다.

이건 육체 자체, 인간이 아닌 존재의 힘이기에……

그래서 차마 그들 틈바구니 속에 끼어들 용기가 나지 않았다.

결국 다시 심해에 빠져들어, 단지 귀와 눈만으로 세계를 관조하였다.

그러던 어느 날.

소환의 주문이 내 의식을 파고들었다.

소환에 응하여 눈을 뜨니 한강변이었다.

저 멀리 김세진과 유세정과 김유린이 함께 있을 레스토랑이 보였다.

멍하니 바라보다, 문득 정신을 차렸다. 이래서는 안 되지.

크어어어—

즉시 포효를 내질렀다.

사람들의 비명과 고함이 울려 퍼지고, 얼마 지나지 않아 김유린이 레스토랑의 창문을 깨부수며 뛰쳐나왔다.

그녀는 내 예상대로 가타부타 정수리에 검부터 박아 넣었다.

그녀의 특성 '목적성'이 느껴졌다.

전혀 안 아팠다.

역시 과거 김유린이 개성으로 레비아탄을 잠재울 수 있었던 이유는 '소환된 레비아탄은 일신의 위력이 경감한다.'는 허술한 인과가 아니었다. 그저 그녀의 공격에 기절하고 싶다는 레비아탄의 '자의'로 인하여 그런 현상이 벌어졌을 뿐.

정수리를 얻어맞은 나는 기쁘게 기절하였고, 아주 오랜만에 몹시 짧은 단잠을 취하게 되었다.

그렇게 10분이 지나 눈을 뜨니, 어둠이라 불러도 무방할 짙은 남색이 나를 맞이하였다.

이곳은 심해, 평생토록 답답하게 있었던 공간이다.

그러나 나는 웃음을 터트렸다.

이제 정말 얼마 남지 않았으니까.

이 지독한 외로움도, 사무친 그리움도.

이제는 끝이 얼마 남지 않았으니까.

……그러나.

이 모든 기다림이 끝난 뒤 나는 무엇을 어떻게 해야만 하는가.

균열이 크게 일렁이는 소리.

전신이 환희로 전율했다.

이질적인 무엇인가들이 바다를 침범한다.

눈을 뜨고서 광소를 토해냈다.

이제 드디어 영겁의 시간에서 해방되어 내 시간을 찾아야 할 때.

심장의 떨림이 척추를 열광시키는 순간.

눈꺼풀 위로 어떠한 장면이 영사되듯 떠올랐다.

"다녀올게."

오래전 시간 축을 떠나는 내 모습이었다.

너는 그렇게 떠나며 이토록 기나긴 세월 동안 지독한 외로움에 사무쳐야 했는지 알았느냐.

하나 나는 그 무엇도 모른 채 알려고 하지 않은 채 훌쩍 떠나 버렸다.

이후 바토리는 약속대로 인간과 함께 놈들에게 대항하기 시작하였다.

그러나 통로에서부터 솟구친 검은 점액들은 결국 지반을 뚫고 위로 또 위로 솟아올랐다. 마침내 지상에 피어오른 그 고고한 존재를 감히 무어라 형용할 수 있을까.

역겨운 개새끼들? 아니, 그보다는 더욱 저열한 표현이 필요하다.

한데 참 다행이게도 존재는 아직 피막에서 깨어나지 않은 채 하루를 지새웠다.

다음 날, 점액이 증발하며 존재의 한쪽 팔이 드러났다.

흑색 피부, 그 속에 비치는 청색의 혈.

육체의 자유로움에 고취된 존재가 손을 휘두른다. 거창할 것 없이, 놈과 대치하고 있던 기사와 군대의 절반 이상이 궤멸되었다.

그러나 존재는 그 이상의 일은 벌이지는 않았다.

존재는 기껏 마련된 음식을 제 손으로 내팽개치고, 바닥에 나뒹구는 파편을 먹는 저능이 아니기에.

그건 확실한 '오만'이었다.

하루가 더 흘렀다. 이번에는 오른쪽 팔을 가리던 점액이 개였다.

그러나 놈은 이번에도 아무런 움직임을 취하지 않았다.

점액 속에 가려진 낯짝은 아마 간교한 미소를 짓고 있겠지.

하나, 이번에는 나 또한 그런 놈을 올려다보며 진한 미소를 머금었다.

놈은 자신의 오만과 교만과 자만이 스스로를 파멸로 몰고 갔다는 사실을 알고는 있을까.

마침내 다음 날.

놈의 두 다리가 자유를 얻은 그때.

고대하고 고대하던 알림창이 떠올랐다.

[레비아탄이 성장을 완료했습니다.]
[조건 완료- '억겁의 세월을 인내하여, 이무기가 용이 되듯.']
[창해의 용, 바하무트로 진화합니다.]
[조건 완료- '가이아의 부탁']
[스킬 [???]가 해금되어 고유권능 '신격'으로 격상됩니다.]

이제 그 억겁의 세월을 지나 드디어.

출정(出征)의 때가 다가왔다.

수십억의 시민들은 드높게 솟아오른 흉물의 존재를 멍하니 바라보았다. 육안 또는 전파를 통해.

무엇보다도 압도적이고 거대한 공포를 앞에 두고서는 흔히들 종말의 전조라 일컫는 현상조차 없었다. 예컨대 약탈과 폭력과 강간 등이 자행되지 않았다는 뜻이다.

단지 모두 절망에 젖은 눈동자로 놈을 바라보기만 했다. 군과 기사와 마법사가 전혀 통용되지 않고, 그저 꼿꼿이 서서 언젠가 무슨 짓을 벌일지 모르는 놈을.

[현재 1세대 이주민들의 증언으로 이 존재가 '차원 포식자'라는 사실이 밝혀졌으며, 이 존재는 '성운 포식자'보다는 아래의 격이지만 여태 수많은 세계를 파괴해 왔음이 밝혀졌습니다.]

이런 상황에서도 뉴스는 충실히 역할을 수행했다.

그들이 피를 토해내는 심정으로 실어 나르는 한 토막의 정보였으나, 다만 전장에서는 절망 어린 조사(弔詞)일 뿐이었다.

"상황은? 저놈에게 총공세를 퍼부을 시간이 있나?"

총사령관 김현석은 전신이 피와 진물로 범벅이 된 채 부하 기사에게 물었다.

"균열에서 범람한 몬스터와 저놈 때문에 폭주하는 몬스터들을 막는 것만으로도 벅찹니다."

"······하."

김현석은 낮은 침음을 흘렸다. 사실 그도 짐작했을 터였다. 자신들이 할 수 있는 일이라곤 그저 다른 몬스터의 폭주를 제압하거나, 포식자를 지켜보는 것뿐이란 것을.

그러나 그마저도 여의치 않았다.

애써 전선을 지켜오던 부대는 놈의 주먹질 한 번에 갈려 나갔고, 절반 이상의 기사는 이미 놈이 보인 압도적인 무력에 제정신이 나가 있다. 닷새 동안 잠을 자지 못한 군과 기사의 피로도는 극에 달했으며, 도망가는 군인도 심심치 않게 보인다.

이보다 더 절망적인 상황은 없다.

"······그래도 전선은 유지해라."

그러나 김현석은 결코 포기할 수 없었다. 기사와 군대는 시민들의 심리적 마지노선. 헌데 그런 우리가 물러선다면 국가는, 더 나아가 세계는 더 이상 존립할 수 없다. 그들이 여태 우리에게 베푼 아량과 사랑을 갚기 위해서라도, 물러설 수는 없는 것이다.

"예, 알겠습니다."

부하기사는 고개를 끄덕이며 물러갔다.

김현석은 목을 끝까지 올려도 온전히 보이지 않는 놈을 바라보며 괜스레 검을 움켜쥐어 보았다.

그러나 할 수 있는 것은 그저 그것뿐이었다.

그는 처음으로 힘의 부족을 절감했다.

시간은 정오가 되었으나 해는 여전히 흑운에 가려 빛을 잃은 채.

한국 최고의 기사가 자신에게 도리가 없음을 통탄하며 하늘을 바라보고 있을 때.

뭔가 기묘하다고밖에 형용할 수 없는 일이 벌어졌다.

"……저거 뭐야."

처음 시작은 누군가의 멍한 읊조림, 그뿐이었다. 아무도 그에게 관심을 주지 않았다. 하나 그는 무관심에 포기하지 않고 제 옆의 기사를 팔꿈치로 두드렸다.

심신이 피폐한 그 기사는 짜증을 낼 여력도 없어, 한참을 시달리다가 결국 그가 가리킨 곳을 바라보았다.

그리고 이번에는 그 기사가 똑같은 행동을 자기 옆의 기사에게 했다.

그렇게 기사들의 시선이 점차 하늘로 올라갔다.

시간이 지나자 옆 사람을 찌르거나 하지 않아도 되었으며, 마지막에는 카메라의 렌즈까지 그 존재를 담았다.

마치 짙게 드리운 암운을 헤쳐내기라도 하려는 듯 휘몰아치는 질풍 속에서, 신비한 생명체가 모습을 드러냈다.

무결하고 고결한 청색 날개를 흐트러뜨리며, 짙고 고고한 눈동자로 세상을 굽어보며, 강맹하고도 굳게 닫긴 아가리로 포식자를 겨냥한다.

기사와 병사와 시민들은 그 존재의 정체를 가늠할 수 없었다.

다만 이상하게도 짐작은 되었다.

그 존재는 실로 전설 속에서나 듣고 보았던 용의 형상을 빼다 닮아 있었다.

"무슨……."

기사들이 지금의 상황에 기뻐해야 할지, 마지막 남은 희망까지도 놓아버려야 할지 고민하기도 전에 그 존재는 채 깨어나지 않은 포식자에게로 돌격했다.

질주가 만들어낸 가공할만한 공기압과 소음에 세상이 잠시 어그러졌다.

시간축을 뒤틀어 현재가 아닌 과거에 도착한 것만 같은 찰나, 용은 꼬리로 포식자의 허리를 감싸 쥐고 아가리에 마나의 입자를 모았다.

순간 그동안 고고하리만치 행동이 없던 포식자가 다급히 손을 움직여 바하무트의 꼬리를 부여잡았다.

그러나 이미 한발 늦은 대응이었다.

특별한 효과음 없이 쏘아진 흑색의 브레스는 포식자의 머리를 앗아갔다.

"뭐……."

"허……?"

별짓을 다 해도 상처 하나 내지 못했었는데, 기사들은 텅 비어버린 포식자의 목 위를 바라보며 입을 떡 벌렸다.

——!

하지만 포식자는 죽지 않았다. 머리를 잃고서도 한 손과 두 다리를 움직이며 처절하게 반항했다.

바야흐로 대지를 진동시키는 치열한 육탄전의 시작이었다.

주먹과 앞발, 꼬리와 다리가 오고가는 기이한 격투가 펼쳐졌다.

그러나 머리를 잃은 포식자는 앞을 보지 못하여 그저 마구잡이로 팔과 다리를 휘두르기만 할 뿐이었다.

물론 그마저도 충분히 위협적이었다. 날개를 제어하기 힘들었던 김세진은 눈먼 주먹에 얻어맞아 저 멀리 튕겨나가기도 하고, 다리에 복부가 채이기도 했다.

저 빌어먹을 것에 마법으로 대응하겠노라 결심한 건 검은 피를 토하고 나서였다.

하지만 포식자는 만만치 않았다. 놈은 마법의 기운을 느끼자 역시 같은 마법으로 맞대응하였다. 다만 놈의 마법은 바하무트에 한하지 않았다.

대상은 전 세계. 목적은 오로지 파괴뿐.

바하무트는 황급히 놈에게 브레스를 뿜어냈다. 그러나 놈의 손아귀에서 뿜어지는 피보라가 사방으로 퍼져나가는 걸 막기 위해, 결국 다시 육탄전을 재개할 수밖에 없었다. 놈이 마법을 사용하지 못하도록 전보다 맹렬하게 달려들었다.

그러나 머리가 날아간 포식자과 몸이 온전한 바하무트.

애초부터 승자가 명확한 싸움이었다.

놈은 시간이 지날수록 판단력을 잃었고, 결국에는 마법을 사용하는 법도 잊어버린 듯 두 팔과 손을 마구잡이로 휘두르다 바하무트의 브레스에 심장을 꿰뚫리고 말았다.

대적할 자가 없을 것처럼 보였던 포식자는 그렇게, 짐승을 연상시키는 기괴한 비명을 내지르며 검은 안개와 함께 흩어졌다.

그 이후에는 적막이 있었다.

비명도, 환호도, 고함도, 찬송도 없었다.

생중계를 진행하던 리포터도, 그 소식을 다시 시민들에게 전하던 앵커도, 그것을 함께 감상하던 시민들도 마찬가지였다.

아마 이곳에 모인 수만의 군중들은 지금이 차라리 꿈이라고 생각할 만큼 비현실적이고 고요한 침묵이었다.

그 암묵 속에서 바하무트는 천천히 날았다.

전신에서 피를 철철 쏟아내며, 자신의 몸을 치유해 줄 동해 쪽으로 필사적으로 날았다.

그리고 그가 동녘으로 천천히 사라지고 나서도 한참이나 지나서야 결사대(決死隊)들은 상황을 파악할 수 있었다.

그들은 얼떨떨한 기분으로 존재가 쓰러진 곳으로 다가갔다.

놈이 발을 디뎠던 곳엔 커다란 구멍만 남아 있을 뿐, 정말로 아무것도 없었다.

그제서야 그들은 이것이 현실임을 느끼며 하늘을 바라보았다.

그때 하늘이 개이며 여러 줄기의 서광이 지상을 찬란하게 비추었다.

그날 근 닷새 만에 본 태양의 아름다움을 세계는 결코 잊지 못할 터였다.

끝내고 나서도 뭐가 뭔지 모르겠는, 허무하고도 버거운 싸움이었다.

그렇기에 죽음이 가득한 몸으로 바다 깊이 가라앉으면서도 아무런 감회가 없었다.

다만 지구의 고동이 느껴졌다.

그리고 그것이 감사의 의미란 걸 알 수 있었다.

또한 그 감사를 말미암아 확신했다

생명은 살고 싶어 한다.

인간도, 짐승도, 몬스터도. 그렇기에 '지구' 또한 마찬가지다.

지구는 살고 싶어 했다. 포식자로부터 자신의 구원을 바랐다. 그래서 일부러 특성이란 걸 만들어냈다. 많은 전문가들이 주장하던, '균열이 특성을 만들어냈다'는 인과는 사실 그 반대였던 것이다.

아주 희박한 생존의 가능성이라도 만들어내기 위한 발버둥의 산물. '뭐든 하나라도 얻어 걸려라'라는 무책임한 정신이 무한대로 발휘된 그것이 바로, 특성이었다.

그러니까, 나는 언젠가 반드시 깨어날 것이다.

심해 속에서도 내 몸을 따스하게 감싸주는 은혜가 그것을 증명한다.

'가이아'의 부탁을 완수했다는 문장이 그 증거다.

이번에도 그저, 잠시 깊은 잠에 드는 것뿐이다.

그러니 이제 곧 다시 그들을 만날 수 있을 것이다.

그리고 그때의 나는 평범한 사람으로서 그들을 사랑할 수 있을 것이다.

분명히 그렇게 되리라고, 나는 믿는다.

전설 속 존재 '바하무트'의 출현으로 말미암아 세계는 평화를 되찾았다.

대재앙 차원 포식자는 바하무트에게 패배하였고, 세계 곳곳에 열린 균열들은 모두 소멸했다.

그러나 동시에 미진한 혼란도 일었다. '특성'이란 게 사라졌기 때문이었다.

누구보다 특별했으나 이제는 평범한 존재가 된 몇몇 사람들은 정신을 차리지 못하거나 꿈속을 헤매며 괴로워해야만 했다.

물론 주지혁과 유세정을 비롯한, '특성이 자아를 규정하는 모든 것'이 아니었던 사람들에게는 별문제가 없었다.

반면 몬스터와 마나는 사라지지 않고 남았다. 하지만 몬스터의 경우에는 이제 더 이상 외부의 충원 없이 생존하고 번식하고 절멸하는 야생동물의 섭리를 따라야만 했다. 물론 몬스터가 없어지면 전 세계는 꽤나 큰 타격을 받기에 멸종하게 놔두지 않을 것이다. 다만 사람들에게 사육받는 삶을 살아가겠지.

대재앙 이후 1개월이 지나자 바하무트 교(敎)가 생겨났다. 어느 모로 보나 명확했던 멸망의 위기에서 실증적인 도움을 주지 않은 기존 종교에의 불신과 불만 그리고 때마침 등장한 바하무트의 추종자들 탓이었다.

기존 종교들은 나름대로 "우리의 신이 바하무트를 내려보냈다"는 변명을 하였지만, 일부를 제외한 현대인들은 그런 허무맹랑을 믿을 정도로 몽매하지 않았다.

그렇게 종교가 생기자 교단이 설립되었고, 이후에는 차원 포식자를 무너뜨린 곳에 바하무트 교단의 최대 교회가 증축되었다. 그곳은 일종의 성지가 되어 세계 방방곡곡의 여러 교인들이 찾아와 순례 혹은 귀의를 했다.

정말 한 순간에 세계 최고의 종교 중 하나로 도약한 '바하무트 교'.

그 교단의 지도자는, 릴리아였다.

그리고.

그는 사라졌다.

도대체 어디로 갔는지는 모른다.

다른 여자가 더 좋아져서 도망간 건지 아니면 멸망에 지레 겁먹고 다른 세계로 이주한 건지⋯⋯.

그나마 자세한 내용을 아는 사람은 바토리 같은데, 그녀는 대하기가 어려웠고 또 간신히 물어봐도 결코 내막을 알려주지 않았다.

원망할 대상도 없이 홀로 시간을 보냈다.

그리움이 깊어지면 고통이 된다는 걸 그때 처음 알았다. 그러나 언젠간 다시 모습을 보일 것이라 굳게 믿고 꿋꿋이 견뎌냈다.

그렇게 그가 없는 채로 1년이라는 시간이 흘렀다.

마침내 더 몬스터의 정기모임 날이 다가왔다. 그렇기에 한껏 치장하고서 찾아갔다.

'정기 모임에는 모든 단원이 참석해야 한다.'

자기가 직접 제창한 길드 유일의 규율을 자기가 잊어버리지는 않았을 테니까.

원래는 매달 17일에 하기로 했는데 자기를 배려해서 매년으로 기한을 늘려준 거니까.

이번만큼은 꼭 오겠지.

7시에 열리는 모임이기에 6시 30분에 찾아갔다. 헌데 이미 모든 사람들이 도착해 있었다. 유린 언니, 하젤린 마탑주, 유백송 의원, 주지혁과 이혜린 부부, 바토리와 로스한델, 그리고 김선호와 나머지 신입 멤버들까지.

모두 나를 반가운 얼굴로 맞이해 주었다.

그곳에는 오직 한 명만 없었다.

"왔니?"

유린 언니가 먼저 물었다. 나는 애써 웃음을 지어보였다.

"네. 언니, 요즘 엄청 바쁘시다면서요? 시간 내기 힘드셨을 텐데…… 와주셔서 고마워요."

수가 한정된 몬스터가 이제 보이는 즉시 토벌해야 하는 존재에서 미래를 위해 목축해야 하는 존재로 격상되면서, 유린 언니는 기사의 일에 미련을 버렸다.

그리고 일단 연예계 쪽에 시선을 집중했다.

고정 예능만 서너 개를 성공시켰고, 연기자 데뷔 또한 성공적이었다.

그렇기에 요즘 '김유린'이라는 이름 석 자는 기사보다 연예인으로 더욱 잘 알려져 있다. 그만큼 연예 쪽 일로 공사가 다망하시다는 말이다.

물론 그렇게 바쁜 와중에도 여전히 '오크 애호가'의 일만은 계속하고 계시다. 아닌 게 아니라 영웅오크들이 아직도 살아남았기 때문이었다.

심지어 그들은 몬스터가 폭주하던 상황에서 도망치던 몇몇 시민들을 구해 부락지에 머물도록 하여, 아예 한국의 영물로서 자리를 잡아버렸지.

"그렇긴 한데, 이 모임은 꼭 나와야지."

"아냐, 세정아. 이 언니, 그 사람 오나 안 오나 보러 온 거야. 조심해야 돼. 이 사람도 너 못지않게 보고 싶어 했……."

"어머. 무슨 소리니?"

이혜린이 놀리듯이 덧붙였지만, 기사로서의 무거운 책무에서 벗어나 느티나무 같은 여유를 얻은 그녀에겐 먹히지 않았을 따름이다.

"하핫. 그러는 혜린 언니는, 사랑하시느라 바쁠 줄 알았는데."

이혜린과 주지혁 부부는 아마 요즘 대한민국에서 가장 유명한 부부일 것이다. 함께하는 고정 프로그램만 두 개인데,

그 프로그램에서 선보이는 금실이 얼마나 닭살인지……

"사랑은 야외에서도 충분히 할 수 있잖아~"

뭔가 오해의 소지가 있는 말을 하며 이혜린은 주지혁의 어깨에 머리를 기댔다.

그때 하젤린이 그런 둘을 불만스럽다는 듯 흘겨보고선 한탄하듯 읊조렸다.

"근데…… 오늘도 안 오시려나? 한창 바쁜 마탑 일도 내팽개쳐 두고 왔는데."

하젤린은 현재 세계 최고 마탑의 탑주로서 군림하고 있다.

기사와는 달리 몬스터가 사라지더라도 큰 효용을 발휘하는 마법은, 쇠락은커녕 발전에 발전을 거듭하였다. 몬스터를 상대하는 파괴마법과 대중에게 도움을 주는 실용마법 사이에서 줄다리기를 하던 마법사들이 이제 실용 쪽으로 완전히 치우쳤기 때문이었다.

그런 점에서 새벽&TM마탑은 자타공인 세계 최고가 되었다.

아닌 게 아니라 방배동 마법사의 유산…… 은 아니고, 그가 마지막으로 남긴 스물여덟 개의 기록물 대부분이 실용마법이었기 때문이었다.

마지막까지 광대했던 그 업적 덕분에, 홀연히 사라진 방배동 마법사의 이름은 이제 마법계에 영영 찾아오지 않을 불멸의 전설로 남았다.

그 과정에서 바토리가 살짝 불만어린 투로 말하긴 했다. 모두 자기 머릿속에 있던 마법을 난잡하게 조잡한 것들뿐이라며.

그때 유백송이 하젤린의 로브자락을 꾸깃 끌어당겼다.

"야, 나 선거 자금 좀 대줘."

"……내가 미쳤니. 고양이가 선거하는데 돈 주게. 그리고 벌써 당선 됐잖아."

"나중에 더 필요해. 지역구가 그렇게 호락호락한 줄 알아? 적어도 삼선은 해야 돼."

"그래도 아직 많이 남은 거 아냐?"

"나는 보궐이라 1년 뒤에 다시 선거야."

가장 특이한 진로는 유백송이었다. 그녀는 무려 국회의원이 되었다. 게다가 언젠가부터 점점 커다래지던 그 야망은 드디어 숨길 수 없을 만큼 심상치 않아져, 파란 기왓집을 열망어린 눈으로 응시하는 일도 잦아졌다.

"얘. 내가 오늘 찍은 인터뷰 반응은 어때?"

한편 바토리는 그들에게는 전혀 관심 없는 듯, 핸드폰만 보며 옆의 가신에게 물었다.

"좋습니다. 칭찬일색!"

"흐응."

로스한델의 힘찬 대답에 아주 살짝 만족한 듯 콧소리를 흘린다.

이쪽의 1년간 진로도 예상하기 무척 힘들었다. 바토리와 로스한델은, 그러니까 그 '바토리'가 뱀파이어 화합의 선두주자가 되었으니까.

처음에는 에밀리아와 바토리의 모습으로 번갈아 활동했던

바토리였지만, 로스한델의 도움으로 바토리 이미지 메이킹이 절묘하게 먹혀들어 이제는 아예 바토리로서만 활동하고 있다.

평화와 화해의 여신이라는, 진실을 알고 있는 사람과 같은 뱀파이어라면 전혀 이해할 수 없는 이름으로.

"선호 씨는 오늘 무슨 일 없으셨어요?"

"아, 저는 뭐. 애기 보는 거 빼고는 한량이죠."

그리고 김선호는…… 모든 일을 그만두고 이란성 쌍둥이를 낳았다. 적절하게 아들과 딸.

"선호 씨, 아기 엄청 귀여워, 한번 보러가자."

"……네."

이혜린의 말에 나는 여유롭게 웃었다.

그렇게 자유로운 수다가 시작되었다. 웨이터들은 진귀한 음식과 값비싼 술을 내왔고, 단원들은 대화가 비는 틈이 없도록 노력을 기울였다.

신입 단원, TM의 진로, 새벽의 후계 등등……

그러나 처음 말고는 아무도 그 사람의 이야기를 하지 않았다.

모두가 모두를 위한 배려이기도 하였으며 아직 희망과 기대가 남아 있었기 때문이기도 했다. 혹시라도 그가 나타나지 않을까, 하는 그런 희망 말이다.

그렇게 단원들은 시답잖고 시시콜콜한 이야기까지 나누며 시간을 보냈다.

한 시간, 두 시간, 세 시간, 네 시간…… 시간이 지나도 그들은 기대를 포기하지 않았다.

하지만 어느새 결국 자정이 넘어 하루가 지나 버렸다.

이제 정기 모임 날은 끝났다.

그러므로 그와 만날 가능성도 '오늘은' 끊어졌다.

단원들은 슬픔을 애써 숨긴 채, 서로 간의 덕담을 남기며 헤어졌다.

눈물을 참았다는 것에 스스로 대견해하며 집으로 돌아왔다.

그러나 텅 빈 집에서 느껴지는 으슬으슬한 한기에 결국 눈물을 쏟았다.

하루 일과의 끝에 그가 없다는 건 치명적인 괴로움이었다.

모든 잘해준 것들이, 잘해주지 못한 것들이 비수가 되어 가슴에 꽂혔다.

그대의 얼굴을, 당신의 이름을 다시 한번 되뇌이고 싶은데.

그가 없어서 그럴 수 없다는 게 너무나도 괴로웠다.

침대에 얼굴을 파묻고 울었다.

울다 지쳐 잠들었다.

그는 아무 일 없던 것처럼 떠나서 원래부터 없었던 것처럼 사라져버렸다.

그러나 그는 애초에 없던 사람이 아니기에 만약 그렇더라도 이미 가슴 속 절절히 박힌 그의 모습은 도저히 잊혀질 수 없기에, 단 하루를 보내는 것조차 괴로웠다.

내일이 오지 않을 것 같은 두려움에 시달렸다.

하지만 꼭 돌아오겠다는 그의 말을 믿었다.

당장 내일은 아니게 됐지만 그래도 언젠가 돌아온다면 용서해 주기로 했다.

　뺨이라도 한 대 갈기고 어버버 거리는 그를 껴안아주면서.

　그런 행복한 미래를 상상하며 하루를 견뎌냈다.

　이틀을 삼켜냈다.

　사흘을 버텨냈다.

　그렇게 꽃이 피는 봄.

　맑은 바람이 부는 여름.

　나뭇잎이 성숙해지는 가을.

　그리고 눈이 세상을 뒤덮는 겨울을 지나.

　영영 오지 않을 것 같았던 다음 해가 또다시 찾아왔다.

에필로그
재회

　뙤약볕이 내리쬐는 한여름의 정오, 세 번 걸을 때마다 한 방울의 땀이 흐르는 최악의 날씨.

　열풍에 스며든 습기와 지치지 않고 쨍쨍거리는 태양은 사뭇 원망스럽기까지 하다.

　티 한 점 없이 오직 맑기만 한 하늘 아래, 나는 벽돌을 내려놓으며 땀을 닦았다.

　"어이, 김씨!"

　그러나 짧은 휴식도 잠시. 반장 특유의 울림 큰 목소리가 울려 퍼졌다. 이 작업장에 김씨는 수없이 많다.

　하지만 그가 부르는 김씨가 누구인지, 나는 너무나도 잘 안다.

　"예예. 갑니다, 가요."

투덜거릴 여력도 없어 반장에게 걸어갔다.

그는 트럭에 쌓인 철근을 운반하라고 했다. 군말 없이 트럭에 쌓인 수십의 철근을 한꺼번에 들고 옮겼다. 일반인이 본다면 기예 혹은 차력이라 부를 광경이건만, 노가다판의 사람들은 익숙한 듯 눈길조차 주지 않았다.

"역시 힘이 장사라니까."

반장은 만족스러워하며 내 어깨를 두들겼다. 그 가벼운 접촉면에 열기가 일어 순간 기분이 팍 상했다.

노가다는 힘들다. 솔직히 좆같다. 특히 여름에는 그 좆같음이 더욱 심해진다.

땀은 끝없이 흘러 끈적끈적 들러붙고, 냄새는 오물이 가득한 하수구보다 퀴퀴하고 역하다.

"그러게 말입니다~"

그런데 뭐 어쩌겠는가. 머리통에는 통 들은 게 없으니 무식하게 센 힘이라도 활용하는 수밖에.

"너는 참, 시기를 잘못 타고나도 너~무 잘못 타고났어. 적어도 20년 전에만 태어났으면 평생 먹고살 돈을 벌어놨을 텐데."

"기사 말입니까?"

"기사든 용병이든. 뭐가 됐든."

반장의 말에 살풋 웃었다. 나는 그저 노가다판의 다른 사람들보다 하루 일당을 조금 더 받는 것에 만족할 뿐이다. 애초부터 기사나 용병 노릇을 할 만큼 어마무시한 힘도 아니고.

"근데 기억은 아직인가?"

반장이 지나가는 말로 물었다. 나는 고개를 끄덕였다.

나는 내가 누구인지 모른다. 병실에서 깨어나기 이전의 기억은 아무것도 없다.

그저 내 몸이 부산 앞바다 위를 떠도는 것을 우연찮게 누군가가 발견하여 병원으로 데리고 갔고, 몇 가지 심문과 상담 끝에 새로운 신원을 발급받았을 뿐.

평소라면 조금은 특별하게 보도되었을 괴사건이지만 '그날' 이후로는 나보다 더한 처지의 사람들이 널렸기에 별다른 보도도 없었다.

"아쉽구만. 그 힘이면 뭔가 특별한 일을 했을 것 같은데."

"그만큼 대단한 건 절대 아니니까 아쉬워하지 않으셔도 됩니다."

"힘은 둘째 치고 너무 성실해서 그래. 내 딸이라도 소개시켜 주고 싶을 정돈데."

"……노가다꾼 소개시켜 줘서 뭐합니까."

말은 그렇게 했지만 혹했다. 혹시 사진이라도 보여주려나 싶어 괜히 뜸을 들이는데,

"긍까 말이야. 그냥 해본 말이었다. 하하하하."

……빌어먹을 반장. 그래도 애써 웃었다.

"하. 하. 하."

"그래도 내가 본 사람 중에는 네가 최고로 몸 좋고, 힘도 억세. 노가다판에 썩기는 아쉽단 말이지."

"저같이 신원이 불분명한 사람을 누가 씁니까."

평범한 얼굴에 평범한 신장. 지문조회를 해도 없다. 홍채

인식을 해도 없다. 나는 원래부터 없던 사람인 것처럼 갑자기 나타났다.

"그래도 말이다…… 아, 맞다. 이번에 경호업체에서 신입 구하는데 한번 지원해 봐. 힘보고 뽑는 거면 너는 무조건 당선이니까."

"그게 뭐라고 당선까지……."

"주 5일 월 300인데?"

"공문 어디 있습니까?"

주 5일에 300이면 할 만하다. 휴일에 다른 알바를 할 수도 있는 것도 한 이유이지만, 무엇보다 일단 호적상으로는 나이가 25살인데 언제까지고 노가다판만 전전할 수는 없지 않은가.

"자."

반장이 건넨 전단지를 훑으며 입꼬리를 슬며시 비틀어 올렸다.

"주 5일 월 300이면, 노가다판은 나와봤자 주말뿐인데 괜찮습니까?"

"허허. 창창한 사내 앞길 막으면 쓰나. 나중에 양복 입고 오면 내 딸한테 의향은 한번 물어보마."

"필요 없습니다. 보나마나 반장님 닮았을 것 같거든요."

"뭐 이 새꺄? 너 보면 깜짝 놀랄……."

딸을 들먹거리자 갑자기 광포해진 반장님의 난동은, 그저 웃으며 흘려보냈다.

"우리 경호 업체는 용병과는 다르다! 돈보다 충성을……."

면접관으로 보이는 덩치 큰 사내는 면접이랍시고 군기를 바싹 잡았다. 고함, 고함 그리고 또 고함.

다른 면접자들에게는 아주 잘 먹히는지 몸을 파르르 떨고 있지만, 이상하게 나는 별로 무섭지가 않았다. 오히려 병아리가 삐약거리는 것 같아 귀여웠다.

"알겠냐!"

"예!"

"대답 더 크게!"

"예에에엑!"

그제야 사내는 만족스럽다는 듯 고개를 끄덕이고서 말을 이었다.

"우선, 경호라고 해서 몸이 좋으면 장땡이란 건 착각이다. 예를 들겠다. 어이, 너."

사내는 나를 가리켰다. 예시를 나로 들겠다는 것이었기에 내가 되었든, 사내가 되었든 둘 중 하나는 운이 지지리도 없게 될 터였다.

"예."

"나와."

"……예."

"나한테 한번 달려들어 봐."

사내의 말대로 앞으로 나섰다. 그리고 그의 허리를 향해 발을 굴렀다. 내가 파고든 순간 그는 내 허리를 붙잡고 그대로 들어 올리려 했으나…….

"으, 으어억!"

몸이 기억한다는 게 이런 것일까. 나는 사내의 허리를 붙잡고 몸을 통째로 들어 올린 뒤 바닥에 내다꽂았다.

쾅! 바닥에 널브러진 사내는 동공이 풀린 채 기절했고, 그 다음에는 적막이 있었다.

"허……."

"미친."

아무래도 사내는 이 업체 최고 에이스였는지 면접을 구경하던 다른 직원들도 입을 떡 벌렸다.

그렇게 나는 비정규직이나마 취업을 성공했다.

주 5일 월 300은 새빨간 개구라였다.

무려 한 달 동안 단 하루의 휴식도 없이 출근하며 현장을 구르고서도 월급은 220.

생각보다 무척 적었지만 그래도 예상 외로 일이 재미있어서 계속했다. 워낙 몸이 튼튼하여 잠도 적고 병도 없었다는 것도 하나의 이유였다.

투척된 계란으로부터 국회의원을 경호해준 적도 있었고, 별안간 행사 무대 위로 난입하려는 남성을 제지한 적도 있었으며, 걸그룹을 쫓아다니던 사생팬—이라 쓰고 스토커라 읽는다ㅡ을 쫓아내준 적도 있었다.

여기서 중요한 건 걸그룹을 구해준 일이었다.

그 일이 있은 직후 꿈인지 생신지 당사자인 여자애가 내 전화번호를 물었다.

그러고는 내 어디가 마음에 들어서인지는 모르겠으나, 매니저를 하지 않겠느냐는 제안을 건넸다. '유아'라는 예명의 예쁘장한 여자애였다.

"생각 없습니다. 어차피……."

"대표님한테 물어보니까 월 350정도는 드릴 수 있대요."

"……매니저 월급이 왜 그렇게 높아요?"

"일도 잘하실 것 같고, 뭣보다 제가 대표님한테 부탁했거든요."

아직 막 뜨기 시작한 걸그룹이 무슨 입김이 있다고…… 그러나 이어진 말이 단박에 이해시켜주었다.

"대표님이 제 삼촌이세요."

그렇다면 이 줄은 잡아야겠지.

"어차피 곧 그만두려고 했으니까, 뭐. 어차피. 1년 굴러도 250에서 동결인데, 나이를 생각하면. 예. 아시죠? 나같은 남자들 사정."

"몇 살이신데요?"

"……예?"

"나이요."

갑작스러운 질문에 잠시 기억이 안나 지갑을 꺼내서 확인해야만 했다.

"25살입니다."

"풋. 무슨 자기 나이를 다 확인하고 그래요?"

대충 웃으며 얼버무렸다.

어쨌든 그렇게 경호원에서 걸그룹의 매니저로 이직한 지, 자그마치 2년이 흘렀다.

그동안 그래도 일을 아주 못한 건 아니었다.

운전 재능은 있는 듯 면허를 따자마자 회사 전체가 감탄하는 베스트 드라이버가 되었다. 또 운이 참 좋게도 물어오는 방송 족족 대박을 터트렸다.

그리고 그 덕분에 2년 만에 실장 겸 매니저로 승진까지 했다.

일은 여전히 바빴지만 늘어나는 월급으로 흡족한 삶을 영위하기 시작했다.

"오빠, 오늘 나랑 파티 같이 갈래?"

그러던 어느 날.

유아의 솔로앨범 음방을 마치고 돌아오는 길에, 유아가 볼에 홍조를 띄우며 물었다.

"갑자기 무슨 파티?"

"오늘 엄청 중요한 파티 있거든. 운 좋게 초대받았어."

"뭔데?"

"유세정 언니 생일파티."

"……유세정?"

뭔가 익숙한 이름이다. 아니, 익숙하지 않으면 사람이 아니다. 대한민국에서 가장 유명한 여자인데.

유아는 무척이나 설레이는 듯 눈을 반짝반짝 빛내며 말했다.

"응. 알지? 우연찮게 예능 한번 했었거든! 그때 생일파티를 하신다길래, 가도 되냐고 물었더니 초대장 주셨어! 근데 하나 더 있거든? 갈 거지? 나랑 같이 가줄 거지 오빠?"

"……흠."

고민하는 척했지만 대답은 이미 정해져 있다.

"네가 가라면 가야지."

난리 피우는 유아의 모습이 귀여워, 웃으며 엑셀을 밟았다.

TM이 자랑하는 크루즈의 선상에는 파티가 한창이었다.

화려한 조명과 각지 특산의 산해진미, 고급스러운 선율과 정중한 웨이터들. 참석한 하객들 전부가 경탄을 마지않는 이 모든 파티는, 고작 한 사람의 생일을 위해 준비되었다.

새벽의 차기 후계자이자 새벽&TM마탑의 탑장, 유세정. 그녀는 충분히 이런 성대한 자리를 생일로 삼을 만한 사회적 지위와 재력을 갖춘 여인이다.

"그럼 이제 세정이도 곧 있으면 서른이네?"

"와, 그러네요?"

하젤린의 말에 유세정은 짐짓 놀라워하며 손뼉을 쳤다. 그 틈을 유백송이 끼어들었다.

"너는 곧 마흔이고."

갑작스러운 기습에 하젤린이 미간을 좁힌다.

"……너도 마흔이잖아."

"우리 일족 나이로는 아니야."

"그렇게 따지면 나도 아니거든?"

"엘프는 오래 못 살잖아."

"120까진 무리 없이 살아."

엘프의 수명은 인간의 1.5배가량이다.

하나 미의 종족이라는 명성 답게, 수명이 다하는 그 순간에도 엘프의 노화는 인간의 반의반도 못 미친다. 주름 잡힌 엘프는 얼마 가지 못해 죽는다, 라는 우스갯소리가 괜히 있는 게 아니다.

"어쩌라고 40대."

"……쫑알쫑알 시끄럽다 고양아."

유백송과 하젤린은 서로를 노려보며 신경전을 벌인다.

까칠하고 유치하기만 한 두 사람의 만담도, 그러나 멀리서 관찰하는 사람들에게는 그저 고상한 대화를 나누는 사회지도층의 경외 어린 모습으로 비쳐질 뿐이었다.

"나이로 따지자면 제일 문제는 우리 유린 대장님이죠. 하젤린 언니랑 나이차도 별로 안 나는데, 엘프도 수인도 아니라 인간이니까."

이혜린이 후훗 웃으며 곁에서 음식을 게걸스레 탐하던 김유린을 끌어들였다. 화들짝 놀란 유린은 체한 듯 가슴을 두드리며 기침했다.

"······켁. 거, 거기서 갑자기 왜 내 얘기가 나와."

"걱정돼서 그러죠. 결혼은 몰라도, 연애는 언제 하실 거예요? 나이는 늙어만 가시는데."

불만스럽지만 차마 반박할 논거가 없어 유린은 말없이 그녀를 흘겨보았다. 그때 주지혁이 헛기침을 험험하며 말했다.

"그래도 대장님은 여전히 아름다우시니까, 괜찮으실 겁니다."

"······뭐라고? 저기요. 누구 남편이야 당신?"

"아니, 그냥······."

"나 말고는 눈길도 주지 말라고 몇 번을 말했어."

이혜린은 주지혁의 양 볼을 꽉 잡고서 자신에게로 고정했다.

유세정은 그 둘의 모습을 보며 아늑하고도 슬픈 과거를 떠올렸다. 그러다 문득 익숙한 기척이 느껴져 시선을 돌렸다.

그곳에는 왜인지 모르게 익숙한 남자가 있었다. 이런 파티가 처음인 듯 맹한 눈으로 주변을 둘러보고 있는 남자.

유세정은 무언가 홀린 듯한 얼굴로 발걸음을 옮겼다.

얼마 지나지 않아, 그가 잡힐 듯 가까워 졌을 때.

"오빠~"

누군가가 다가와 그의 손을 낚아챘다. 유세정은 흠칫 놀라 뒤로 두어발자국 물러났다. 그 유별난 인기척에 두 사람이 그녀를 발견했다.

"어, 세정 언니!"

여자는 반갑게 인사했다. '그'를 닮은 남자는 그저 가벼운 목례를 했다.

"어, 어······."

"무슨 일이세요?"

"아, 아니. 아니에요. 그냥······."

"뭐에요. 왜 갑자기 존댓말······."

"그, 아무것도 아니야. 바, 방해해서 미안."

하지만 유세정은 감히 아무런 물음도 못하고, 다만 도망치듯 그들에게서 멀어져야만 했다.

신장이 가장 크게 어긋나고, 분위기와 얼굴 또한 김세진과 비슷한 부분이 드문드문 엿보일 뿐 명확히 다르다.

하지만 그는 특성으로 인해 체격과 외면이 크게 변했다고 말했었다. 실제로, 이제는 기억에도 흐릿한 그의 첫인상 또한 날이 지날수록 변했던 걸로 기억한다.

한데 이제 이 세상에 '특성'이라는 불가사의는 없어지지 않았는가.

물론 특성이 없어졌다고 해서 여태 특성으로 쌓아올렸던 모든 것들까지 모조리 사라졌다는 이야기는 아니긴 하다. 실례로 특성을 이용하여 변화시킨 자신의 몸은 그대로니까.

그러나 아무리 생각해도 과거 속, 묘연하게 남은 김세진의 '첫인상'은 저 남자와 비슷하다.

그저 덧없는 희망이 만들어낸 망상일 수도 있겠지만 너무나도 익숙하다.

그때 이혜린이 고개를 갸웃하며 물었다.

"세정아?"

"아, 네?"

"뭘 그렇게 봐?"

"아…… 아무것도 아니에요…….."

때문에 세정은 파티에 집중할 수 없었다.

애써 주의를 환기시켜 보려고도 했지만 어느새 힐끗힐끗 바라보게 된다. 그가 다른 여자를 보며 환하게 웃기라도 하면 가슴이 아릿하게 저려온다.

미소를 흘리며 다가오는 남자들이 귀찮다. 파티를 아름답게 적시는 선율도 그저 신경에 거슬릴 뿐이다.

결국 그녀는 결단을 내려야만 했다. 다만 용기가 나질 않아 잔에 가득한 샴페인을 입으로 털어 넣었다. 그걸로도 모자라 한 잔 더. 그럼에도 부족해 두 잔 더.

갑작스러운 폭주(暴酒)에 주변 사람들이 의아한 기색으로 쳐다보지만 상관 없다.

지금 나에게 유의미한 존재는 오직 저 남자뿐이니까.

"오빠, 혹시 세정 언니랑 무슨 일이라도 있었어?"

유아는 결국 매니저에게 물었다. 아까부터 힐끔거리는 유세정을 더 이상은 무시할 수 없었기 때문이었다.

그러나 매니저, 김윤재는 무심한 얼굴로 고개를 저었다.

"아니? 아무 일도 없었는데. 오늘 처음 봤어."

물론 유아로서는 쉬이 납득하지 못했다.

유세정은 아직까지도 이쪽을 힐끗힐끗 바라보고 있는데, 어찌 아무런 일도 없었다 단정내릴 수 있겠는가. 필히 둘 중 한명이 무슨 잘못을 했을 것이다…….

"아니면 무슨 잘못이라도 했다던가."

"아무 일도 없었다니까. ……아. 아까 인사할 때 그냥 고개만 까딱여서 그런가?"

"앗? 묵례만 한 거야? 건방지게?!"

유아가 화들짝 놀라 김윤재의 팔을 우악스레 끌어당겼다.

순간 유세정의 시선이 한층 더 진해진다. 이번에는 눈빛으로 피부를 찌르는 듯하다.

"그럼 뭐, 어떻게 해야 되는데. 90도로 박아야 돼?"

"아니…… 90도까지는 아니더라도 60도는 해줄 수 있었 잖어."

"그런가? ……아니, 근데. 유세정이 그렇게 속 좁은 여자는 아닐 거 아냐."

"어, 어허! 이 남정네가 지금 못하는 소리가 없구만!"

유아는 황급히 그 입을 틀어막았다. 그러곤 혹시라도 들었을까 싶어 주변을 힐끔 둘러보았다.

"으윽."

역시나, 유세정이 무시무시한 눈빛으로 이쪽을 쏘아보고 있다. 심지어 입술까지 꽉 깨물고서!

"……도망가자 일단."

"뭐? 왜?"

"난 아직 오빠를 잃을 수 없어서 그래."

"아니, 무슨……."

결국 유아는 김윤재를 이끌고 황급히 파티장을 도망가기 시작했다.

"……아."

그리고 그들이 빠르게 사라지는 모습을, 유세정은 하염없이 바라보는 수밖에 없었다.

앞으로 넉 잔만 더 마시면 용기를 낼 수 있을 것 같았는데.

"하아……."

그녀는 쓰라리기만 하고 취하지는 않는 속을 원망하며 깊은 탄식을 뿜어냈다.

그날 밤.

홀로 파티장을 빠져나온 유세정은 단단히 결심하고서 릴리아를 찾아갔다. 이제는 정말, 정말 더 이상은 참을 수 없기 때문이었다.

혹시라도 그가 죽었다고 한다면 마지막 희망까지 스러지게 되니 그저 기다리기만 했던 것인데, 당장 오늘 너무나도 김세진 같은 남자가 나타났다. 그런데 이 이상 어찌 참으란 말인가.

그리고 릴리아는 대단한 결의를 가지고 찾아온 유세정이 곤혹스러웠다.

그간 모든 진실을 알고 있었으면서도 세진 씨의 뜻이라며 함구했던 릴리아였지만, 그러나 유세정의 울음기 섞인 전말을 듣고는 결국 모든 진실을 알려주기로 결심했다.

릴리아 또한 유세정의 말에 그가 '지구로부터 구원받았다'는 확신을 얻었기 때문이었다.

릴리아는 모든 것을 가감 없이 말해주었다.

그가 여태 거쳐 왔던 세계를, 우리를 지켜내기 위해 견뎌내고 짊어졌던 인내와 고행의 길을, 그리고 그것을 가능케 했던 이유까지도.

감히 성자라고 분류하여도 부족함이 없는 그의 무거운 진실 앞에 유세정은 온몸이 짓눌려, 감히 아무 말도 할 수 없었다.

"만약 그 남자가 정말 세진 씨라면, 지구가 그분에게 감사와 보답을 해준 것이겠지요. 특성을 회수하는 것을 넘어, 기억까지 앗아가 평범한 인간으로서 행복하게 살아갈 수 있도록."

릴리아는 나름대로 김세진을 찾는 노력을 계속해왔다. 그러나―정보원들의 말로는―그와 비슷한 인상의 남자는 없었다.

하나 유세정의 말대로 특성이 생기기 전으로 회귀하였다면 얘기는 달라진다. 아니, 어쩌면 지구가 직접 새로운 몸을 만들어서 그를 생환시켰을 가능성도 배제해서는 안 되겠지.

"그러면, 이제 어떻게 해요? 그 남자가 김세진이면요? 저는……."

"그 사람이 세진 씨가 맞다 하더라도, 또 아니더라도. 힘든 일이 될 거예요."

"아니, 그게 무슨! 말이야 방구야! 알아듣게 좀 말해봐요!"

유세정은 도저히 평정을 유지할 수 없었고, 릴리아는 그런 그녀를 안쓰럽게 바라보며 말을 이었다.

"만약 그가 세진 씨가 아니라면 정말 아닌 것이고, 맞다 하더라도 문제가 많아요. 600년 가까이 살아온 사람이 기억을 되찾는다면, 그 전과 똑같은 마음을 유지하고 있을까요? 심지어 그분의 전생은 '바하무트'로서 존재 자체가 격상되었어요. 어쩌면 신과 다를 바 없게 되셨던 것이죠."

"기억을 되찾으신다면 그분에게는 우리가 개미처럼 보이지는 않을까요."

릴리아는 씁쓸하게 덧붙였다.

유세정은 차마 아무 반박도 할 수 없었다. 억지로나마 우기고 싶은 건 많았다.

그러나 목이 메어 목소리가 흘러나오지 않았다.

머리는 아찔하게 아파 가장 비현실적인 이야기가 오히려 현실 보다 더 현실 같고, 심장에 비수처럼 꽂히는 릴리아의 말은 겁이 났다. 두려웠다.

결국 그녀는 전신을 수장시킬 듯 덮쳐오는 감정의 해일을 견뎌내지 못하고 바닥에 주저앉았다. 그리고 한참 동안이나 꺽꺽대며 신음 비슷한 울음을 흘렸다.

8월 19일.

처음에는 절망 뿐이었다. 그러나 애써 정신줄을 부여잡고 꽤 오랫동안 그를 지켜보았다. 체감 상으로는 일 년, 그러나 실제로는 한 달.

누군가 본다면 스토커라 매도할 만한 집착이었지만, 그만큼 하루하루가 피 말리는 나날들이어서 그랬다.

매일 밤 잠에 들면 그가 평소처럼 다가와 웃어주는 단꿈과, 그가 기억을 채 되찾기 전에 유아라는 여자에게 마음을 빼앗기는 악몽을 동시에 꾸었다.

그렇게 죽을 것처럼 시달리다가 결국 참을 수 없어 본격적인 행동에 나서게 된 게, 바로 오늘.

한성 씨에게 부탁하여 그와의 독대를 추진했다. 그는 엔터 사업에 종사하고, 나는 몬스터 엔터의 대주주라서 가능한 일이었다.

8월 19일, 오후 5시 47분.

그와 만나기로 약속한 6시까지는 13분이 남았다.

초조함은 손톱을 물어뜯으면서 어느 정도 무마하고, 불안감은 다리를 떨면서 미약하게나마 해소시킨다.

그리고 핸드폰 액정이 6:00을 표시했을 때.

사무실의 문이 열렸다.

순간 정말 깜짝 놀라, 저도 모르게 벌떡 일어나고 말았다.

"안녕하세요."

"아, 예. 안녕하세욥!"

아차, 목소리가 너무 큰가. 바보 같은 실수에 순간 정신이 아득해져온다. 하지만 여기서 기절해 버리면 안 된다…… 필사적으로 정신력을 발휘해 의자를 가리켰다.

"……?"

"아, 앉으세요. 어서."

그는 고개를 갸웃하면서도 자리에 앉았다. 곧이어 방안에 흐르는 3초의 침묵을 견딜 수 없어, 나는 차와 다과가 놓인 집무책상으로 걸어갔다.

"차 드시겠어요?"

"예? 아니……."

"드세요."

막무가내로 내려놓았다. 어쩔 수 없지만, 지금은 심박수가 말이 아니라 정상적인 행동이 불가능하거든요.

"아…… 예, 뭐."

차와 다과를 힐끔거리는 그를 지긋이 관찰한다. 내 뒷목에 고였던 식은땀이 이제는 등골로 흘러내렸다.

지금 이 상황은 사실 하나의 판별 과정이었다.

사람은 기억이 변하더라도 몸에 베인 습관은 사라지지 않고, 그와 오랫동안 함께 살아온 나는 그의 모든 것들을 절실하게 기억한다…….

찰나, 등골에 전기가 파르르 올랐다.

찻잔을 쥐는 자세, 다과를 먹는 모습.

확신했다.

이 남자는, 김세진이다.

"저, 혹시 이름이 어떻게 되시나요?"

"……김윤재입니다만."

물론 이름은 다르겠지. 하지만 이 남자는 김세진이다.

나를 향해 비스듬히 허리만 튼 자세, 어색할 땐 엄지손톱을 긁적이는 버릇, 이따금씩 머리를 쓸어 넘기는 행위까지.

보고 있자니 저도 모르게 감정이 북받쳐서 참으로 쌩뚱 맞게 묻고 말았다.

"저 모르시겠어요?"

"네?"

어리둥절한 얼굴이다. 너무 귀여워서 껴안아주고 싶다. 하지만 그래서는 안 된다는 걸, 너무나 잘 알고 있다.

"저, 모르시겠어요? 저요. 유세정이요."

"……아, 예. 저, 알긴 하죠. 테레비에 많이 나오시니까."

"……그것뿐?"

시야가 흐릿해졌다. 아무래도 눈가에 눈물이 맺힌 것 같은데 훔쳐낼 수가 없다. 손에 힘이 풀려버려서.

그런데 뒤이어 머리에 박힌 나사까지 풀려 버렸는지, 이후엔 어떤 대화가 오고갔는지 머릿속에 남아 있질 않다.

아마도 바보처럼 울면서 '저 아시냐고요'라고만 반복해서 물었을 걸로 추정될 뿐.

어쨌든 정신을 차리고 나니 그는 떠나가고 없었다. 그게 왠지 모르게 더 슬퍼, 홀로 남아 처량하게 울었다.

정말 목청껏 흐느꼈다.

유세정은 퉁퉁 부운 얼굴로 더 몬스터 회의를 소집했다. 마음을 속 시원히 터놓고 얘기할 수 있는 사람은, 역시 길드원들밖에 없기 때문이었다.

"복잡한 상황이네…… 그 사람이 세진 씨라는 건 확실한 거니?"

"네, 거의 확실해요. 어떤 일이 일어났는지는 좀 알아봐야겠지만요."

김유린의 물음에 유세정은 침착하게 대답했다. 시원하게 울고 나니 맘이 조금 편안해진 듯.

"그런데 뭐 어때? 계속 들이대면 되는 거지. 어차피 세정이 너는 쌩판 모르는 남자라도 충분히 꼬실 수 있잖아. 그렇게 먼저 꼬시고 사랑하다 보면 차차 기억이 살아나지 않겠어?"

지금 상황에서는 그나마 가장 명쾌한 이혜린의 해답이었다.

그러나 문제는 그 말에 뭔가 깨달음을 얻은 사람이 유세정 뿐은 아니었다는 점이다.

"……흠."

"어…….."

김유린과 하젤린. 그 둘은 생각에 잠긴 듯 다소 심각한 얼굴로 턱을 쓸어 만지며 고민에 빠졌다.

그에 유세정은 황급히 식탁을 팡팡 두드렸다. 배신감에 몸을 부르르 떨면서.

"다들 이상한 생각하지 마요. 경고했어요!"

"내, 내가 무슨 이상한 생각을 했다구 그러니……?"

하젤린은 유세정의 시선을 슬그머니 피하며 핸드폰을 집어 들었다. 아주아주 수상한 행동이어서 유세정은 그것을 재빨리 낚아챘다.

"나도 그냥 어떻게 세진 씨 기억을 되찾을까 생각한 거야."

그렇게 말하는 김유린의 손등에는 땀방울이 송골송골 맺혀 있었다.

"……."

유세정은 미간을 팔자로 좁히고서 그들을 쏘아보았다.

그때였다.

"야! 찾았어!"

바토리가 문을 거칠게 부수며 쳐들어왔다.

"찾았다고!"

"……뭐야."

시선의 집중에 바토리는 의기양양하게 웃으며 선언했다.

"꽤나 특이한 능력이 있는 마인 한 놈을 잡았거든? 그놈이 차원으로 흘러간 마나의 흐름을 추적할 수 잇는데……."

"혹시 김윤재요? 로센 엔터에서 매니저 하는 사람?"

순간 바토리의 얼굴이 돌처럼 굳는다.

"……너희가 그걸 어떻게 알았니?"

회의장에 모인 모두가 살포시 웃음을 지었고, 유세정은 직접 다가가 바토리의 손을 꼬옥 붙들어주었다.

"고마워요, 확신을 주셔서."

편의점에서 일용할 양식을 사오는 길, 김윤재는 아파트의 주차장에 가득한 이삿짐을 보곤 잠시 걸음을 멈췄다.

이 아파트, 요즘 들어 고급 이웃 주민이 상당히 많아졌다. 왜인지는 모르지만 하젤린과 김유린, 주지혁과 이혜린, 그리고 김선호와 로스한델을 비롯한 더 몬스터의 단원들이 이 아파트로 우르르 이사를 왔다는 뜻이다.

물론 불만 따위 없다. 대출까지 받아서 산 집의 가격이 천정부지로 치솟아 때 아닌 시세차익을 거두고 있으니 몹시 만족할 뿐. 덕분에 매일매일 헤실헤실 웃고 다닌다.

김윤재는 하늘 높이 쌓인 이삿짐을 바라보다, 이내 시선을 더욱 위로 올렸다.

구름 한 점 없이 새파랗게 맑은 여름 하늘, 참 아름답다.

몇 년 전에는 저게 어둠으로 뒤덮여 꼼짝없이 멸망할 참이었다고 하던데.

"저 하늘을 지키기 위해, 바하무트는 자신을 희생한 거예요."

그때 누군가의 고운 목소리가 귓전을 간질였다.

고개를 돌리니 유세정이었다. 아, 저 여자도 이사 왔다고 했지. 언론에서 화룡정점이라며 떠들던 걸 본 적 있다.

"바하무트요?"

"네."

"……하하."

윤재는 그저 웃었다. 어차피 모두 기억에 없는 것들뿐이다. 분명 봤긴 했을 텐데 아니, 실제로 그에 휘말려서 기억이 없어진 것일 텐데, 머릿속은 백짓장처럼 새하얗다. 참 답답하고도 외로운 일이다.

쓸쓸하게 웃는 그에게, 유세정은 천천히 다가와서 물었다.

"윤재 씨, 여기서 사세요?"

"아, 예. 그런데요."

"우연이네요. 저도 여기로 이사 왔는데."

유세정은 뒤축에 있는 이삿짐을 가리키며 방긋 웃었다.

"……그래요?"

"네, 그래요."

그녀는 자신을 무심히 보는 김윤재. 아니, 김세진을 바라보며 굳게 다짐했다.

그가 과거에 쌓아올렸던 모든 추억을 잃어 이제 더 이상 김세진이 아니라 하더라도 나는 그를 포기하지 않을 것이라고. 그러니 무슨 수를 써서라도 다시 그를 되찾을 것이라고.

그리고 오늘 유세정은 그에게 벌일 첫 번째 수작(?)을 위해, 어머님의 힘까지 빌려왔다.

어차피 곧 시어머님이 되실 분이었으니까, 라고 합리화를 하며 수소문 끝에 납골당을 찾아 시어머님과 남편 될 사람이 어렸을 적 함께 찍은 '유일한' 사진을 가져온 것이다.

"흐, 흐흠."

그녀는 속으로 사죄에 사죄를 거듭하며, 실수인 척 그의 앞을 지나가다 액자를 떨어트렸다. 투쿵- 혹시라도 깨지지는 않았을까 가슴이 두근거린다.

그렇게 한 3초 정도 짐짓 모르쇠하고 있다 보니, 역시 그가 먼저 말을 걸어왔다.

"저기요. 이거…….''

그는 액자를 주섬주섬 줍더니 이내 뚫어져라 쳐다보았다.

순간 심장이 철렁 내려앉았다. 부디, 부디……

그러나 의미심장한 눈빛도 잠시뿐, 그는 고개를 한번 갸우
뚱 하고는 다시 액자를 건넬 뿐이었다.

하지만 세정은 그걸로 만족했다. 그의 얼굴에 잠시나마 떠
오른 의아함과 기시감, 그거면 충분하다. 가능성은 확실하다.

"……들어가시던 길인 것 같은데, 함께 가실까요?"

"예? 아, 뭐…….'

그는 고개를 끄덕여 주었다.

저벅저벅-

엘리베이터까지 끽해봤자 10초에 불과한 시간이 너무나도
행복하다.

손도 잡고 싶지만, 욕심은 내지 말자. 그저 나란히 걸어
걷자.

"근데 이삿짐을 저렇게 아무렇게나 밖에 놔둬도 돼요?"

"네."

그의 말에 세정은 액자, 정확히는 그 속에 환히 웃는 한 남
자를 가리켰다.

"저는…… 이거 하나만 있으면 되거든요."

굳이 그가 기억을 되찾지 못해도 상관없다.

그렇다면 기다림으로 점철되었던 당신의 삶보다 더욱 새롭
고 아름다우며 즐거운 추억을, 함께 쌓아 가면 되는 거니까.

그렇게 되도록, 비록 당신의 기다림에 비하면 너무나도 보
잘 것 없고 하찮은 인내겠지만, 이번에는 내가 피나도록 노
력하고 기다릴 테니까.

"들어가요~"

"······아, 예."

그의 옆모습을 수줍게 바라보며 두 주먹을 꽉 쥔다.

두려움은 없고 겁도 나지 않는다. 당신과의 미래를 낙관하며 그저 웃을 뿐.

이제 하늘은 파랗게 개였다.

그 맑음 속에서 환하게 웃는 태양은, 두 번 다시 어둠으로 물드는 일 없이 우리에게 한없이 따스한 햇볕을 비쳐주겠지.

그리고 그렇게 시간이 흐르다 보면······.

'언젠가. 우리가 함께 바라 마지않던 행복이 찾아오겠지요.'

그녀는 그를 바라보며 햇살처럼 맑은 미소를 지어 보였다.

[완결]

음악의 신

이창연 장편소설

손대는 가수마다 모두 실패한
마이너스의 손, 강윤.

사채업자에게 쫓겨
사랑하는 동생과 삶을 잃고 죽음을 맞는데…….

"혹시 원하는 게 있는가? 내 정신없어서 그냥 갈 뻔했군."

"그냥 다시 시작하고 싶네요. 처음부터 다시."

우연히 얻은 10년과 음악을 보는 눈!
더 이상 마이너스의 손은 없다.
3류든, 1류든 그의 손을 거치면 신화가 된다!

백수귀족 판타지 장편소설

바바리안
퀘스트

하늘산맥은 영혼들의 쉼터였고,
산 자는 하늘산맥을 올라선 안 된다.
모두가 그리 믿고 있었다.

"너는 위대한 전사가 될 거다, 유릭."

촉망받는 부족전사 유릭은 하늘산맥을 넘었고,
그곳에서 스스로를 문명인이라 칭하는 사람들과 마주한다.

『바바리안 퀘스트』

야만인 유릭이 문명세계로 간다.

한태민 현대 판타지 장편소설
Wish Books
채널마스터
CHANNEL MASTER
할아버지 집 창고 정리 중 찾아낸 텔레비전.
그런데 이놈 보통 텔레비전이 아니다.
[채널 마스터 시스템에 접속하였습니다.]
[사용자의 정보를 분석합니다.]
[필요로 하는 채널을 업데이트합니다.]
경험을 쌓아서 채널을 더 확보해라!
그 채널이 고스란히 네 능력이 되어줄 테니.

거신 사냥꾼

온후 퓨전 판타지 장편소설

최후의 영웅.
500명의 영웅 중 살아남은 건 오한성뿐이었다.

그리고 그마저 모든 것을 놓은 순간.

과거로 돌아왔다.

목숨을 걸어야 한다면 걸겠다.
그것이 이 모든 좌절과 절망을 지워 버리는 길이라면,
더 이상 영웅이 아닌, 승리를 위한 악당이 되겠다!

"준비는 끝났다."

영웅과 악당, 신과 악마, 모든 변화의중심.
그의 일대기에 주목하라.